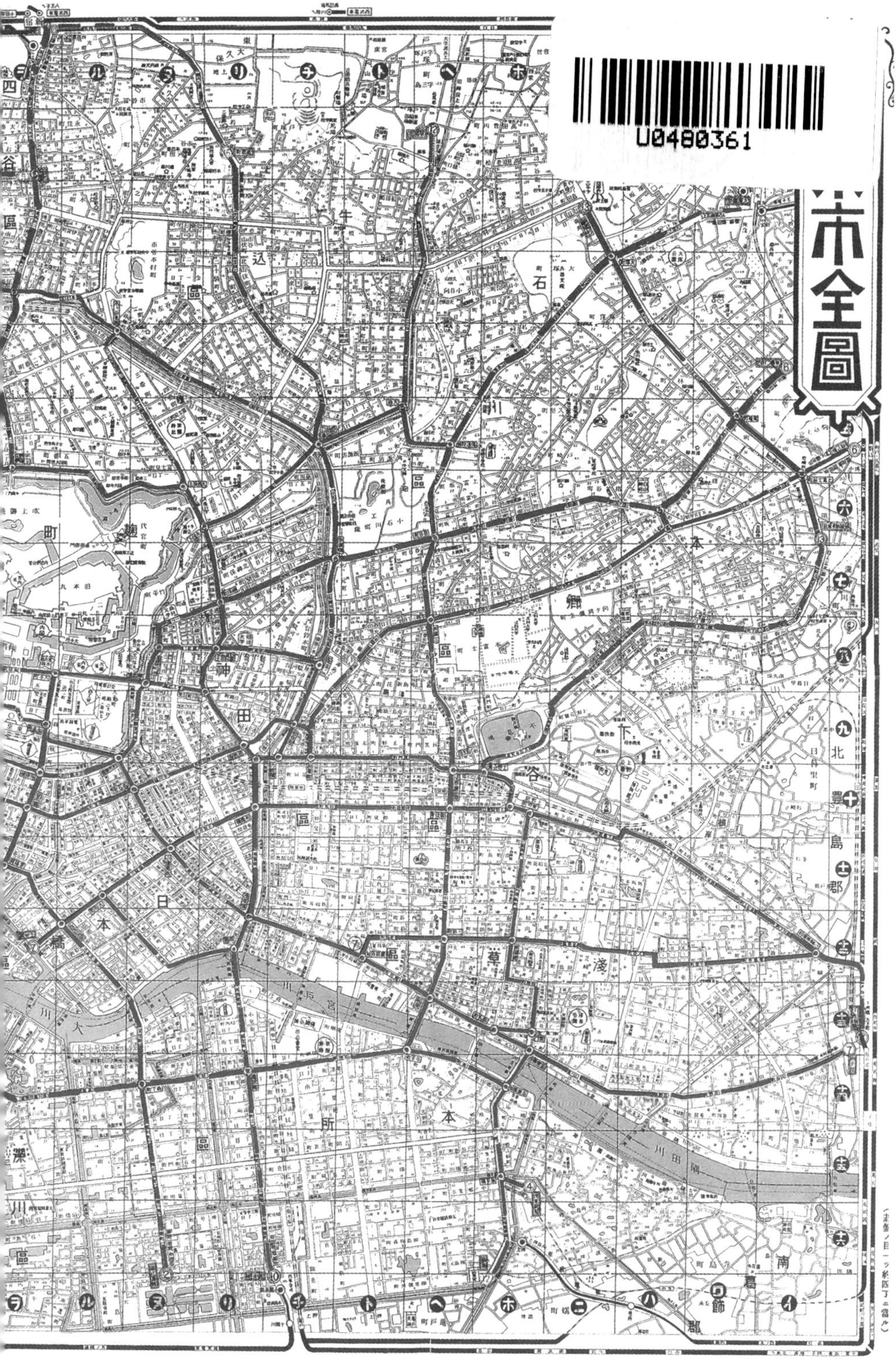
市全圖
四谷區
牛込區
小石川區
本鄉區
麴町
神田區
下谷區
淺草區
日本橋區
本所區
深川區
北豐島郡
南葛飾郡

黒澤明の羅生門

黑泽明的罗生门

〔美〕保罗·安德利尔——著
Paul Anderer

蔡博——译

人民文学出版社

著作权合同登记号：图字 01-2018-5433

KUROSAWA'S RASHOMON
Copyright © 2016 by Paul Anderer
All rights reserved.

图书在版编目（CIP）数据

黑泽明的罗生门 /（美）保罗·安德利尔著；蔡博译. — 北京：人民文学出版社，2019
ISBN 978-7-02-014807-3

Ⅰ.①黑… Ⅱ.①保… ②蔡… Ⅲ.①散文集 – 美国 – 现代 Ⅳ.① I712.65

中国版本图书馆 CIP 数据核字（2019）第 010690 号

装帧设计	周安迪
内文制作	李苗苗
责任编辑	朱卫净　潘爱娟

出版发行	人民文学出版社
社　　址	北京市朝内大街 166 号
邮政编码	100705
网　　址	http://www.rw-cn.com
印　　制	上海利丰雅高印刷有限公司
经　　销	全国新华书店等
字　　数	135 千字
开　　本	890 毫米 ×1240 毫米　1/32
印　　张	11.25
版　　次	2019 年 6 月北京第 1 版
印　　次	2019 年 6 月第 1 次印刷
书　　号	978-7-02-014807-3
定　　价	79.00 元

如有印装质量问题，请与本社图书销售中心调换。电话：010-65233595

献 给 米 娅

目录

序　黑泽明，幽暗中的光（张艺谋）　〇〇一
相关说明　〇〇三

1　序曲　〇〇五
2　大门　〇一九
3　原初场景　〇三九
4　开场（狗的故事）　〇五七
5　自白　〇八三
6　辩士　一一三
7　迷宫　一四五
8　证人，沉默　一七三
9　黑泽兄弟的故事　二〇三
10　另一个芥川龙之介　二一九
11　慢动作　二四五
12　审判　二六七
13　安魂曲／重生　三〇三

大事年表　三二九
黑泽明作品年表　三四〇
延展阅读　三四二
致谢　三四九

黑泽明，幽暗中的光

张艺谋

大约 1979 年左右，我上大学一年级的时候，在北京电影学院小礼堂，第一次看到《罗生门》。丛林中，人物微微屈膝地"矮身跑"，光线斑驳、闪烁……时隔近四十年，场景历历在目。我很喜欢这种影像和风格，喜欢凝重的色调，还有模糊而隐晦的不确定性。我记住了这部经典电影以及导演黑泽明。

黑泽明，这个名字在中文里，幽暗又有光泽，包含着奇异的矛盾与果断。对我来说，它容易入脑，是一个具有画面感和节奏感的名字，本身就像电影般从暗里射出一束光。我不知道这是自己的特点，还是导演的职业习惯使然，我总是以画面的方式来构成记忆。我的判断常常非理性，有时仅是一种带有偏见的直感。比如小津安二郎与黑泽明，假设把两个名字排在一起，我会对应联想起日本文化中的"菊与刀"，完全是感性的，也没有什么道理。我陆续看过黑泽明的其他作品，它们非常风格化，具有仪式感和令人费解的多义性，总是难以言说，又况味丰富。我最喜欢的，还是其中的《罗生门》和《影子武士》。

1990 年，我远距离见到黑泽明本人，是他在颁奖舞台上，我坐在下面的观众席里。黑泽明被授予终身成就奖，成为奥斯卡历史上第一个获得此奖的亚洲电影人。当时全场起立，响起长时间的掌声。我的回忆里他的个子没有那么高,其实黑泽明身高有一米八几。我之所以产生这样的记忆误差,也许因为他口气里的谦逊。黑泽明说:"我觉得,我还没有弄懂电影;我真的认为,自己还没有抓住电影的本质。电影是很神奇的,但想抓住本质是非常困难的。我向你们保证,我会尽自己最大的努力去做电影。希望一路继续走下去,我能弄清电影的本质,能配得上这个奖……"当翻译讲给我们听的时候,我觉得那是他作为一个长者的幽默;但我自己后来的从影经历,让我每当回想这句话,就能体会出更多的含义:"活到老、学到老",以及天真、谦卑、勤奋与坚持。这句话,不是玩笑式的表达,它出自一个电影人的赤诚;与其说是个人品性上的谦虚,不如说是对艺术创作的敬畏。

百年电影史,涌现过无数才华横溢的导演。他们基于各自的文化、信仰、历史、经验和爱好,用影像表达着自己对这个世界的独特理解。如果选择一些带来重要影响的导演,作为电影发展过程的中轴,那么黑泽明无疑不能被忽略,他甚至持续影响着今天的创作。

Paul Anderer 先生以一本专著,来探讨黑泽明的《罗生门》,书中也多处谈及黑泽明的自传《蛤蟆的油》。Paul Anderer 先生的著作中,有许多独特的见解和有趣的发现,让我读来获益。比如他对"门"的意象诠释,比如黑泽明自传里被弯曲的记忆,比如亡兄的印记是如何在黑泽明的电影中与我们反复相遇,等等。这些对我来说,都是新的角度和知识。

我想,就像黑泽明所说的,电影对所有的电影人来说,同样是一种终生的学习。它是梦,是黑暗中的光,是幻想、慰藉和照耀。

相关说明

本书按日语的习惯顺序,姓氏在前。书中单独出现的"黑泽"(Kurosawa)指的是黑泽明(Akira)(为了人名上的清楚简洁,涉及对其父母及兄弟姐妹的称呼,我仅使用了他们的名字)。黑泽明的自传和芥川龙之介的小说都有很好的英译本。其他引用,若非特别说明,全部是我自己从日文翻译而来。

本书结尾有一份简略的年表,读者可以从中了解日本各个历史时期的年号,以及本书涉及到的某些事件的脉络。这份年表和本书一样,更偏重于现代史。从黑泽明出生到创作《罗生门》的这段时期尤为详尽。此外,我还单列出了导演的作品目录,包括了黑泽明从1943年到1993年间拍摄的三十部影片,本书的讨论则聚焦于他早期的那些黑白作品。在"延展阅读"的部分,我罗列了那些让我在思考上有所启发,或帮我深入了解黑泽明生活和工作的书目。它们可能会激起读者进一步阅读的兴趣。

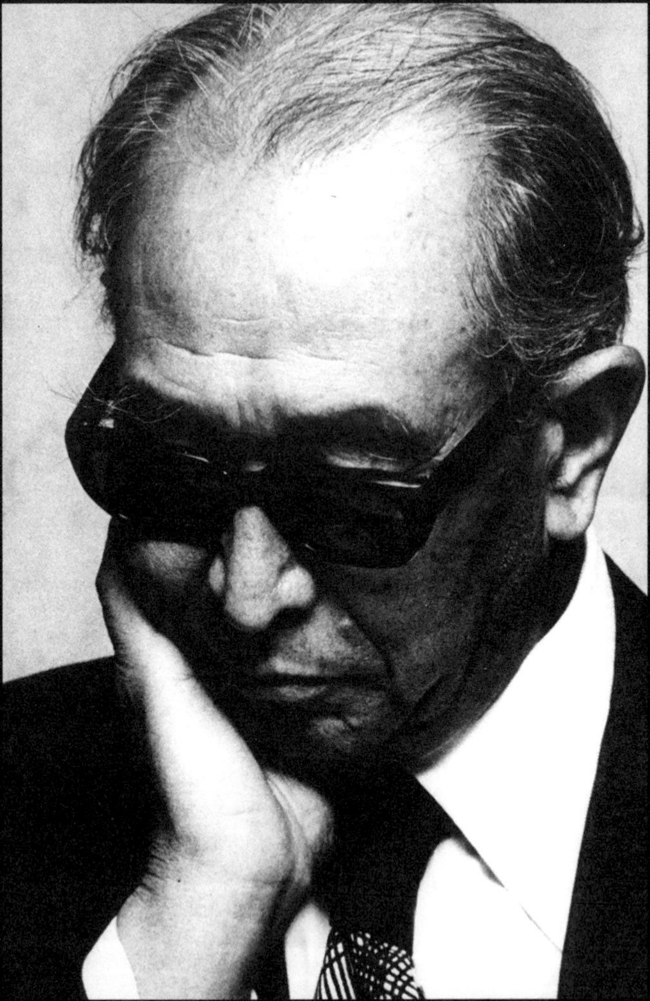

1

序曲
PROLOGUE

1951 年 9 月的一天，黑泽明从狛江市的家中出门去多摩川钓鱼，这条河自东京西部蜿蜒而过。黑泽明此时并无他事可做。他近来拍摄的两部电影，一部改编自陀思妥耶夫斯基的《白痴》，另一部实验性的时代剧《罗生门》，皆遭到了褒贬不一甚至怀有恶意的反应。黑泽明已经饱受片厂的冷遇、工会的抗议和电影界的不满。他开始产生怀疑。毫无疑问，他擅长剧作和剪辑，但作为导演，他的强硬个性往往让他固执己见或是做出惊人之举而令制片人无法掌控。

黑泽明的电影之路开始于"二战"时期，同时他也写一些影评。他曾在当时写道，好莱坞倾向于机智乐观，相反"我们更青睐沉郁的悲剧之美"，而"我正希望竭尽所能，创作出最美的日本电影来"。政府审查机关对此很是受用，某种程度上，这恰为战争中的文化战场构筑起了一道所谓"日本之物"（things Japanese）的防线。1944 年，黑泽明不背其言，完成了一部名为《最美》（*Ichiban Utsukushiku*）的影片。不能说其中完全没有黑泽明的风格，但这是一部政治宣传片，同时也是黑泽明电影生涯里唯一一部完全致力于描绘女性的作品。一群来自日本各地的工厂女工，辛劳地制造着用于目标瞄准器和空投炸弹的精密光学器材。黑泽明特以她们中间富有活力的领班为主角，每当姐妹们在生产线上为家庭落泪，或是被工作压垮时，她总能振作大家的士气。这个角色是由年轻而相对不太出名的女演员矢口阳子饰演的。一年后，在战争走向地狱般的结局时，她和黑泽明结婚了。他们的婚礼日因为又一轮东京大轰炸而被人们记住，这轮轰炸袭击的飞弹令明治神宫火光四起，那里正

PROLOGUE

是他俩刚刚举办过仪式的地方。

当黑泽明从多摩川无功而返——只有空空的鱼篓和折断的钓竿——矢口阳子正在家门口等候着。她有消息要告诉他。一封刚拍来的电报上写着,《罗生门》赢得了威尼斯电影节金狮奖。

这构成了黑泽明电影生涯无可比拟的转折点,亦将改变世界文化的地形。《罗生门》扫除了日本身为战败国的耻辱感,至于电影为何能够获奖,除了认为是西方人对武士和艺伎的猎奇之外,当时的日本电影界几乎没有人能够说得上来。《罗生门》在威尼斯夺得如此重量级的奖项,也为小津安二郎、沟口健二和其他日本导演登上国际舞台开辟了道路。《罗生门》带来的这一直接影响显得意义深远,黑泽明开始被视为这一进程中的旗手。而在日后,他更将跻身二十世纪电影大师和艺术家的行列。

经历了漫长的人生并制作了三十余部影片,黑泽明对自己的电影方法和创作意图有着很多心得——如何解释自己在做的事,为何会成为一名电影人。尽管这些心得不成体系也不够理论化。他与批评家交恶,在他看来,批评家们的繁复阐释不过是牵强附会,又或是搬弄理论而已,很多时候他们只见皮毛("荒谬的是,有些评论者会说那些土匪抢劫村庄是象征着美国……")。1980年代初,他的自传出版,这是一份细节清晰、感人至深又引人入胜的传记,主要的笔墨都集中于他的童年时光。在写到1950年他四十岁时,黑泽明干脆搁笔，并以对《罗生门》拍摄经历的反思作结。不同于那些憧憬未来的结尾，这本回忆录在最后用更为深郁的笔调写下了这样的话："然而，我似乎无法穿过《罗生门》之门，再向前进了……"[1]

自他1998年去世，黑泽明和他的作品在日本海内外均催生出了不计其数的分析、鉴赏以及再解读式的评论文章。广泛的事实也已证明，对其作品的再版和重制，早在1960年代初就已开始，现在更扩展到了动漫与其他当代媒体领域。通过修复胶片色泽上的瑕疵，皮克斯公司使得"七武士"重获新生。新近的一款电子游戏《东京1923》（Tokyo 1923），则是源于黑泽明对关东大地震的回忆，他生长的城市曾被那场地震夷为平地。

《罗生门》更已成为我们这个时代的一个关键词。无论在这世上什么地方，只要人们质疑事实的存在，或者假定其实没有所谓的真相，有的不过是我们每个人对于相对真实的认知，"罗生门效应"（Rashomon effect）便显现了出来。没有哪部电影或者小说像《罗生门》一样如此频繁地被提及，当人们为了探究某一事件而陷入困境，即便是那些在艺术性方面同样严肃且复杂的作品，也无法如《罗生门》这般为我们提供解释力，这种情形对于艺术作品和现实生活都是如此，我们也总会在城市街道、会议室、审判庭、兄弟会、监

---

[1] 本书所引黑泽明自传《蛤蟆的油》，均采用李正伦的译本。详见《蛤蟆的油》，李正伦译，南海出版公司，2014年8月第3版。

PROLOGUE

狱，又或是被黑客攻击的网络世界中与之相遇。电影作为一种艺术形式也许会过时，但"罗生门"一词产生出的回响却将一直延续。也是在这个意义上，"黑泽明"将继续与我们相伴。尽管艺术作品及其创作者们纷纷搭乘着卡通气球飘向了数字世界，黑泽明的名字却早已被写进了更为永恒的时空。

但并不是何时何地都能出现黑泽明这样的人物。他的意义也不光是建立在世界性的声誉之上。1920年代末，他以普罗画家的身份出道，与同时期的众多青年艺术家一样，他期盼着一个新的世界。随着日本社会被军国主义势力接管，逐步走向帝国主义殖民扩张，黑泽明转行到了电影制片厂，开始了他的电影学徒生涯。他的电影创作历程贯穿了日本现代历史上最为恐怖的时期，也历经了日本战后年代的废墟与黑暗。

在那些有关其工作经历的采访和讨论中，黑泽明常常会强调剪辑是如何令他痴迷，而他也将这令他功成名就的技艺演绎得炉火纯青。当被问起在自己电影工作的后期为什么总是戴着一副墨镜，即便在室内或夜晚也是如此时，黑泽明说道，他待在剪辑室的时间太久了，以至于眼睛对日光和灯光格外敏感。剪辑意味着一种令人激动的发现，一种不可思议的碰撞，用他的话说，"生命是在胶片的组接中突然降临的。"对黑泽明而言，这些发现和创造汇聚了在他记忆深处留下过深刻印记的片段和事件，从他1910年出生开始，这些记忆同样连缀了20世纪日本动荡战乱、几经转折的历史性瞬间。

或许当我们每个人回忆过去，也包括某位导演在日后回顾其作品的缘由或其真实意图时，即便对其家人和好友而言，这种回忆不仅会激发他人的好奇心，同样还会引起质疑。用某种过去式的模糊说辞，抑或宣称"我在场而你不在"，往往并不等同于为真实性提供了令人信服的解释，更不要说以此揭示真相了。众所周知，黑泽明创作的电影《罗生门》正与这一困局有关：在考量人们的行为与探究人心的隐秘方面，为什么不存在单一、简明、优先的位置。

黑泽明从未否认其个人生活的点滴——他曾认识的人，他所经历的事——驱动了他的电影故事。而在试图讲述这些故事时，他也从不拔高任何特定因素（审美的、政治的、经济的、技术的），使之成为其中的绝对主导。不管多么隐晦，这种个人色彩仍会贯穿于人类的任何想象性的表达之中。不去努力探索、辨析，也就无法检视、洞穿这纷繁复杂而又交错缠绕的艺术与生活。

黑泽明在剪辑时偶然邂逅的那些生命片段，自然没有被写进剧本或故事板里。据他所说，他的电影剪辑过程并非按照计划进行。相反，他往日生活的片段，他曾了然于胸的形象，会在不经意间浮现在胶片上，即使是像《罗生门》那样乍看起来与现代世界相去甚远的影片，也与其深层的个体经验有着紧密关联。对他人生活的借用也同样如此，尽管这不能被称为或本就不是"现实主义"的再现。

PROLOGUE

黑泽明亡兄的印记，便反复与我们相遇，黑泽明的哥哥在 1933 年去世，他是黑泽家中第一位涉足电影业的人。有些时候，我们似乎能在一些角色身上察觉到这位哥哥的存在；而另外一些时候，他要么以阴影，要么以声音的形式在画面边缘处现身，填充着银幕的留白。回看黑泽明自白式的回忆录，尤其是他最伟大的作品——他在战后余波中拍下的黑白影片——它们皆暗示着这位哥哥将会反复重现，就犹如早期默片中的幻影幽灵，从一个消逝的世界中向我们发出讯息。

毋庸置疑，黑泽明建构了一种关于野心、毁灭、生存与重生的史诗叙事。但它们绝不只是席卷着日本 12 世纪（《罗生门》）、16 世纪（《七武士》）和 20 世纪（《生之欲》）社会文化平原的历史传说。在它们的核心地带，盘桓着一个更为私密的故事原型，这个故事以生动细腻、重塑记忆的方式，演绎着一位兄弟的人生浮沉，以及另外一位兄弟对他们二人共同生活的苦苦怀念。

这些被重新唤醒的生命片段，并非显露在黑泽明电影平滑流畅的讲述当中，而是闪现于那些尚不完善的断裂之处。让他的制片人们所不满的，往往也不只是成本的超支或对既定方案的随意改动。他们要面对的是黑泽明在工作中突然爆发的脾气，他对类型片边界的僭越，夸张的表演指导，随意开始、中断又开始的情节进程，以及突然转向无法预料的方向……而这些也是我们常常能在黑泽明的作品中看到的。除了精巧的对称式结构被打破，我们自认为刚刚开始明白的剧情也常被阻扰。一旦你开始拍摄一部电影，黑泽明曾毫无歉意地说，是不可能不走弯路的。

相较于我们对电影大师的固有想象，黑泽明身上的实验色彩要强烈得多。可以说，他的实验性源自于伴随其成长的1920年代的先锋艺术，这种风格是对运动艺术的幻想，是对人类灾难的表现。1923年关东大地震带给日本的后果则恰似第一次世界大战之于欧洲。借用亚瑟·丹托的说法，在经历了这些灾难之后，许多艺术家倾向于"美的滥用"（abuse beauty），他们转而以一种更可怕的方式面对一个突然变得畸形、扭曲的世界。就黑泽明来说，他没有为了做出声明的姿态而放弃对美的追寻，相反，他试图验证并超越那些关于品位与偏见的既定标准。他不在意自己的电影是否让人感到愉悦，他旨在引发观众内心深处的回应——"那才是令人战栗的电影"——一如他在童年和青春期时曾经看过并留下了深刻印象的默片。即使政治形势一直凌驾于他的能力与志趣之上，他仍决意揭露这堕落的道德秩序，他在严峻环境下判别怯懦与勇敢的决心，也从不带半点犹豫。

就像我们在《罗生门》开场不久所看到的，突兀的节奏和惊人的运动往往是黑泽明实验性的关键，这一手法与其说遵循的是严格的叙事逻辑，不妨说与戏剧性的关联更大。变速剪切以及摄影机的突然移动，构成了他最显著的特质。他组接出的镜头饱含动能，为的是能打动我们，他的观众们。而那些倾向于将极简主义视为一种

PROLOGUE

风格，或将之等同于以最低限度在银幕上表现动作和情感的评论家们，则从一开始就对黑泽明那狂躁闹剧般的、非理性或者说情节剧式的姿态给予了猛烈抨击。黑泽明电影里所有的夸张情感和极富感召力的恶棍们，一直都与浓烈的宿命感相伴，这似乎冒犯了一部分人的优雅品位，挑战了一部分人恰当的政治意识。当然还有一部分人则干脆认为，这一点也不日本化。据说，黑泽明对这些批评从不在意。相反，他依旧固执地以默片时期情节剧的手法建构人物弧光、营造充满悬念的感情，并用公认的最为饱满的动作去予以表现。

然而黑泽明从未将他的主人公绑架于浮冰之上，任其不可避免地殒落。并不是每个角色都能获胜。事实上，他所有真正的主人公最终都将跌入脚下世界的泥沼之中。但他们之所以如此，是因为他们让自己置身险境并做出了种种选择，他们并非遭人愚弄的受害者，也不是顺从他人意志的人质，他们如果不能将对手击倒，至少也会奋力挑战。

路易斯·科尔提到《七武士》时曾说，在这个故事的核心处有一个简单的动作：一位跪倒在地的农民站了起来。我们知道，战斗正是从这个时刻开始的。一位意想不到的英雄站立起来，一次又一次反抗践踏他的世界。并且，他还将团结众人一起抵抗，这与我们的常识以及游戏规则相悖，大大出乎意料。这种认识到了必做之事并竭力应对的能力，并非出于美感或抽象的真实，却似乎和黑泽明一直苦心求索并试图捕捉和唤起的东西最为接近。

当然，我们还要说回黑白影像。因为他的家乡曾经变作废墟，满目疮痍，整个城市都被1923年大地震和1945年大轰炸留下的单调的城市颓垣包围，黑泽明以黑白影像讲述故事的才能，似乎构成了对此最好的表达。这些废墟对他而言意味着公众和私人的双重维度，在废墟的阴影当中，黑泽明发现了自己的艺术使命并锻造着自己的道德意志。

让我们回想一下《罗生门》的结构，这部影片以黑雨开场，以破云而出的阳光收尾。尽管该片最为大胆的手法是让摄影机越过影子运动，并坚持聚焦在那些细碎的光线之上，但可以说《罗生门》是一场关于灾难的幻想，其中点缀着恐惧且时常伴以压倒性的黑暗。佛教般的象征手法构筑了影片的许多场景："燃烧的房屋"代表着贪婪和野心；怜悯之举投向蒙难之人。儒家式的信念也存在其中：为集体而脚踏实地地工作；拯救遭受遗弃的孩童——在孟子眼中，这种行为是人性存在的首要证据。还有一些角色为了救赎他人而自我牺牲，并在生命中唤醒了比虚无或死亡更为永恒的信仰，借陀思妥耶夫斯基的话说，他们是基督的效仿者和信徒。换言之，对于黑泽明电影中的精神性冲动，我们不应轻易地回避或无视。

在《罗生门》之前，黑泽明就已拍出过不少颇具影响的作品，但没有哪一部能够如《罗生门》这般产生如此划时代的和真实持久的影响力。《罗生门》代表着真正经久不衰的杰作，《生之欲》和

《七武士》则有力地延续了人们对于《罗生门》的期待。以《罗生门》为顶点，这三部影片或许可以被看成是一个铁三角，是黑泽明作品最具价值的几何结构，而其他所有那些黑白影片则是这个三角形的边线。

《罗生门》让我们面对疑问，心存怀疑，但又不是陷落到无度的相对主义抑或阐释学永无休止的质疑当中。《罗生门》所讲的故事是对罪恶和暴力的探究，一如大门矗立、毁损、渐渐风化。故事引导我们步入森林，结果却进入一处道德的战场；故事带我们置身公堂，可在那里，自欺和谎言不仅困住了每一位目击者，也让我们对自己的所见之物，甚至是所见本身备感困惑。毫无疑问，《罗生门》中的故事充满矛盾。那些故事可能诱使我们变得愤世嫉俗或者麻木不仁。又或者，它们会像曾经影响过黑泽明那样，让我们变成狂怒、悲痛或深情的个体见证者。除了幸存的羞愧之外，黑泽明的《罗生门》同样见证了一种幸存的狂喜。在灾难之后，我们仍有事情要去做，仍要努力地活下去。

PROLOGUE

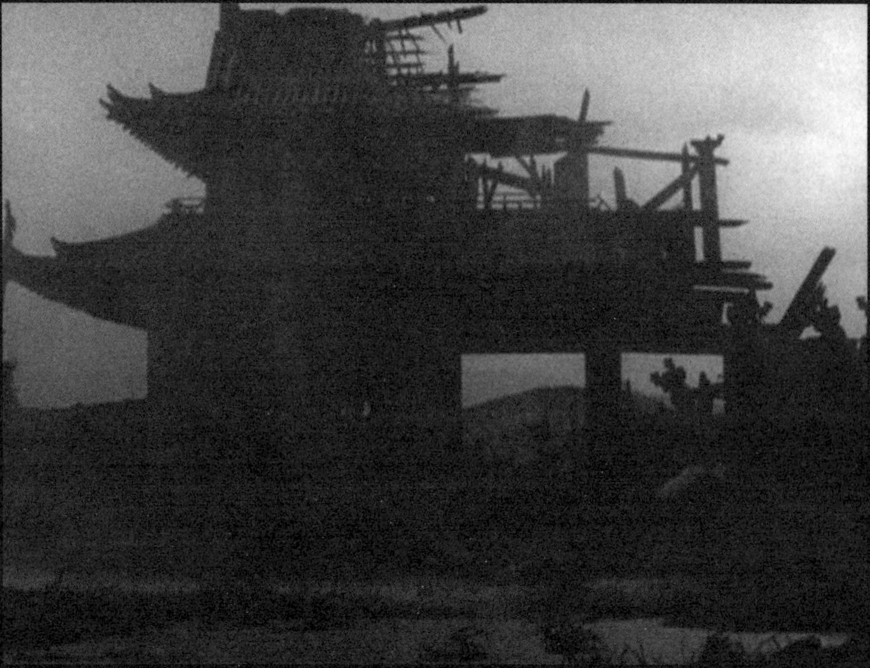

2

大门

THE GATE

当《罗生门》赢得 1951 年威尼斯国际电影节首奖时，黑泽明和他的制片团队全都吃了一惊。他们原本都没打算参加竞赛片单元（是在一位意大利的电影代理人朱莉安娜·斯特拉米杰莉的劝说之下，制片公司才做了如此安排）。制片人声明他从未理解这部电影的故事情节，也不知道导演想要表达什么——坦率地说，这也是很多人事后的第一反应。但无论如何，这次获奖是前所未有的。彼时欧美关于日本的新闻全都是将之塑造为一个病态的国度，唯恐这个满目疮痍的战败国家会在神风特工队的暴行中再度苏醒，《罗生门》的获奖无疑是一针解毒剂。仅仅是在战争结束的六年后，《罗生门》在威尼斯夺桂，象征着美最终战胜了日本耻辱感的怪兽。大映公司的代表们发现，日本文化也即今天所谓的"软实力"居然能够在日本国外受到欢迎，他们便打消了顾虑，带着奖杯返程回国。

黑泽明本人的反应则颇为不同。他在国外获奖并广受赞誉，但他认为这个奖项是因着错误的理由颁给了错误的影片。有挑剔苛刻的评论指出，是时代剧的元素和异国风情的诱惑才让《罗生门》登顶，这让黑泽明很是困扰。他甚至遗憾于自己拍摄的有关"现代生活"的电影没有一部能够获奖，那些作品直接源于 20 世纪的废墟，是对我们生活的有力呈现，毕竟他拍摄电影的初心正在于此，而不是炮制什么日本文化的美丽影像。

◆

THE GATE

大门，矗立在荒无人烟之地，经受暴雨冲刷。这是映入我们眼中的第一个镜头。大门如何衰败至此，我们一无所知。倾倒的柱子、碎落的瓦片、泥泞的地面，除了眼前的这些，在它四周我们看不到任何其他建筑。随着摄影机的缓慢推进，起初镜头中如斑点般难以辨别的两个角色才逐渐切换为全景。这样极为抽象的手法，我们或许可以称之为"风景拼图"（A picture puzzle landscape），并看作是对安部公房小说风格的延续。安部公房是另一位日本现代派寓言作家，其作品主题一向是对日本战后社会阴暗与虚无面的探讨。

　　而让制片人愤懑不满的是，黑泽明仅在搭建这座破旧的大门上，就几乎花光了所有的布景预算。黑泽明对此解释说，他意图复原的是平安时代（794—1185）京都皇城的正南门。但当时的正南门早已不复存在（也有推测认为，正南门从未真正建成，或早在950年就已遭损毁）。虽然花费了不少力气，但黑泽明的美术布景团队依旧找不到与之相关的现存绘画或影像资料来作为建造的参考。黑泽明于是自由地想象起大门的样貌和规模，毕竟除了仅有的文字记载，没有任何视觉材料可以依凭。

　　他在后来坦言道，结果"这个门在我脑海中越来越大"。布景团队花了二十五天时间来搭建。光是用于覆盖这一庞大建筑斜顶的陶土瓦片，就烧制了四千余块。鉴于这座大门的如此规模——差不多横跨六十英尺、进深四十英尺、高达三十五英尺——设计方案也从原本对皇家城门的仿造，改成以寺院为原型。确切来说，他所想到的是寺院的山门（或近似于今日京都的南禅寺），而山门的建筑结构不止一重入口，施工团队因此认为还须立起更多的柱子，否则就无法支撑起斜顶上那些陶土的重量。而对寺院建筑风格的借鉴，也使其在视觉上同时承载了某种精神性的内涵，令我们眼前的这座建筑较之世间其他的传统城门，显得更加神圣、威严。

大门搭建的规模和开支与日俱增，为了使之符合甚至超越自己脑海中的想象，黑泽明放弃了最初设计方案里的另外一处场景。他曾打算在这座大门前再布置一条市集，并说："那便相当于我们今天的黑市。"就这部实验性的时代剧而言，尽管黑泽明在主场景的搭建上投入了大量心血，同时还要考虑如何平衡预算，但他对自己影片的创作初心，却始终抱持着强烈的警醒和自觉：之所以讲述这个发生在过去的故事，仍是想要关照日本观众在战后身处的那个破碎的现实世界。

日本无条件投降后，闇市（yamiichi），或黑泽明所说的"黑市"，是当时城市生活里非常醒目的部分。其实它们早在战时政府对粮食和必需品进行严格管控时就已出现，社区居民曾以此满足对生活物资的需求。随着日本战局的急转直下，这类地下市集的数量急剧增加，尽管官方一再宣扬，信奉爱国主义便意味着极端的自我牺牲。我们可以回想一下黑泽明的电影，他常常在影片中对这种并非出于自愿而是受到盲目意识形态或奴性驱使的自我牺牲，流露出嘲讽和鄙夷之情。

东京的黑市，1945

战争结束前的数月里，东京持续遭受燃烧弹的猛烈轰炸，殖民地对日本的物资供给线被切断，燃料和食物的短缺进一步影响到民众的生死存亡，与这种屈辱结局相伴的，正是那些市集不可思议的激增。据估计，到1945年秋天，东京所经营的这类摊位就已超过四万家，且大部分都落入了黑社会的控制之中，那些及时行乐的黑帮甚至还在此间做起了赌博和卖淫的买卖。

与此同时，在1945年8月15日那天，人们从广播中听到了广岛、长崎先后被原子弹夷为平地的新闻。大多数日本人对此感到难以置信、无法接受，天皇则用断续而微弱的声调向他的国民宣告，值此战争结束之际，大家必须承受起这无法忍受的苦难。在道格拉斯·麦克阿瑟将军专横而强硬的指挥下，美国占领军正准备对这个国家进行行政接管，这一接管将持续七年之久。美国人急于实施彻底的社会体制改革，却不能保证三百五十万饥民的食物供应，也无力为所有无家可归的幸存者提供避难所。由于物资严重短缺，占领军在竭力维持城市秩序的同时，并不能有效地监管物资运输网。那一时期，黑市对日常生活变得至关重要，是它们，让东京人满目疮痍的日子，在废墟当中勉强运转了起来。

黑市在电车铁路的枢纽处尤为密集。市民和流浪汉们饱受饥饿之苦，流离失所，他们在城市与乡村，甚至是更偏远的故乡间往返流窜，人们前往市集，有的用近乎勒索的方式购买食品，有的以物易物，有的则偷鸡摸狗、顺手牵羊。1945年冬天的每个周末，几乎都有一百万东京人搭乘这种铁路电车，他们期望着能用包袱装上点土豆或可以果腹的野菜树根回去。对很多想要活命的人而言，除了黑市以外别无去处。

对食物和生活必需品几近疯狂的渴求，某种意义上重新塑造了东京的生活版图，临时棚户区迅速而密集地出现，流浪汉与亡命之徒在其周围流窜聚集。黑泽明导演的《泥醉天使》（1948），拍摄于《罗生门》公映的两年之前，就曾以写实和象征相结合的手法向我们展现过这一生活场景，我们在影片中看到的黑市、由黑帮经营的夜总会和小酒吧，皆是这种城市生活的写照。在1949年创作的《野良犬》中，黑泽明对黑市又做了进一步的探讨和表现，该片以一辆拥挤的电车开场，并以主人公冲出列车站台与对手摊牌决斗作为结尾。在黑泽明看来，贫民区与黑市对那些从战场上回来并因着各种缘由而逃避生活的人来说，就像是地下的藏身所，其间的罪恶与危险，甚至带有乡愁的意味。

在那样的岁月里，黑市成为了战后重要的商业形式。人们对于必需品的需求和由此发生的各种交易，令黑市上的大小摊位忙得不可开交。为了弄到基本的生活物资，人们在黑市上以物易物，除了现金之外，家里的首饰、和服、工具、武器，包括体力劳动和性服务，等等，都成了用以"支付"的手段。在《罗生门》的开头，土匪便同样是拿着一把偷来的宝剑作为诱饵，谎称要与武士做交易，而最终将他俘虏。

然而，在筹备这部实验性时代剧的过程中，黑泽明一直醉心于脑海中大门的形象，这让他的布景预算所剩无几，也就无法在大门前再搭起一处熙攘繁忙的黑市场景。一如我们最终所见，大门四周，空旷一片。今天，"虚空"（emptiness）作为一种概念和形象，往往会让人认为它和日本的思想、文化有着深厚的历史渊源，进而将大门四周的空旷阐释为黑泽明对传统美学的继承，是其推崇禅宗式极简主义的结果。当然，我们也可以更切实地说，那不过是一个糟糕的预算方案导致的结果，是在制片厂的强硬态度之下不得已而为之的办法。尽管如此，在日本战后的境况中，这种"虚空"仍旧传递出了战争幸存者们对这座城市的内心观感。毕竟在那个战败之秋，除了黑市和摊贩，东京的其他街面只剩残骸，曾经人口稠密的城市，如今全被绵延数英里的焦土、废墟和火山岩浆覆盖，一片荒凉空旷之中，看不到一个人影。

宫川一夫的摄影机所拍下的正是这样一种情境，黑泽明则将那些画面剪辑到了《罗生门》的开场片段中。三辆消防车在银幕外一起向空中喷水，制造出的滂沱大雨将地面完全浸湿，黑泽明战后风格的签名式元素——雨和泥呈现于前景之中，背景则是大门在倾泻如注的暴雨里若隐若现，看似扭曲而又极其威严。

虽然黑泽明没能在《罗生门》里呈现指涉战后生活的黑市场景，虽然他所拍摄的是一部发生在12世纪末的时代剧，但《罗生门》仍有力地向我们表明，黑泽明的电影无法被化约为一个单一的时空维度。在电影的世界里，不论是像《罗生门》这样的历史题材，还是那些发生在当下的故事，都会留下不同时代的印记。时代印记的叠加，有时会浮现于某格画面或某处转场里，有时则可能借由音乐、声响甚至话外音等非视觉性的形式显现。

我们可以举《罗生门》中与樵夫有关的第一个"运动"场景为例，一个典型打扮的樵夫，肩上扛着斧头，直奔森林深处而去（斧刃上跳动的光晕，曾让费里尼对这个段落痴迷不已）。宫川以俯拍

镜头跟踪着樵夫平缓前行的步伐，在这段如抛物线般优雅的画面运动中，观众几乎不会注意到音乐，即便那不断重复的旋律听起来就像是《波莱罗舞曲》。可能很多人在初看《罗生门》时，会觉得用类似拉威尔的舞曲为樵夫配乐十分怪诞。然而，故事就这么继续进行着。银幕上的音画配合也没有任何变化，直到樵夫成为犯罪现场目击者的那一刻，他和拉威尔之间的某种关联出现了。众所周知，作为罪行的见证者，拉威尔曾在1916年——也即芥川龙之介发表小说《罗生门》之后的一年——亲眼目睹了凡尔登战役的惨况。对此，亚历克斯·罗斯曾写道：

（拉威尔）常常得在坑洼不平的路上小心地来回穿行，以躲避四周掉落的炮弹。他在某个大晴天偶然路过一处荒废的镇子，但街道上空空荡荡，听不到半点声响。他在后来回忆道："我在那一刻所体验到的死寂和战栗，相信余生再也不会遇见。"

此刻，樵夫在配乐声中前行，他也将抵达这样一处空荡之地。他将亲眼目睹骇人的死亡现场，在他第一次被绊倒进而发现其他线索时，他将同样体会到"死寂和战栗"，而随之出现的干尸，更会让他几近崩溃。这是一种错位的表现手法，爱森斯坦称其为"声画对位"，黑泽明从苏联电影人那里学到了这一技巧，并借用拉威尔式的音乐，让自己的电影打破了不同文化的区隔。就像是画面与画面相乘会产生出新的意义，黑泽明和好友——作曲家早坂文雄一起，对拉威尔的音乐所做的创造性改编，最终为这个开场段落营造出了节奏和情绪上的悬念感。

这就是黑泽明作为导演的天赋之一，也是其电影影像的力量之源——他能让银幕上的一切都看起来真实而鲜活。让过去的碎片与当下纽结，让两个彼此隔绝的文化世界在此时此地发生关联。让·米特里曾评价 F.W. 茂瑙导演的《最卑贱的人》（*The Last Laugh*）说，"是诗意现实主义的想象力，而非对'生活表象'（slice of life）不切实际的肆意妄想"主导着整部电影，这一评价对黑泽明的《罗生门》来说也同样恰当。

今天，当我们在世界各地的大银幕上，在电影院的黑暗中，重温《罗生门》（黑泽明也希望我们如此观影，而不是独自在家对着一块小小的屏幕，更不要说手机和平板电脑了），我们仍会被这部经典时代剧的崇高感所震撼。正片开始，以遒劲书法写成的片头字幕，在一组大门局部的特写镜头中出现。一根敦实雄壮的木柱之上，我们看到了导演黑泽明的名字。此时的配乐既有某种"东方"韵味，又像是西部片里的旋律。这种感觉仿佛将我们带回到了无声片时代，带回 D.W. 格里菲斯的那部东方题材电影《残花泪》中。黑泽明曾在儿时看过《残花泪》，并对格里菲斯崇敬有加，甚至将其视为自己的"艺术根基"。

由于《罗生门》的名气及其导演的声望，又或是由于某门课程将它列入了必看篇目，我们今天仍会走进电影院和学校礼堂去观看这部影片。毕竟很少有电影能像《罗生门》那样，光是电影的片名本身就已成了大家惯用的短语，当人们希望弄明白"发生了什么"却得到一连串彼此矛盾的说法，面对公说公有理婆说婆有理的各种解释，这时人们便会说，这真是"罗生门"。同样，也很少有导演能像黑泽明那样，得到同行的广泛认可与尊敬。萨蒂亚特·雷伊曾说，《罗生门》改变了他对光线的认识。侯孝贤则满怀敬意地钻研过黑泽明电影中雨戏的拍法。马丁·斯科塞斯、弗朗西斯·福特·科波拉、乔治·卢卡斯和斯蒂芬·斯皮尔伯格等一批美国导演，更是自称为黑泽明的门徒。

然而，如此显赫的名声也有可能成为一种负担。这让黑泽明变成了一位超级英雄，让"罗生门"成了任人搬弄的词汇，而不管你是否真的看过这部影片。问鼎威尼斯电影节后，《罗生门》就曾在日本国内引起过强烈的反弹，不少人指责黑泽明，并批评他的电影纯粹是为了迎合外国观众。从那以后，反作者论的理论家们，更是一再地贬损和看低黑泽明及其同代电影大师的成就。

尽管如此，《罗生门》仍对我们产生着深刻的影响，就仿佛我们的生活世界一直被那座大门的阴影所笼罩。如果将我们当下的生活世界比喻成一座恐怖袭击后的城市、一个海啸席卷过的海滨小镇，那么在这些破碎的景象之上，可以说仍旧徘徊着《罗生门》所投下的阴影。今时今日，当照片和影像的权威遭遇到突如其来的质疑和挑战，我们的处境正变得和《罗生门》如出一辙。《罗生门》的故事在各种杂音和不同的讲述中开始上演，这个故事是关于我们自认为可以察明或解释的世界的终结，是关于罪犯或许并非来自外部而一直隐匿于我们当中。这也是我们今天正在经历的故事。

◆

《罗生门》开场的暴雨经久不息，展现出一股不可抗拒的自然之力。据说不少观众，包括加西亚·马尔克斯，都是被这个开头吸引进而看完了影片。对这场暴雨的表现，构成了整部影片的建制部分。其间除了水流倾泻的声音，银幕内外没有任何其他音乐或音响。

黑泽明让摄影机在雨中朝向大门推进，并且变换了五次机位。如此一来，连续性的画面便被切分开，而那些由固定机位拍下的静止镜头，使得这个开场富有了某种寓言意味。远远望去，大门左端的屋顶还相对完好，而右侧只剩下光秃倾斜的骨架，其张牙舞爪的样子让大门有如鬼宅令人悚然（动画导演宫崎骏曾回忆儿时观看《罗生门》的情景，当他第一眼看到暴雨中的这座废墟，自己简直被吓了一跳）。从不同机位拍摄的大门镜头，进一步地拆解了这座废墟。这一平安时期的纪念碑、日本黄金年代的见证者，似乎也随之在我们眼前发生着变化。黑泽明以悄无声息的镜头切换，营造出一股催眠般的魔力，仿佛要让我们穿越到他所钟爱的默片时代，那时候，人们对银幕上的影像奉若神明，信赖有加。

黑泽明的这座罗生门，在不同的角度和景别中，变化出不同的面貌，呈现为不同的意象：如果说这一格画面会让人联想起1923年关东大地震后的残骸，那么另一格画面则像是战争结束时被炮弹轰炸过的城市废墟。黑泽明将这些亲身经历过的景象，几乎如实地还原到了这座大门之上。借由电影叙事的艺术手法，他进一步打开了其中的寓言性空间，构成了对广岛和长崎的指涉。黑泽明虽未亲眼目睹发生在广岛和长崎的惨剧，却也能想象出当时的情景：化为焦土的地平线上寸草不生，四周只剩下光秃的屋顶和燃烧的断桥。

今天，当我们透过自身的视角重看《罗生门》，这座大门将进一步向我们敞开。穿过那场暴雨，我们似乎能够隐约望见尼泊尔和

KUROSAWA'S RASHAMON

大地震后的东京

大轰炸后的东京

THE GATE

阿勒颇的破碎轮廓，看到我们从媒体上得知的其他灾难的剪影，是这个场景警醒着我们，我们身处的世界在过去和当下遭遇着多么不义而无情的撕裂。因此，纵使我们与这部电影里的时空相距甚远，对于灾祸和毁灭的感同身受，仍将带领我们走进《罗生门》那充满寓言性和想象力的世界之中。

《罗生门》开场的这组镜头，打破了人们对于平安时代和日本类型电影的特定期待，为观众展现出了某种不确定性。我们因此就像是影片中的樵夫，不知所措地坐在大门的斜顶之下，在暴雨中茫然地凝视眼前的这片荒芜与泥泞，一边摇头叹气，一边念叨出这部电影的第一句台词："我不明白。我真是不明白……"

我们之所以会产生这种感觉，是因为黑泽明也有着同样的不确定感。黑泽明当然不缺乏作为导演的自信，他能够掌控电影创作的各个环节，并让剧组和演员们听从他的指挥（到他1954年拍摄《七武士》时，人们已经开始称呼他"天皇"——黑泽天皇）。然而，他却无意也无法操控生活的风暴，对于这些，他一直不相信能用科学、宗教或世俗的意识形态去界定并解释。德勒兹曾就此做过一番极为精准的评价，认为黑泽明电影中的场景并不提供答案，相反，他试图呈现出其中的问题，一如陀思妥耶夫斯基那样。黑泽明以艺术家的真诚向我们展现出他对生活的无知与迷惘。

众所周知，1930年代在P.C.L¹电影公司和东宝制片厂的学徒生涯，让黑泽明有机会掌握电影这门技艺，但同时，他的内心也常常感到不安。因为在战时，日本军政系统的审查官往往要求创作者使用春秋笔法，或夸大其词、或隐瞒真相，而形式和内容上哪怕再琐碎的问题，什么能说、什么不能说，也统统都由他们决定。为此，黑泽明必须极其注意自己的言行。可以想见，电影《罗生门》中的谎言和自欺，必定与他的这段苦心经历有关。

事实上，黑泽明在正式踏入电影界之前学习的是美术，1920年代末，他的作品还曾在无产阶级画展上展出。那个时期的日本文化充溢着实验性的氛围，宣扬着市民社会的变革和艺术实践的创新。各种宣言和主张层出不穷。很多人都置政治干预和个人安危于不顾，积极投身于倡导革新的运动之中，希望日本能够远离资本主义、军国主义或者说法西斯式的现代主义的歧途。黑泽明即是其中之一。

而在更早之前，黑泽明可以算得上是一个书痴，并曾以"永远的文学青年"自居。他坦言自己有着怀旧情结，但他所念想的并不是古老的日本，而是文学为他开启的那个"广阔世界"。他坚信，在文学中蕴藏着"某些我可以用到下一部作品里，或是我从未尝试过的东西"，每当同行们称赞他有编剧的天赋和才华时，他都会将之归因于是文学教会了他如何理解人间的戏剧。他一再宣称，剧本

---

1 P.L.C电影公司（Photo Chemical Laboratories），是东宝电影公司的前身。

才是电影的"旗帜"。并强调一个好的剧本必须有戏剧性的角色,因为一部好的电影总是由角色驱动的,而不能指望用早期导演所说的蒙太奇来弥补或挽救。

出于对莎士比亚的热爱,黑泽明曾以颇为大胆的手法对《麦克白》(《蜘蛛巢城》)和《李尔王》(《乱》)进行过电影改编。他对能剧也抱有强烈的兴趣,能剧独特的表演形式是让幽灵在当下出没,他曾借此形式重新复活了伊丽莎白时期的戏剧。黑泽明与俄罗斯文学同样有着深刻的关联,他曾说道:"伴随我长大的,不是日本的经典著作,而是陀思妥耶夫斯基。"对于日本现代作家的严肃作品和通俗文学,黑泽明大都表示认可。他最钟爱的恐怕还是芥川龙之介(1892—1927),正是后者写作的故事,构成了黑泽明创作《罗生门》的文学框架。

换句话说,从20世纪初一直到他功成名就之时,黑泽明的电影都与日本的文艺界有着深切的关联,这种关系就犹如手足兄弟一般。尽管他在电影领域工作的日子最久,其作为导演的身份也最为大家所熟知和认可,然而,正是在银幕之外,在他的知识结构及其家族前史中,在他与亡兄的成长故事里,我们发现了黑泽明艺术疆域的内在边界,以及形塑着他视角和视野的关键所在。

在所有这些当中,最重要的莫过于那些切实发生过并让他永生难忘的事件。首先便是他出生的城市先后两次被夷为平地,一次是

1923 年的大地震，一次是 1945 年的大轰炸。而在东京两次变为焦土的这段时间里，日本接受了战败国的命运，黑泽明则承受着失去哥哥的悲恸。就是这位哥哥，曾带着年少的黑泽明去戏院里看无声电影，鼓励他阅读俄罗斯文学，他也是黑泽家族第一位涉足电影业的人。

大地震后的丸美书店

3

原初场景

PRIMAL SCENES

黑泽明 1910 年出生于东京，1950 年创作《罗生门》，他的唯一一本自传所记录的也正是这段时间。这四十年间，他的城市将遭受两次重创，几近毁灭。

1923 年 9 月 1 日近午时分，剧烈的地震劈开关东平原，撕裂了东京和横滨这两座最能标志日本快速现代化的重镇的大片区域。翌日夜晚，东京平原上肆虐的裂缝和火焰已经吞噬了十万多条生命，近半数的建筑被损毁，众多房屋都在大火中化为灰烬。

后来，当太平洋战争进入到骇人的最终阶段，美军派出了 B-29 轰炸机对准东京实施轰炸。1945 年 3 月 9 日到 10 日的这次空袭极为惨烈，随之引发的大火烧毁了市区方圆十六平方英里的土地，超过十二万五千人遇难。三分之二以上的东京住宅被毁——黑泽明的住所也在其中。

在这两次灾难中丧生的人数，与广岛原子弹爆炸中的死亡人数持平。

近六十年之后，黑泽明在自传中详细描述了他在大地震当天及其前后的遭遇。黑泽明的童年是在品川区的大井町度过，1923 年，他们一家从这里搬到了位于小石川市中心西北部高地的一处住所。9 月 1 日早上天色阴郁，黑泽明也心情沉重，倒不是因为天气，而是暑假刚刚结束，他要参加无趣的中学开学典礼。他接着回忆道：

PRIMAL SCENES

典礼一结束，我就去丸善书店为大姐买西文书籍。可是丸善书店还没有开门。远道跑来，它竟没有营业，使我更加心烦。只好等下午再来，便回了家。

当时的媒体普遍报道9月1日早上天空湛蓝无云，晚些时候却突然开始刮风。让黑泽明帮忙买书的大姐春代是一名老师。1930年代初，她和丈夫将成为黑泽家族的经济支柱。而那时黑泽明还漂泊不定，靠着给不知名的刊物画插图或广告换取微薄的收入。

至于京桥附近的丸善书店，从明治（1868—1912）中期开始，它就成为了联结西方作家和日本文人的文化据点，黑泽明也会像当时的"文学青年"一样，带着某种身份自觉来此光顾。大批英文、法文、德文、俄文书籍在日本得到译介出版，一波又一波地涌入丸善书店，几乎要把店里的书架压弯。

19世纪晚期的日本高速发展，在技术、军事和政治革新的推动下，朝着现代民族国家的全新定位大步前进。不仅如此，它还在不断扩展着语言和文化的疆界。传统的日本思想和品位几乎完全植根于东亚的土壤，如今则不断受到西方思潮和写作风格的挑战，有时甚至是完全被后者取代。而这种发生在文化场域的变革所带来的，既是一种社会解放，但也令人不安。

丸善书店可以说是一座为文学野心而建造的殿堂，并成为了不少名家作品中的故事发生地，其中就包括芥川龙之介，他曾将一篇古代的警世寓言改编成同名小说《罗生门》。在他服食过量的安眠药为文学殉道之前，芥川龙之介写下了《一个傻瓜的一生》（1927），这篇于其身后发表的自传式小说有一段精彩的开场：

1　时代

一家书店的二楼。他，二十岁，正站在搭于书架上的西式楼梯上寻找新书。莫泊桑、波德莱尔、斯特林堡、易卜生、萧伯纳、托尔斯泰……

天色渐暮，但他依然专心致志地看着书脊上的文字。排列在书架上的，与其说是书籍，不如说是世纪末本身。尼采、魏尔伦、龚古尔兄弟、豪普特曼、福楼拜……

他与昏暗搏斗着，历数这些人的名字，但是书籍渐渐沉浸在忧郁的暗影里。[1]

在那生死攸关的一天，如果丸善书店开门营业的话，黑泽明可

---

[1]　书中涉及芥川龙之介《一个傻瓜的一生》的段落，均采用了《芥川龙之介全集》第 2 卷中郑民钦的译本，详见《芥川龙之介全集》，高慧勤、魏大海主编，山东文艺出版社，2005 年。

能没法活着讲述当天的故事。他很可能会跟书店一样在地震中湮灭。就算他侥幸逃出书店,他也逃不出受灾最严重的京桥,那片区域几乎被地震裂缝和大火完全摧毁。

　　黑泽明那天虽然没有买到姐姐想要的书(书名和作者我们不得而知),却和死神擦肩而过,这段经历和他后来迷恋的陀思妥耶夫斯基的那段广为人知的遭遇颇为相似。陀思妥耶夫斯基年轻时是一名社会活动家和政治异见分子,曾因与彼得拉舍夫斯基的激进小组有所关联而被捕入狱,判处死刑。就在行刑队举枪瞄准他的千钧一发之际,骑士送来了沙皇的谕旨,赦免了陀思妥耶夫斯基的死刑。

　　且不论这种突然的、戏剧性的逆转对陀思妥耶夫斯基的政治和宗教观产生过什么挥之不去的影响,至少它深刻地影响了陀思妥耶夫斯基小说里人物弧光的建构和戏剧性的表达。他笔下的那些堕落角色,包括杀人犯或自杀者,常常得以赦免、皈依、死而复生,就像拉撒路一样,获得新生。黑泽明在陀思妥耶夫斯基的小说里挖掘出了这一戏剧性的弧光,并将之融汇到了他自己那些电影杰作的内核当中,向观众呈现出一种接近死亡的体验以及人生的重大转折。

　　在疾病或道德堕落的阴影下,黑泽明的电影故事及其主角常常陷入僵局或走投无路。他们看似毫无希望,直到不可思议地,甚至奇迹般地绝处逢生,重新开始。

在大地震发生近六十年后，黑泽明在其自传中更多着墨于地震前后的情景和故事。他生动地描绘了具体的场景细节，比如他从京桥回到自己家附近，去找一个朋友，一起朝着隔壁邻居家拴着的牛扔石头，这头牛在前一天夜里一直叫唤个不停，害他没睡好觉。接着，大地隆隆作响，开始撕裂。

黑泽明的电影处女作名为《姿三四郎》（1943），是一部背景设定于1880年代的侠义片。看过这部电影的观众应该记得其中用来衬托剧情的木屐。他在自传中也写到过类似场景：

朋友忽然站了起来。正想问他去干什么，就看到身后的库房墙塌了下来。

我也急忙站起来。穿着粗齿木屐，在激烈摇晃的地面上是站不住的。此时，朋友以站在小舢板上的姿势抱住眼前的电线杆。我脱下木屐，两手提着也跑了过去，搂住了那根杆子。

这根电线杆也猛烈地摇晃起来。

接着是他对地震中库房的描述，让我们想到《罗生门》开场时映入眼帘的大门和塌陷了一半的屋顶：

地面上所有的东西都发了狂，电线被扯得七零八落，当铺的库房猛烈地颤抖，把屋顶上的瓦全都抖掉了，厚厚的墙壁也被震塌，转眼之间就成了一副木架子。不仅库房如此，所有人家屋顶上的瓦都像筛糠似的左摇右晃，上下抖动，噼噼啪啪地往下掉，一片灰蒙蒙的尘埃中，房屋露出顶架。

　　黑泽明飞奔回家，看到他家前门的屋顶也掉落了一半，"从门楼到门厅的甬路石全被两厢屋顶的瓦埋了起来"，挡住了他家的入口。他看不到里面，以为家人都死了。结果，就像恐怖默片中人从棺材里爬出来一样，他的父母和兄弟姐妹一个接一个地从废墟中走了出来，跟他打招呼。黑泽明说，他当时没有哭，不是因为他不想，而是由于哥哥的斥责，哥哥责骂他光着两只脚，就像流浪汉一样不成体统，家里的其他人则全部规规矩矩地穿着木屐。

　　我们注意到，黑泽明是如何专门提到哥哥的威严，并将哥哥的声音镶嵌到了他少年时期最为残酷的场景之中的。事实上，他的哥哥也将成为黑泽明对大地震及随后那段岁月的记忆的中心人物。黑泽明自传的这个部分带着近乎启示录的语气，让人想到某些古代的佛教故事，如鸭长明的《方丈记》或是他最喜欢的日本经典《平家物语》——它们都是对地震、火灾与战争后幸存故事的记录。那些传奇故事皆以12世纪晚期的京都为背景，黑泽明的《罗生门》也同样如此。黑泽明想要强调的是他所目睹的这种骤然且规模骇人的变化，同时他对淤泥的表现不仅明显地体现在《罗生门》的开场片段当中，同样也存在于战后二十年间他所拍摄的每一部黑白作品里：

江户川对岸的电车道断裂，大地裂缝绵延不断，河底隆起的泥沙形成小岛。

我没有看到倒塌的房屋，然而倾倒的房屋却随处可见。江户川两岸被扬起的尘烟包围，尘烟像日食一样遮蔽了太阳，形成了前所未见的景观。在这异乎寻常的变幻之中往来的人群，也仿佛地狱里的幽灵一般。

我抓住江户川护岸上的小樱花树，瑟瑟发抖地望着这番光景，颇有世界末日到来之感。

在眼前这番荒凉暗淡的景象之上，黑泽明看见"仿佛原子弹爆炸后出现的蘑菇云一般"的浓烟，逐渐蔓延至东方的天空，东京市区的大火翻卷着这浓烟扶摇直上，遮蔽了半边天际。夜幕降临，天空被烟火照得愈发灰白。整个城市的电力都被切断。黑泽明写道，当晚仅有的光亮，要么是贫民区的火灾，要么是附近炮兵工厂的爆炸。

接着，能烧的都烧完了，整个城市陷入彻底的黑暗。极度的恐惧让人失控发狂。除了惊叹于不可控制的自然力量，黑泽明还感到了一种更可怕的力量，并称之为"疑心生暗鬼"。他目睹了那时广为流传的残害"外国人"的情形。据估计，当时有六千余名韩国人被杀，不少中国人和其他外国人则被指认为"颠覆分子"，本国的异见人士也难逃此劫，比如无政府主义者大杉荣及其妻子伊藤野枝——一位激进的女权主义者，就在拘留期间被杀害。

黑泽明认出其中一些暴徒原来是他的邻居，现在却变成了"蛊惑人心者"，唯恐天下不乱。恐惧总是跟荒谬如影随形。一个暴徒兴奋地指着井旁砖墙上的白色粉笔字，说这是"毒药"的韩文记号。黑泽明知道根本不是这么回事，因为那奇怪的记号就是他自己随便瞎画的。

恐惧撕裂了整座城市，使人们做出"脱离常轨之举"。黑泽明借用古话说道，"恐怖夺走了人的正气"。就在黑泽明和家人去上野附近寻找亲戚时，他的父亲遭到了一群挥舞着棍棒的大汉的包围。父亲留着长须，因此被认为是外国人。"混蛋"，他听到父亲断喝道，包围者们这才纷纷散去。那个时候，黑泽明的哥哥一直冷静地站在一旁，脸上满是毫不在乎的神情。就好像无论人类做出什么举动，也无论多么恐怖，都不会让他感到震惊。

◆

几天后，大地终于平静，最后一场大火也被扑灭，黑泽明跟着这个哥哥再次来到市区。哥哥名叫丙午，生于 1906 年，比黑泽明大四岁。对黑泽明来说，这位哥哥无论是在当时还是将来，都是他生命中一股无法回避的力量。"去看看火灾痕迹吧。"丙午催促着，似乎有些急不可待，甚至是有些残忍地渴望亲眼看看地震和大火造成的一切。对于黑泽明来说，这乍看起来像是一次刺激的学校旅行（且没有无聊的典礼），但这种感觉很快就被可怕的冲击感所取代。然而想要反悔已经来不及了。几十年后，黑泽明在自传中写道，自己在哥哥的诱导下经历的这场冒险无异于"一次征服恐惧的远征"。

当时还有其他人也在那儿，他们有的从废墟里找寻着财物，有的则疯狂地搜索着幸存者，当然那几乎都是徒劳。一些文人也到现场搜集写作素材，其中就包括芥川龙之介，黑泽明电影《罗生门》的小说原作者，而芥川的个人生活、艺术生涯，乃至最后的自杀都与黑泽明兄弟俩的经历和命运有着神秘的相似性。

芥川龙之介临死前写过一段题为《大地震》的文字（同样出自《一个傻瓜的一生》），为他自己在地震中的经历留下了一个虚构的注解：

一种类似熟透的杏子的味道。他在烧毁的废墟上走着，淡淡地闻到这种气味，心想酷暑里腐烂尸体的气味并不比想象的那么坏。但是，当他站在尸体累累的池塘边上时，才发现"酸鼻"这个词语给人的感觉绝不是夸大其词。尤其使他怆然悲伤的是十二三岁小孩的尸体。他凝视着这具尸体，产生一种类似羡慕的感觉。他想起这样一句话："诸神所爱的多夭折。"

和芥川龙之介一样，黑泽明兄弟俩也会穿过这座城市的废墟。

PRIMAL SCENES

《泥醉天使》

走在刺鼻、畸形、堆积如山的尸骸中,黑泽明注意到丙午那种诡异的平静,甚至是愉悦的表情。他想知道,是什么驱使丙午坚持让他年仅十三岁的弟弟直面这痛苦的场景:

> 我不明白哥哥是何居心,十分痛苦。特别是站在已被染红的隅田川岸上,望着那些渐渐漂上岸边的成堆的尸体,我浑身无力,简直马上就要跌倒。哥哥无数次揪住前襟提着我,让我站稳,"好好看看哪,小明!"

黑泽明说，即使闭上眼睛，那些画面仍然历历在目："横竖都能看到！"他在自己出生的城市看到令人作呕的一幕——肿胀的尸体在恶臭的浅滩上浮动——被他融入到了电影当中（回想一下《泥醉天使》里的经典画面：一处污水池里满是垃圾，包括一只木屐和一个面孔朝下浮在淤泥上的洋娃娃）。黑泽明想着，地狱里的血海也不过如此吧。

我曾写到染成红色的隅田川，其实并不是用血色染成的红色，只是火灾废墟那样的暗红色，像臭鱼眼睛那种由混浊的白色变成的红色。

漂在河里的尸体个个膨胀得快要胀裂，肛门像鱼嘴一样张着。有的母亲背上还背着孩子。所有的尸体都按一定的节奏随水波摇晃。

这是一个超越了色彩和一般日常感官的世界，就像阿基拉·利皮特（Akira Lippit）对原子弹爆炸后的广岛的描述，爆炸产生的异常光线让所有的色彩都流失了，一切都在毁灭的过程中沦为黑白。

自传接着写到的内容，就像是黑泽明突然想要抬头对眼前的景象做一番摇拍扫描，最好是能发现有人幸免于难，黑泽明写道："极目望去，不见有活人踪影，除了我和哥哥。我觉得两人在这里只是两粒小小的豆子。我觉得我们俩也成了死人，此刻正站在地狱门前。"

那天晚上回到家，黑泽明知道自己肯定睡不着。他等待着一连串的噩梦，结果却睡得很香。他觉得奇怪，于是问他哥哥，并记下了丙午的回答："面对可怕的事物闭眼不敢看，就会觉得它可怕；什么都不在乎，哪里还有什么可怕的呢？"

◆

1945年的大轰炸后，黑泽明再次来到东京的废墟中间，只是这一次哥哥不在他身旁。十多年前，黑泽丙午和银座的一个女侍应生在伊豆半岛的一家温泉旅馆双双自杀。这种死法实在是太像小说或情节剧了。丙午曾是家里最受宠爱，也是学业最好的儿子，却全然不顾家人对他的殷切期待，突然辍学离家出走。他曾痴迷于俄罗斯文学和无声电影，并将这些爱好和黑泽明一同分享。

哥哥中学辍学以后一直漂泊不定，直到他在电影界找到一份打杂的工作。从十五岁起，他就在为早期电影的专刊和杂志写随笔短评（chirashi），由此开始了自己的电影生涯。大地震后不久，丙午找到一位老师对他进行基础的声音训练，老师偶尔也会给他介绍点活干。他由此成为了一名职业辩士——为无声片提供现场解说的"配音师"。那时候，职业辩士的地位可与著名的电影演员相提并论。到了1920年代末，丙午已在这一行声名大噪，有了一波忠实的追随者。

可惜的是，丙午成名很快，失意也很快。到1930年代初音响技术问世，丙午的技艺便再无用武之地。他一度成为罢工领袖，试图阻止电影制片公司解雇辩士，但那只是一场无望之战。很快，丙午就消失于公众的视线之外，再次漂泊，形同浪人（或者说是丧主的武士，就和"七武士"一样，严格来说他们都是浪人）。不少观察者则宣称，丙午最适合演绎的角色之一，正是浪人。他的弟弟对他又敬又怕，将追随其走过的几乎每一条曲折的道路。而最后，黑泽明跟着他来到了伊豆的那家温泉旅馆，帮父亲把丙午的尸体带回东京。

黑泽明在自传中写道，哥哥对他而言是"无可取代、永远尊敬的"，个中况味不可言说。

回想《罗生门》的开场，我们从几个角度观看那座破败的大门，直到第三和第四个机位时，人形才在那大门的残骸下显现。画面中只有两个人。除此之外，一片死寂，我们眼前没有任何其他景物。

无怪乎黑泽明对当时某些评论家的指责感到震怒，他们批评《罗生门》是凭借异国情调才在威尼斯电影节赢得了金狮奖，这部电影只是用一个古老的东方故事和华丽的戏服吸引了西方观众。然而《罗生门》所呈现的荒凉的、末世般的图景——整个世界除了这座破碎的残骸之外空无一物——可以说是人们在银幕上前所未见的。

PRIMAL SCENES

相反，它让我们直面黑泽明对现代世界的看法，事实上那也是他对一座城市——他的城市——两度遭遇毁灭的观感。他曾和哥哥一起凝视大地震后的废墟。后来，作为战后时期的电影人，他亦独自在亡兄灵魂的陪伴下，再次面对被轰炸后的残骸，并一次又一次地从中汲取能量。

PRIMAL SCENES

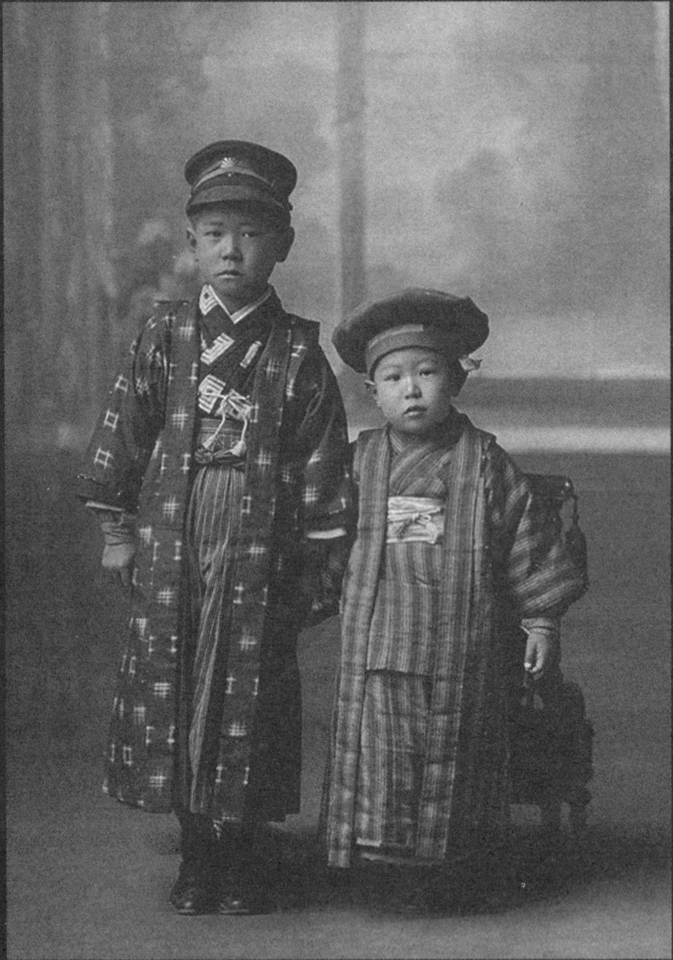

4

开场（狗的故事）

BEGINNINGS (A STRAY DOG STORY)

在20世纪的日本，第一部名为《罗生门》的艺术作品诞生于1915年，这是芥川龙之介写的一部短篇小说，当时年仅二十三岁的芥川正声名鹊起并将流传后世。1927年，在"虚无的焦虑"的情绪中，三十五岁的芥川结束了自己的一生，直到今天这仍是日本现代文学史上最重大的事件之一。黑泽明很可能在少年时代就已读过芥川的小说。到这位作家自杀时，他肯定已经知道了芥川其人，毕竟芥川象征了一种艺术的可能性，并以惊人的表现力书写着东京1920年代骚动而忧虑的氛围。

战后，当黑泽明准备以芥川的作品为起点创作一部时代剧，他真正想要探索的"时代"并非深埋于前现代的历史之中。相反，那是芥川和哥哥丙午生活过的年代，也是黑泽明自己出生和成长的年代。换言之，黑泽明通过《罗生门》所进入的是一段个人的历史，其中不仅有他经历失落和作为幸存者的羞愧与困苦，也有着地震之后文化场域兴起的实验精神。

黑泽明1910年3月23日出生于东京，是黑泽家八个孩子里最小的一个。到在他出生时，只有六个兄弟姐妹活了下来，所以他成了老七。《七武士》里也有七个武士，不是四个、五个，或八个。《罗生门》最后，樵夫将弃婴带回家，成了他家的第七个孩子。黑泽明的个人生活和他电影中独具意涵的数字，我们之后还会继续谈到。

黑泽明出生的那一年还因为其他事件而闻名。日本在发起了两

BEGINNINGS (A STRAY DOG STORY)

〇五九

场对外战争——1894 至 1895 年对中国的战争，1904 至 1905 年的日俄战争——并大获全胜之后，于 1910 年吞并了朝鲜半岛。这意味着日本的殖民野心极度膨胀，并已不满足于仅对中国大陆及台湾进行殖民掠夺和商业开发。而 1910 年的"大逆事件"（Taigyaku Jiken），或称"大逆叛国事件"，则导致了一场臭名昭著的审判以及次年对无政府主义者幸德秋水的处决。这表明当时的政府和司法机关已经做好准备，将随时铲除那些桀骜难驯的政治反对派。在黑泽明生命的头二十年里，政府对民众权利的这种肆意侵犯和极端的判决，将催生出日本社会的反抗运动。以大杉荣为代表的激进主义和无产阶级运动的高涨，皆是这一社会运动的结果，黑泽明在十八岁时也曾参与过无产阶级的艺术和政治活动。

黑泽明出生后的头几年，也是电影作为一种大众娱乐开始兴起并流行的时期，尤其是在日本的首都。随着 1903 年浅草的电气馆开始放映"活动写真"，整个东京出现了一批专门的电影剧场，其中就包括大井町地区，那儿离黑泽明 1910 年代初的住所不远，他曾说，自己童年时就常和全家人一起去那里看美国系列片。

毫无疑问，黑泽明对电影的感知影响并润色了他对这一时期的回忆。这种情况不仅出现在电影爱好者或电影专业人士当中，普罗大众，包括芥川龙之介这样的作家也会遇到。周蕾（Rey Chow）称这一效果为"技术化视觉性"，并进一步解释说，当作家们希望在自己的散文里记录现代性带来的快速而突然的"变化"（cuts）时，便会不可避免地出现这种情况。

举例来说，以下是黑泽明自传第一章中的一段，讲述了他上幼儿园之前的一次经历，就充满了视觉性的记忆，其中有狗，有电车，有家人：

唯有一个场面记得最清楚，而且色彩浓烈，就是电车通过道路口的时候。

电车即将通过，拦路杆已经放下，父亲、母亲、哥哥及姐姐在铁轨对面，我一个人在铁轨的这一面。

我家那条白狗在父亲他们和我之间来回地跑，就在它朝我跑来的时候，电车从我眼前倏地一下开了过去。结果，我眼前出现了被轧成两段的白狗。它就像直接切段的金枪鱼一样，圆溜溜的，鲜血直淌。

这是一个高度电影化的场景，对一位年逾七十的自传作者和世界级的电影大师来说，用这样的方式表达他早年的创伤并不奇怪。这就像是一个分镜头脚本，用文字为我们描绘出其早年的记忆图像——第一次但肯定不是最后一次——他看到一只"流浪狗"。而这样一个角色将会以动物或人物的形式，无数次地出现在黑泽明的电影当中，《野良犬》（1949）不过是表现最为直接的一部。

BEGINNINGS (A STRAY DOG STORY)

上面这个场景的色域是单调的。事实上，它总体上是白色的，直到一团骇人的色彩倾泻而出。很明显，是孩子的拒斥感决定了颜色的构成。黑泽明随后提到，色彩（红色）成了他的禁区，甚至改变了他的饮食习惯（他在三十岁前不吃金枪鱼刺身）。此外，这个场面还是通过一台机器呈现的。电车虽然不是剪辑机，却剪切了一只活生生的小狗。白色画面里的生命，被剪切，变成两段鲜红的碎片。

电影史学家们早就注意到黑泽明不合潮流的剪辑技法，尤其是他格外依赖一种过时的转场方式。这种方式在早期电影制作中曾被广泛使用，并被称为"硬划"（hard-edged wipe）。通常是剪辑师将某格画面上的人物拖向银幕边缘，从而为下一格画面即将出现的人物腾出空间，相比起淡出或溶镜的效果，这一转场方法更具动感但也更引人注意。

幼年的黑泽明，或许并未亲眼目睹他所描述的那场事故。但我们没有理由怀疑，他可能遭遇过类似的场景（例如，在街上看到一只被碾死的动物暴露在外的内脏）。而黑泽明的目的是通过戏剧性的描述，表现记忆与感知之间的关联。进一步说，人们感知中的暴力情境——即回忆和重构的场景——具有内在的戏剧性。这正如黑泽明后来说道的："记忆的鲜明程度是和受冲击的强度成正比的。"

电车的"硬划"构成了一个可怕的场景，强烈地冲击着一个孩

BEGINNINGS (A STRAY DOG STORY)

子的感知，并在黑泽明成年后的记忆中留下了持久印象。黑泽明电影里的硬划手法便与之类似，他以戏剧性的动作剪辑打断流畅的故事，令每一格画面的边缘和其间的形象都更生动，令人难忘。

关于这只流浪狗的回忆还有一个有趣的小故事。事件发生后，为了安抚他的情绪，黑泽明的家人带回了一只又一只小狗给他做宠物。黑泽明发现每只狗都是白色的，这让他很气愤。这些替代品非但没能帮他忘记那场事故，反而让杀戮的记忆更加鲜活。他写道，我"一看见白狗就像发疯了一般，大哭大闹地说：不要！不要！如果给我找来的不是白狗而是黑狗，是不是就不会这样？"不管怎样，似乎对已逝生命的替代品而言，它们总是从属于一个黑白单调的世界。

随着时间推移，电影史学家和电影业内人士逐渐认识到，在同代最具创新精神的日本电影人当中，黑泽明就像一位不安分的工匠。他对 1920 年代和 1930 年代初的黑白电影有着一种奇怪的执念。黑泽明从未在默片时代制作过电影，不像小津安二郎或沟口健二，而这二位到了 1950 年代也都拍起了彩色电影。但黑泽明的《罗生门》却处处都向我们表明，他仍固执地追寻着那种足以展现无声片时期狂躁情绪的电影风格（他的哥哥丙午正是在那一时期变成享有盛名的默片解说员）。这种痴迷赋予了黑泽明超凡的能力，其成就是任何同期导演无法比拟的，甚至他本人后来拍摄的那些彩色电影也无法超越。

试想一下这个电影史上的奇异事实。当彩色影片在日本成为一种美学选择，且更具商业潜能，更受人追捧很久之后（电影能够播放彩色影像，而当时迅速普及的电视还做不到），即使更为年长、文化上也更为保守的小津安二郎和沟口健二都已适应了彩色介质，黑泽明仍在一部接一部地拍摄黑白影片，并一直贯穿了整个 1940 年代、彩色介质迅猛发展的 1950 年代，乃至彩色介质已经饱和的 1960 年代。黑泽明一生执导过三十部影片，其中从《姿三四郎》（1943）到《红胡子》（1965）的二十三部全是黑白作品。这些作品在数量和质量上均压倒了他后来拍摄的零星的彩色电影，无论后者有着多么壮观的场面。黑白电影似乎能够压制黑泽明内心深处的焦虑。在 1970 年首次尝试拍摄彩色电影《电车狂》后不久，他曾企图自杀——就仿佛是他背叛了什么事，或什么人一样。

我们之后还会继续谈到这一点，而现在只需记住，就像黑泽明一直记得的，一只流浪狗的生死是如何建构出了一个黑与白的世界。

◆

1970 年代末，黑泽明即将迈过七十岁的门槛，他开始撰写自传，并在多年之后以日文和英文出版。这种关于个人的编年纪事，在日语中被称为"自伝"（jiden）。这类作品并非虚构，但其写作方式比日式散文的平铺直叙要更生动一些。自传计作者本人——这类作品中的主人公——得以"表演"他生命中的某些片段，尤其是与个人成长密不可分的情节，强调它们在记忆中的特殊地位。这种自我书写的方式是在1880年代的文学改革之后才在日本成为潮流的。

因此不足为奇的是，在追忆自己的青年时代时黑泽明从始至终都在向那些现代作家表示敬意，从樋口一叶到国木田独步，从夏目漱石到芥川龙之介。这些作家和黑泽明一样，全都出生于明治时代（1868—1912）。黑泽明不觉得自己可以算得上一位作家。但他意识到，自己写下的这些，和过去一百多年间日本现代小说对于内在性和自我的探索是一致的。

1880年代，日本的文学改革运动范围广泛，对各种文体都产生了影响。改革甚至扩展到了文学语言本身。当时的人们发起了持续的论争，认为仅仅堆砌华丽优美的词句还够不上"现代"。那种文学风格对于11世纪紫式部的宫廷传奇或17世纪松尾芭蕉的抒情俳句来说也许足够，但对那些生活在持续动荡的现代社会中的作家则远远不够。佩里准将的黑船和"不平等条约"的签署突然"打开"了这个封闭国家的大门，源源不断的翻译小说更向读者们展现了巴黎、伦敦或圣彼得堡等地现代生活的诱人图景，所有这些都要求文学进一步地开拓自己的表达。

作家的当务之急是讲述一些贴近现实、不那么文绉绉的故事。这要求更加平实的措辞和更为简洁的句式，最重要的是，文学作品应该关注有血有肉、活在当下的人物，而非诸如皇宫贵族或悲情恋人那样类型化的角色。到哪里去找这样的人物呢？在这一点上，作家和他们的读者不谋而合，这样的人物应该来自于作家个人化的自白。就像是在一个变幻无常的世界中，当天皇都开始以西装示人，那么任何外在的东西也就不再可信，唯有内心感受——不论多么狭隘或充满愧疚——才最重要。

到了 1880 年代，日本经过文学改革产生出一种新的文体。自那以后，一个苦闷青年的所思所想——对过去怅然若失，对未来无从把握——变成了证明日本作家现代身份的签名。从这个意义上看，黑泽明选择以《姿三四郎》作为自己的电影处女作，去讲述一个明治时期，确切来说是 1880 年代的青年人不知道自己是谁亦无法决定自己处境的故事，便显然不只是种巧合。

在这本题为《蛤蟆的油》的自传中，黑泽明是以忏悔者的身份出现的。毫无疑问，早在提笔之前，他就以这样的身份酝酿着这本自传了。其书名最直接的意思，大约是"一只焦虑蛤蟆的油汗"，乍听起来像是自嘲，实际却有着文学性的双关的意味。这个名字出自于一个古老的道教传说，且在 19 世纪日本的"落语"（rakugo）演出中变成了一个经典桥段。故事讲的是一只置身镜箱的丑陋的蛤蟆，当它看到四面反射出自己难堪的样子，不禁吓出了一身油汗，而人们却争相吹捧起油汗的"药用"价值（我们注意到，黑泽明和他的团队在拍摄《罗生门》时，不仅用到了大量的反光板和镜子来营造森林场景的光线明暗，而且这部作品本身也有着某种多重"指涉"

BEGINNINGS (A STRAY DOG STORY)

的效果）。

《蛤蟆的油》英译本的书名是《类似自传》（Something Like an Autobiography），这个译名可以说是相当的平淡无奇，而对于黑泽明从出生直到他拍摄《罗生门》的那段生活，即使这本自传算不上最真实准确的写照，它也是内涵最丰富细腻的，其中包含着精心打磨、充满戏剧性的章节。丙午自杀后，黑泽明会说他的哥哥是一位"失败的作家"，就好像书写本可以成为他的救赎。并且，黑泽明显然对自己写剧本的能力很有自信——他常称自己所写的剧本是"书"。如前所述，黑泽明一再强调电影故事的根本不是画面和蒙太奇，而是剧本，特别是那些和文学有着深厚渊源的剧本。

家庭生活在黑泽明的自传中占有相当大的篇幅，却很少显露在他的电影当中，至少从表面看来确实如此。而黑泽明对家里每位成员的描写也并非平均着墨。有意思的是，他的父母大多是作为背景人物出现的，很少被近距离地刻画。他们往往被安排在中远景的位置上，一如夏目漱石和芥川笔下的父母。但黑泽明的兄弟姐妹们，尤其是他的哥哥，则会戏剧性地反复出现在前景当中，就像那只流浪狗一样。

实际上，流浪狗事件之后，黑泽明接着写到的一段记忆也和暴力有关："就是我最小的哥哥头上缠着满是鲜血的绷带被许多人抬回家来的场面。"这是黑泽明第一次在自传中提到这位比他"大四岁"、当时正上小学二年级的哥哥,而我们知道这位哥哥便是黑泽丙午,那位早逝的浪子和悲情的辩士。

丙午在黑田小学的院子里上体育课时,冒险走上了高高的平衡木,结果一阵大风让他跌落下来。从作者的描述中,我们似乎可以看到那个垂直下落的景象,特别是考虑到黑泽明钟爱垂直或对角线式的视觉构图和摄影机运动(这与偏爱水平运动的小津安二郎和沟口健二正好相反)。而这种垂直意象,本身就与19世纪以降整个世界现代化进程中对文化危机和焦虑的表达极为相似,从易卜生的《建筑大师》到芥川龙之介的《一个傻瓜的一生》皆有体现。和易卜生的主人公一样,在自传式的《一个傻瓜的一生》里,那个反英雄的主角将爬上丸善书店高高的梯架,试图企及伟大的外国作家——陀思妥耶夫斯基、斯特林堡、波德莱尔、尼采——的高度,同时又害怕自己会像伊卡洛斯般遽然坠落。

黑泽明借着哥哥的流血故事,呈现了自己一家人的神经质。他最小的姐姐百代看到丙午的伤势后,以为其将性命不保,冲动地大喊道:"我愿意替他死。"说着这样情节剧般台词的,是黑泽明最喜欢的姐姐,她后来过早地离世了,而黑泽明也不禁在自传的开头就描绘出了成长于这种家庭氛围中的感觉。他曾以一种难逃家族宿命似的口吻总结道:"我想,有我家血统的人,都是那么感性有余而理性不足,多愁善感,处事厚道,浑浑噩噩的人居多。"

BEGINNINGS (A STRAY DOG STORY)

然而，家族的血统并非黑泽明自传的重点，他至多偶尔会提及父亲是武士的后裔，或是家里对子女的管教如军事化一般严格。事实上，黑泽明觉得家人中最多愁善感的就是父亲，他举例说道，他父母曾在东北秋田地区的老家和亲戚们同住了一段时间，黑泽明抽空去看望父母。当开往东京的返程列车驶离站台时，他回头看到父亲正依依不舍地望着铁轨，直到那身影越来越远。黑泽明的母亲也同去给他送行，可列车刚一开动，她就转身回去了。

讲完哥哥摔下平衡木和血绷带的故事，黑泽明掉转笔锋，就像是用了"硬划"的手法，紧接着回忆起了大约也是在那个时候，他看了人生中第一部"活动写真"，尽管他早已记不清影片的内容。是美国的杂耍喜剧吗，抑或是一个越狱脱逃故事（维克多兰·雅塞[1]执导的《怪盗吉格玛》在黑泽明出生后一年就在日本上映，并广受观众欢迎）？但他记得剧院的氛围，那个剧院位于他在品川的家附近的青物横丁，二楼有个铺着地毯的包厢，"我们全家在那里看电影"。

透过黑泽明自传对其早年生活的这番追忆和讲述，愈发清晰的一点是，黑泽明自己才是家里真正的伤感主义者。至于说贯穿整个

---

[1] 维克多兰·雅塞（Victorin Jesset, 1862—1913），原为扇形画画家、雕刻家、服装设计师，1900年任"跑马场"剧院的哑剧导演。1905年，第一次为高蒙公司导演影片《瘾士梦》。作品有《基督受难》《科西嘉之魂》等。

家族的"浑浑噩噩"的天性：在他的同辈人身上也有体现，而他的哥哥丙午身上那股不同寻常的力量则近似一种突变。

◆

黑泽明的第一个家位于品川区大森的大井町附近，靠近泪桥，泪桥因在德川时期（1603—1867）曾是当地最臭名昭著的公共刑场之一而得名。像东京东部和南部其他临近运河或东京湾的区域一样，黑泽明家所在的那片地方也是填海建成的。黑泽明的父亲黑泽勇毕业于户山陆军学校，这所学校创建于1873年，旨在通过西式的军事训练来提升传统的作战力。而这个国家也正在面向世界，准备着与外国势力交战。人们因此感到需要掌握现代化战争的技能，引进制造机械化武器的技术。有意思的是，现代武器中瞄准器的制作工艺，也催生了最早的电影摄影机和镜头的发明（黑泽明拍摄的政治宣传片《最美》，讲述的正是女工们生产那种用于远程空战或炮兵射击的光学仪器的故事，不无讽刺）。日本现在已经进入了西方列强的视野当中，光靠武士道和剑，远远不够。

与之相似，在黑泽明有生之年里，依赖文字的文艺作品——你可以将其比喻为日本文学之"剑"——也在逐渐让位于机器拍摄的电影故事以及后来的数字媒介。

在武士们再无用武之地的年代里，武士道文化却吊诡地流行了起来。持续了近四个世纪的氏族战争后，日本迎来了以安定和平著称的德川时代，尽管这种稳定局面是以幕府将军的严格监控为代价的。黑泽明祖上是武士出身，尔后成为地主，并长期生活在秋田县东部的农村（紧邻2011年3月的海啸重灾区以及受福岛核泄露事故持续影响的地区）。黑泽明的父亲就在那里出生，直到明治维新之后他才移居东京。他将成为一名教员，随后在他受训军校的下属学校担任体育科主任，他教授的科目包括传统武术。黑泽明曾经提到，当自己终于开始学习剑道——用竹刀练习时，他的父亲无比高兴。

但父亲更为人称道的一点似乎是，他将西方体育项目纳入了课程大纲。是他推动棒球成为日本体育教育中的重要部分，其影响则不限于中学校园，更推进了整个日本的体育文化。然而，父亲在这一领域取得成就的许多证明，却在东京空袭中毁于一旦，这让黑泽明扼腕不已。

黑泽明还进一步提到，他写的第一个剧本就是棒球题材，只是剧本同样也已遗失。甚至在他事业的高峰期，他仍一再宣称自己计划拍摄一部棒球电影，就像他还承诺过要拍一部更大制作、更加出色的彩色版的《罗生门》，或是将《平家物语》改编成电影，而那将是日本最伟大的战争史诗，直到晚年，他还在为自己没能拍摄这部时代剧感到万分遗憾。《平家物语》原是口头叙事作品，故事设定的时间背景和《罗生门》一样，都在12世纪，那一时期充满了地震、饥荒与战争，可以说和黑泽明身处的时代极为相似。

有意思的是，虽然黑泽明遗失了那部关于棒球的剧本，但他并没有全然放弃父亲推崇的这项运动。在《野良犬》中，警官们为了追查走私配米证和枪支的中间人，撞上了一场棒球比赛，比赛的地点是后乐园球场，黑泽明的父亲曾经执教的学校就在那附近。在长达十分钟的镜头段落里，我们的视线在球场和看台间来回穿梭。黑泽明将纪录性的画面和戏剧性的镜头组接起来：从赛场上热身、跑垒的球员，到兜售冰淇淋的小贩，再到午后烈阳下一边欢呼一边擦汗的球迷，我们的视点在他们身上不停变换。这感觉就像是导演突然从黑色电影式的侦探游戏中跳脱了出来，暂时地沉浸到了对棒球和家庭生活的私人情绪之中（在影片后半段，年长的警探将责骂自己年轻的同事太过于感情用事）。

《生之欲》里也出现了棒球。在电影的开始部分，老人为了夜间安全，用棒球棍抵住了前门。正是这个简单的例行动作，触发了影片中的第二次闪回。老人回想起已经和自己疏远的儿子，那时儿子在一场棒球赛中刚打出了关键一击，但很快就走垒出局。这让原本骄傲兴奋的父亲，顿时垂头丧气，羞愧难当。

电影《美好星期天》，被成濑巳喜男认为是黑泽明最洞悉现实、最世俗的作品，影片中两位年轻的恋人没有钱去音乐厅或像样的餐馆约会，只能漫无目的地在城市里闲逛。经过一处战后的废墟空地时，他们看到了附近的孩子们正在打棒球。眼前这番景象鼓舞了原

BEGINNINGS (A STRAY DOG STORY)

本消沉的男主角，他突然打起精神，加入到了那群孩子当中。

至于黑泽明的另一个电影计划，是重制《罗生门》的彩色版：他在很久之后创作了一部色彩绚丽的作品《乱》，剧中确实有一座气势恢宏的城堡，起初完好无损，最终却在烈火中化为灰烬。然而，这部改编自《李尔王》的电影，相较于黑泽明对芥川龙之介那些短小曲折故事的借用，可以说，前者的戏剧复杂性远远不及后者。或许是因为他对这种父子主题——两代人的对立冲突——本身就缺乏兴趣。例如《生之欲》，看似探究了垂死的老人和觊觎其遗产的儿子之间某种俄狄浦斯式的矛盾，但对于这部旨在讲述将死之人追寻生活希望的伟大电影来说，那最多算是一个段线剧情。

让黑泽明最为"遗憾"没能拍成电影的，也是他最为钟爱的经典《平家物语》，这部作品来源于传统的口头艺术，考虑到黑泽明的哥哥的职业是默片解说员，他对《平家物语》的情结别有意味。那些故事在被书写成册之前，一直是以叙事曲艺的形式由盲艺人们传唱的。主题则和战争、自然灾害、流亡以及流离的文化相关。在每一篇灾难或战败故事之后，作品都会以佛教教义作结：世事无常，骄兵必败。其中的很多章节都在讲述结盟以及武士间的背叛，而最著名的变节故事就发生在一对武士兄弟当中——想到黑泽明两兄弟的紧张关系，他对这个故事恐怕会是感触良多。

在这个意义上，我们可以有力地假设，尽管黑泽明从未拍摄过一部名为《平家物语》的电影,但他已经把书里的故事全都融汇到了自己创作的每一部作品之中。这部中世纪史诗的结构性元素,首先显现在《胆大包天的人们》里,接着便是《罗生门》《七武士》《蜘蛛巢城》,以及后来的彩色影片《影子武士》。《影子武士》讲述了有如幽灵般的兄弟故事,其中的一段经典台词颇有某种自反意味:"影子对主人永远不离不弃,我不过是个替身,主人死了,影子替身该何去何从呢?"

不可否认的是,黑泽明意识到他家族的武士血统并为之自豪。他甚至会将家谱追溯到 11 世纪,以确认其与传奇的武士阶层的联系。他将历史上著名的武将安倍贞任认定为自己的祖先,安倍贞任起初和源氏并肩作战,后因争夺本州北部的控制权而倒戈,最终被抓获并斩首(他其中一个儿子是以黑泽为姓)。黑泽明父亲的大姐,即黑泽明最喜欢的"富樫姑姑",则嫁入了另一个传奇的武士家族,因著名歌舞伎《劝进帐》而被传颂不朽的关守富樫左卫门,便是出自这个家族。黑泽明在战争结束前拍摄的最后一部作品,即是根据《劝进帐》改编的《胆大包天的人们》(也有译作《踩虎尾的男人》),但这部影片却遭到了日本审查机关的禁映,检察官们认为这部影片对待历史的态度过于轻浮,并且嘲弄了古典英雄源义经(后来,这部电影也没能通过美国占领军的审查,理由是这类时代剧反映了一种"封建"心态)。

蹊跷的是,除了强调家族先辈的社会地位或父亲对体育教育的

BEGINNINGS (A STRAY DOG STORY)

执著投入之外，黑泽明对父亲生活的讲述却有着很多留白。例如，他的父亲当时已经达到规定年龄，并从军校毕业，理应准备好参军服役。但黑泽明完全没有提及父亲是否参加过中日战争或日俄战争。对于父亲教授并推崇的运动和武术项目，他也从没详述过父亲的技艺水平。我们也没听黑泽明说起他们如何家道中落而必须不断迁居，"每搬一次家住房就小一些"，直到后来家人还必须依靠黑泽明姐姐的资助才能维持生计。

只有在谈到电影时，黑泽明笔下的父亲形象才会变得清晰起来。黑泽勇是一位要求严格的父亲，这从他对丙午望子成龙的心愿中就可见一斑。但他对电影的偏爱喜好，将给两个儿子今后的职业生涯带来无法预估的影响。在当时，师长们普遍认为电影是一种腐朽堕落的媒介，他却鼓励孩子们去看。黑泽明说，他关于电影最早的记忆之一，就是在父亲的陪伴下，在神乐坂的剧院里看 D.W. 格里菲斯的《党同伐异》。而在 1925 年，丙午恰巧也是在这家剧院开启了自己的辩士人生。

黑泽明的母亲黑泽缟不是武士家庭出身，而是来自于大阪的一个商贾家庭。黑泽明曾在晚年说到，尽管母亲家是经商的，但他对商人文化缺乏体认也不感兴趣。他对歌舞伎也没表现过持续的热情——并常将它和能剧混为一谈——而歌舞伎正是兴起于商人阶层中间且受其追捧的戏剧形式。黑泽明用说教式的美谈佳话将母亲描绘成一个儒家贤妻良母的典型，一位"难以置信的英雄"，或是一个"温柔的灵魂",她耐心宽容地面对着明治时代的"军人"丈夫所提出的各种要求。当得知丙午自杀的消息时,黑泽明看到母亲紧闭双唇,隐忍自制。不管家人的性格如何多愁善感,黑泽明都感觉母亲与这种伤感格格不入,她更像是一个现实主义者。

然而,黑泽明从未在自传中言明的是,他母亲是黑泽勇的第二任妻子,她只是黑泽家中后五个孩子的生母,黑泽明则是她最晚生养的那个。这是一个令人费解的遗漏,且不是自传中的唯一一处。在黑泽明写到自己的过去及其家庭生活时,即便是哥哥丙午那样重要的角色,他仍是用这样的手笔讲述着。他这么做或许是因为含蓄严谨,或许是出于羞愧,抑或是有某些耐人寻味的缘由。

尽管黑泽明对自己的武士祖先颇为自豪,还回忆了少年时有关游泳、剑道、田径比赛或其他体育项目的几宗轶事,但在黑泽明的自传中,我们几乎很难看到关于勇气的肉身性的表达。讽刺的是,其中让人印象深刻的恰是黑泽明母亲,那位大阪商人而非武士之女的一次经历:

战争时期有一支歌唱道:"父亲啊,你很坚强。"可我愿意改成"母亲啊,你真坚强。母亲的坚韧,特别是在忍耐力方面,是令人吃惊的。

那是有一次母亲在厨房里炸虾时发生的事。

炸虾的油起了火。当时母亲两手端着起火的油锅,手烧到了,眼眉、头发也烧得嗞嗞地响,然而她却沉着地端着油锅穿过客厅,穿好木屐,把油锅拿到院子里,放在院子中央。

我们可以回想一下电影《罗生门》,其中那个果决挥刀、坚定决绝的角色正是一个女人。电影里,两个男人间的打斗心虚又狼狈,看上去就像是小丑一样,甚至拿不稳手里的剑(武士唯一一次果断的表现,是在他将匕首刺进自己胸口的时候),而武士的妻子却紧握着匕首,一步步地朝向直视着她的丈夫逼近,她后来"供认"道,自己当时想要杀掉这个男人。《七武士》中与之相似的场景，是对一位将死的农妇的戏剧性展现。她的后背被人刺穿，奄奄一息之际，却设法把自己的儿子从着火的屋子里抱出来，她跌跌撞撞地趟过小河，穿过起火的水车，只为救出自己的孩子。

　　黑泽明说自己在学校时，是一个常常受人欺负的爱哭鬼，后来慢慢表现得好些了，但也从来不是优等生，他还说自己是一个天赋不高却很有热情的运动员。他在棒球场上和田径赛中都有过不错的表现，还有诸如以剑道击退邻家恶霸的英勇事迹，但他同时也有体质差、上身力量不足的弱势，总体来说,这些优缺点似乎刚好抵消了。黑泽明会说自己是一名游泳好手，可还是比不过丙午，丙午曾以其"一流的自由泳"赢得过一顶"镶有三条黑杠的白帽"。黑泽明讲到有一次，他和丙午划船到荒川的河中央，却被丙午冷不丁地推进水里。他挣扎着拼命地游向小船，可丙午却故意将船越划越远。直到他快要溺水，丙午才把他拖拽上来。回家路上，俩人吃着刨冰，丙午漫不经心地说道："小明，听说人快要淹死的时候都会龇牙一乐呢。果然不假，你也龇牙乐了。"黑泽明听了十分恼火，但也不得不同意哥哥的说法，因为他记得"沉底之前的确有莫名其妙的安适感"。（《生之欲》中的老人也将回忆起自己童年溺水的经历，他看到父母就在岸边，却仍因离得太远而起不了任何作用。）

　　这些故事并不是为了贬低黑泽明对游泳、棒球或剑道的热情——很多年后他的这些爱好都将被钓鱼和高尔夫取代——也无意

BEGINNINGS (A STRAY DOG STORY)

否认这种热情促成了他好胜的个性,在他的电影生涯里,黑泽明正是凭借这种心性应对那些嫉妒他的同行、挑剔的评论家以及愚钝的制片经理的。但事实是,他小学时候接受的剑道训练和他引以为傲的武士血统,并没有让他变成一位武士,他也从没有拿起过剑和枪走上战场。

整个1930年代,大陆间的冲突加剧,日本帝国主义急剧扩张,很多电影人都被迫强制入伍。其中就有时代剧大师山中贞雄,黑泽明钦佩他不拘泥于经典和传统,包括他对武士的表现。山中贞雄二十九岁在中国去世。小津安二郎也曾服役三年,他最初隶属于部署在上海的一个化学武器师,第二年被派往南京(他就是在那里结识了山中贞雄,而后者不久便死于痢疾)。三船敏郎出生于青岛并在大连长大,战争期间曾在伪满洲的军队里担任飞行摄影师,黑泽明战后的多部作品,从《泥醉天使》到最后一部黑白片《红胡子》(1965),均由他担纲演出。

与此同时,黑泽明本应于1930年服役入伍,但他被告知"和兵役无关"。这一结果是由和父亲当年一起受训的军官促成的。征兵时,黑泽明就自己的志向给出了一个含糊其辞的说法,他说自己是一位画家,而完全没有提到自己参加过无产阶级艺术联盟。很显然,那位军官有意庇护黑泽明。他注意到这个二十岁的小伙个子挺高,但看起来笨拙又孱弱,随后便直接在不适合服役的文件上签了字。对这一特殊待遇,黑泽明既没表示过歉意也没流露过不满,只是感激于父亲熟识的军官给了他一次机会，让他得以在战争期间做一些别的事情。他在日后将会说起，免于兵役在某种意义上让他保住了性命。

日本战后的文学浪子三岛由纪夫，也因类似情况而未服兵役。但和黑泽明不同，正是出于对"神圣之死"未竟的渴望，他才在一生中创作出了那些作品，并选择在最后切腹自尽，了却夙愿。值得一提的是，在黑泽明所有的电影里，他从没拍摄过任何如武士般"光荣"殉道的自杀场面。无论黑泽明在战中或战后为他的国家作出过什么样的贡献，那都是基于他电影人的身份，而不是一名持剑的战士。

当我们困惑于黑泽明将如何在银幕上表现英雄主义时，我们可以思考他免于服役的故事，以及他母亲坚毅果敢的个性。黑泽明常被认为不擅长拍摄"家庭戏"，或是他对家庭生活的处理与小津安二郎的电影截然不同，以及他只关注男性，而不像女性主义者沟口健二那般注重刻画女性的形象。然而，上面提到的那些例证，当然不止于此，将让我们意识到他在电影中对女人和男人的呈现，远比现有的评价更具复杂性。这也将指引我们去寻找并认识他战后作品中那些真正的英雄角色。

BEGINNINGS (A STRAY DOG STORY)

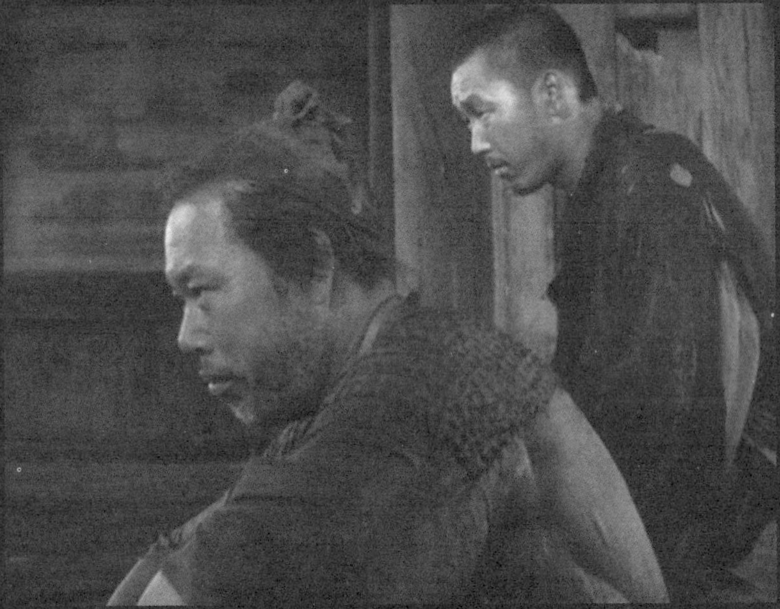

5

自白
CONFESSIONS

当我们在《罗生门》里第一次看到正在大门下躲雨的樵夫和僧人时，他们是以目击者的身份出现的，他们听闻并目睹了某些事，好像还做了什么亏心事。接着来了一个流浪汉，对这两人的故事又好奇又怀疑，自白由此开始。事实上，《罗生门》里的影像运动和"情节动作"是建立在声音之上的——存在于故事讲述者和听众的对话当中。是大门下的谈话将我们带离此时此地。我们之后还会听到其他人在衙门里的自白，并将我们继续带回更久远的过去，带入森林之中，去目睹犯罪现场的一再重演。

在影片的开端、发展和结尾部分，黑泽明将带我们多次重返大门，好让我们在火堆前暖暖身子，并借机回想之前的见闻。由此可知，黑泽明在创作《罗生门》时，对自己说书人和目击者的双重身份有着清醒的自觉。在时代背景和舞台服装的表象之下，《罗生门》其实是一部关于黑泽明个人的电影，其中包含了他本人的自白。这部电影让我们看到，一位导演勇于质疑自己，以及自己选择的媒介，在他试图去建构什么，或在剪辑中偶然发现了某些个人生活经验的片段时，他对自我的武断之举抱持着警觉之心。

费里尼的杰作《八部半》，讲述的是一位导演迷失在"幻想与巴别塔"（sci-fi meets Tower of Babel）中，担忧自己"无话可说"的故事，而黑泽明的《罗生门》看似以犯罪故事为框架，并将场景设定在了遥远又陌生的过去，导演却让我们不断面对故事讲述者，仿佛罪行就发生在我们身边，甚至感到这一切都是由他亲手造成。

CONFESSIONS

如我们所知，关于罪行彼此矛盾的复述，最终会让我们放弃对真凶的探寻，永远也无法弄清《罗生门》真正的意涵。这部精巧的作品述说了一位出身显贵的妇人和她的武士丈夫遭遇了一个声名狼藉的土匪，尽管这个充满东方色彩的时代剧发生在很久以前，却自始至终都被另一个故事的阴影所笼罩，那正是黑泽明自己的故事。

相较于黑泽明的早期电影，《罗生门》在视觉上为我们奉献了前所未有的精彩镜头和绝妙剪辑，尤其是"回忆中"森林的案发现场：一位妇人，一匹白马，一条清澈的小溪；土匪，在薄暮时分，骑马越过地平线；太阳，像一只巨大的眼睛，透过树冠向下窥视；背光和轮廓光在这些美丽的演员身上留下了朦胧的阴影，透过优雅的特写镜头，他们和景物构成了一个整体，而不管他们表现出的悲喜是多么荒唐、虚伪，他们都像旧时的电影明星一样动人。

《罗生门》有太多地方值得我们一看再看。黑泽明则通过诸多彼此矛盾的闪回提醒我们，当我们跟随镜头在那梦幻的黄金年代流连忘返时，我们显然遗漏了什么。他借此向我们发出挑战，让我们不仅对所见之物，还有未见之事，全都产生质疑。我们多少次重返"同一个"案发现场，听取证人们亦真亦假的供述，最后却发现自己依旧身处于电影开场的大门里，在那儿，樵夫一边摇着头一边告诫我们，那个曾经熟悉的世界早已不可理喻地滑向了另外一边。听起来，樵夫就像是黑泽明本人，他的创作始于一种恐惧，即人类创造、占有或毁灭过的任何事物，已经超出我们自以为能够理解的边界。

因此，我们不必惊讶于黑泽明在自传的结尾处总结道，他"不能穿过这个门继续再向前进了"。毕竟他的电影作品不仅仅是建立在当下体验和新潮技术（例如，他后来采用过多摄影机和宽银幕技术）之上，而更多是基于他对往昔生活的追忆和对失落之物的缅怀，是这些奠定了他的创造力。从这个意义上说，除了最初的四位目击者之外，《罗生门》里还有第五位证人，那就是黑泽明自己。"我所有的电影"，他曾这么写道，"都是围绕自我问题而展开——这一问题起始于明治时代，在过去被当时的封建残余所压抑，也正是这种封建残余将我们引向了战争，至今阴魂不散。"

看起来，那个等待被质询的自我，那些在剪辑室里突然邂逅的"人生"，可以追溯到黑泽明的童年和少年时代。童年也是费里尼经常光顾的灵感源泉，他在那里发现了自己臆想中莎拉姬娜（Saraghina，神秘女子）的肉身，发现了祖母会在夜里轻轻经过早已熄灭的壁炉，去看一眼熟睡的孩子。对巴什拉（Gaston Bachelard）所谓"私密空间"（sites of intimacy）的这种回忆，一旦浮现其结果将令人惊讶。毫无疑问，这种回忆会让黑泽明将自己的电影看成一部老式的默片，以至于从中听到哥哥的声音，而这将让他感到"战栗"。

黑泽明童年记忆里的两个小小斑点，就这么在《罗生门》的开场片段中，从雨幕和废墟的深处显现出来。又或是像《蜘蛛巢城》

《蜘蛛巢城》

里那两个绝望的武士一样,骑着马,努力地前往城堡,却在幽冥般的大雾中迷失。这就仿佛黑泽明兄弟俩被集体性的但同时也是个人化的历史裹挟着,在那些黑白电影的明暗交替间时隐时现。

♦

随着黑泽明成长故事的展开,他的自传逐渐转向公共空间,而按部就班的生活中也夹杂着难忘的片段。其中很多都发生在他早期就读的一两所学校里又或是在上学途中,比如他中学时代上学时会经过一家炮兵工厂，工厂外长长的红砖墙下便是他的文学启蒙地。家里也有故事，但重点都在兄弟姐妹身上，父母或其他大人很少成为故事的主角。

黑泽明七岁前，他们家还住在品川附近的大井町，黑泽明就近去了当地的幼儿园和小学。他就读于由明治时期的商人森村市左卫门创建的森村小学。森村市左卫门的制造业务涉猎领域宽广，从餐具到洁具一应俱全，如今全球知名的则武（Noritake）和东陶（Toto）公司都是其后继者。这所学校采取西式教学模式，特别是德国的教学模式，学生的着装也是西化的：翻领制服、皮鞋和皮书包。为了向欧洲的精英学校和中产的家庭习惯看齐，男孩们也可以留长发。

当黑泽明在二年级转到黑田小学时，之前的校服装扮则让他感到很是丢脸。黑泽明家里似乎从未有过稳固的经济来源。几个大人加上七个孩子全靠一份公务员的微薄工资勉强度日，他们也没有因为是武士的后裔而继承到什么遗产。那时候，黑泽明一家已从品川搬到小石川的一个老城区大曲，当地的学校跟森村小学比起来简直是魔鬼式的军事训练营。在黑田上学的男孩们没有光鲜的制服，只穿普通的木屐、背帆布书包、剃光头。

黑泽明因为穿着森村小学的制服上学而被同学们无情地戏弄。又因其常被弄哭，同学们便以1920年代一首流行歌里爱哭鬼的名字（Mr Gumdrop）给他取了个绰号，叫他"酥糖"（Konbeto）。

想想《生之欲》中那位不久于人世的年迈的主人公，也曾流泪唱起另一首大正时期（1912—1926）的歌谣——那是他特别点唱的歌曲——那时他正坐在东京的一家小酒馆里，用噙满泪水的深情的双眼凝视着镜头。

但据黑泽明回忆，学校里没人敢惹他哥哥。因为出众的才华和戏剧性的人格，丙午从一开始就表现出了一种得意和傲慢的态度。黑田小学似乎是丙午展现其魅力的第一个舞台，这种魅力随着时间的推移愈发耀眼，牢牢吸引了其他人的注意力并对他们施加影响，这对黑泽明来说就像是种催眠的魔咒一样。

例如,在黑田小学的第一年,丙午会在上学路上训练让黑泽明不哭。黑泽明曾这样写道:

我家位于小石川的大曲附近。每天早晨我和哥哥顺着江户川岸边去黑田小学。我上低年级,放学比哥哥早,所以总是一个人按原路回家。去时自然是同哥哥并肩而行。

那时哥哥每天都要把我骂个狗血喷头。我简直吃惊,他骂人的词儿和花样竟如此之多,什么难听的话都朝我劈头盖脸地浇来。可有一点,他绝不大声吵嚷,只是小声地骂我,过往行人绝对听不到,只有我才能勉强听见。假如他大声骂我倒也好,我可以跟他吵,不然就哭着跑开,或者两耳捂住耳朵。可他偏不这么干,就是没完没了地慢声细语地咒骂我,让我无法施展对抗他的伎俩。

尽管我想把坏心眼儿的哥哥如此欺负人的事告诉母亲和姐姐,可是快到学校的时候他一定说:"你这家伙本来就懦弱无能,像个女孩子似的,是个窝囊废,一定会到妈和姐姐那儿告我的状,说我怎么欺负你啦。这个我一清二楚。你去告吧。你要敢告,我就更来劲儿!"如此等等,先把我吓唬一通,使我就范。

然而一到学校,这个刻薄讨厌的兄弟就换上了另一副面孔和语调。他变成了一个不折不扣的"保护人",当同学在课间嘲弄黑泽明的时候,他总是赶上前来。黑泽明认为丙午"在学校里很受重视"。所有低年级的学生,包括黑泽明同学中的那些小坏蛋,都对丙午怀有敬畏之心。黑泽明承认,每次看到丙午出现、听见他说"小明,来一下"时,他都备感欣慰,因为可以逃离那些欺负他的人。"什么事?"黑泽明会问。"什么事也没有。"他哥哥回答道,然后便转身漫不经心地走开。

黑泽明对丙午的记忆最深刻的是他的声音。这个兄长对他的欺凌和操控,甚至是偶尔的善意表现,无一不是通过说话的方式来实现。由此,黑泽明向我们预示了他哥哥日后是如何成为一名头牌辩士的。黑泽明描述了他哥哥喊住他、他回应、然后哥哥走开的情景,这也预告着1933年夏天兄弟俩在新大久保车站分手的情景。在那个类似的场景中,丙午叫他,他回答,然后丙午转身离开。那是丙午死前黑泽明最后一次见他。

当黑泽明不再哭哭啼啼之后,他在黑田小学立川精治老师的帮助下取得了不少进步。黑泽明特别提到这位先生,并将其描绘为阴森压抑的学校中的一抹启蒙之光(也许立川就是后来在黑泽明电影中反复出现的那位年长、睿智、开明的导师的原型,这位老师通常由志村乔扮演)。立川老师主张先进的教学方法,这与黑田小学枯燥的教学法和严苛管理格格不入,以至于他只在学校待了两年。但这段时间给了黑泽明足够的勇气,至少是在美术班上,让他认识到

自己独具一格的绘画方式也有着特殊价值。

当时的日本小学里，美术教育的标准做法是给一张乏味的图片，让所有学生都照着去画，而立川老师没有这么做，他让班上同学"自己随便画最喜欢的"。黑泽明回忆起一堂特别难忘的美术课——不是他画了什么，而是他画画的方法——他用彩色铅笔使劲画着，甚至将铅笔都折断了，然后再用手指沾着唾沫去涂色。下课前，同学们的画作在黑板上挂成一行，供大家自由评论。轮到黑泽明的那幅画时，同学们都哄堂大笑起来。立川老师却特别挑出他的画，大大夸赞黑泽明用唾沫着色的方法很有表现主义的效果。立川老师在这幅画上画了三个很大的圆圈——这是最佳作品的标记—— 年幼且不时陷入低迷情绪的黑泽明当然不会忽略这份荣誉。

在电影《天国与地狱》（1963）中，被绑架的孩子得救以后画了一幅绑匪的蜡笔素描，那幅画粗糙而略带喜感，却比警察们用仪器获得的图像，不管是照片还是胶卷都更有用。孩子用白色蜡笔突出渲染的色块会让人注意到罪犯的左手总是绑着外科绷带。这在后来成为了关键线索——就像该隐的记号——帮警察确定了罪犯的身份并最终将其抓获。

随着黑泽明作为电影导演的地位越来越高，他自己也成为了电影界的一位"老师"。他经常被新人导演、编剧或演员们请教，该如何发展和训练他们的技艺。除了告诉他们多读文学作品、多写电影剧本之外，黑泽明也会拿当年在班上画画的经历举例："尝试某件事，然后遭遇失败，但要失败得潇洒，就像一个小孩开始画画，画到纸的边缘也不以为意，继续大笔挥毫，画到榻榻米上……"

黑泽明这种不断探索新边界的态度，在其职业生涯早期就广为人知，即便是在战时审查制度下，他拍摄的政治宣传片也往往不落窠臼（而东宝电影公司的另一位青年才俊木下惠介却是以严守规则而著称）。众所周知，《罗生门》将日本时代剧拓展到了一个转折点。黑泽明突破了传统手法，甚至让摄影师用米切尔摄影机和高倍镜头直接对准"炫目"的太阳进行拍摄。

黑田小学除了立川老师之外，还有一个人也在黑泽明的成长中起到了重要作用。这就是黑泽明的同学，亦是他成年后职业上的亲密伙伴，植草圭之助。植草和黑泽明是童年挚友，1920 年代末两人都曾加入过无产者艺术联盟（其简称为 Nappu）。二十年后，战争结束之际，他俩再度联手，合作了黑泽明两部影片的剧本：《美好星期天》（1947）和《泥醉天使》（1948）。性格多变又极具魅力的三船敏郎在后者中饰演了一位病入膏肓的帮派分子，这是他在黑泽明电影中的首次惊艳亮相。

然而，童年的情分和《泥醉天使》的成功——这是黑泽明战后第一部广受好评的作品——未能阻止植草与黑泽明交恶。他们后来分道扬镳，再也没有合作过。

黑泽明出版自传的七年前，植草出版了他自己的成长回忆录。他利用了旧时好友当时的知名度，把自己的书命名为《虽然已是黎明——青春时代的黑泽明》(1978)。这本书被定位为"自传式小说"，可能也是因为其中有些故事看起来设计痕迹过重或不太可信。

不同于黑泽明写作的"自伝"或"自我编年史"，植草的作品是一部"私小说"（watakushi shosetsu）或"自传式小说"。这两种文体在如今的日本界限分明。植草的书可能是最初激发黑泽明写回忆录的重要动力。他特别重写了某些植草提到的场景，好像是为了澄清事实一样。黑泽明的字里行间仿佛在说，这是我对事实的描述，而植草写的是一部小说。

的确，黑泽明在《蛤蟆的油》中有关植草的描写背后似乎笼罩着一种隐蔽的对抗，即他和植草谁对过去的描述才是可信的。也许两人曾经的亲密关系让黑泽明反应特别强烈。两人共同经历了童年的某些重要时刻，而且植草认识他的哥哥丙午，还在电影院里听过他的表演。黑泽明的版本是否更接近真相，还是为了呈现一个更加讨喜的自己？这简直就像《罗生门》的故事在他自传中的重演。

似乎是为了报复植草在书中肆意编造关于他们青春的故事（我们稍后会看到），黑泽明承认他并不是健忘，而是根本无心集中描述他们两人的故事。与早已去世的丙午不同，黑泽明动笔写书时，植草依然健在。植草也许将黑泽明的注意力分裂为二，一是两人共存的当下，而且还是在同一行业，以及他们共同的过去。相较之下，黑泽明似乎并不急于回顾他们的过去。他说，他眼前有许多生动的校园场景，但他却无法清晰看见自己和他的朋友身处其中，除了几缕褪色的"剪影"。

黑泽明说，他哥哥的故事是他"不愿意写的"，植草的故事其实也是如此。在我们探寻黑泽明的早年生活时，植草是一个值得关注的背景人物，黑泽明称他为帮助自己成长的"第三种力量"（丙午和立川老师是另外两种）。植草数次引发黑泽明异常缜密的反思，特别是对过去的回忆。植草说，黑泽明曾将他们两人比作"紫式部和清少纳言"——二人都是最具盛名的日本传统文学作家及平安时代（11 世纪初）的宫廷女官，通常被后人说成是文学上的，抑或也是生活上的竞争对手。这是真的吗？在迅速回应这一谜团后，黑泽明紧接着生动地描述了他在五年级被任命为剑道队副将以及在赛场上的英勇经历，"我用'反斩腹'的招数一连击败了五个人。"

黑泽明自己觉得"其中最难忘的",是一次放学回家路上的曲折遭遇。从别的地盘来了几个大孩子,不少于"七八个",还都带着"竹刀、竹棍、木棍"。他们朝他扔石头,想要激怒黑泽明,引发一场混战。这些孩子挥舞着手中的竹制武器冲向黑泽明——不管多么不可思议——但最后都被这个少年独自击退。"这些人虽用手里的家什挡住了我的竹刀,但也只是窜上来又退回去。我很容易打着他们的脸、前胸和手。"作者如此写道。被击退的孩子们躲进附近一家鱼铺,鱼铺掌柜拿着一根扁担出来保护他们。就在这时,黑泽明告诉我们,他捡起刚才打架时脱下的木屐夺路而逃,"我穿过一条很窄的胡同,为了避开胡同里泛起臭味的阴沟和那业已腐朽的阴沟板,我只好左拐右拐地跳跃着跑"(这个氛围倒是与整个故事的运动感很搭调)。在小巷的尽头,他终于可以喘口气,穿上木屐,结果发现他的剑道服早已不见,很可能成为了"那帮拦路挑衅的家伙的战利品"。黑泽明在这个故事的结尾提醒我们,他的处女作《姿三四郎》中就出现了一套被弄丢的剑道服和粗齿木屐。他补充说,这就是一个想象来源于记忆的很好的例子。

　　直到他叙述完这段经历时,黑泽明才又提起了他的童年好友植草。跟黑泽明一样,植草在黑田小学也是出了名的爱哭鬼。"这件事我记得曾对植草说过,现在他却说不记得了。"至此,一个公正的读者应该能判断,植草之所以不记得"这件事"——充满夸张的打斗场景——或许是因为这件事可能从未发生过。

黑泽明接着描述起植草：他面对女性时的罗密欧式浪漫、他的舞台表演习惯和光鲜的服装，以及受欺负时多么需要黑泽明的保护，黑泽明又如何像他哥哥保护他一样保护自己的朋友。但黑泽明又进一步承认自己的回忆在这里不管用。他尝试着解释说，他对自己和植草——这个他早年生活中唯一的朋友和亲近的人——在那些年的交往仅留下十分模糊的印象。为了澄清这一点，他继续解释：

我不知道这是由于年代久远，还是由于我本人的资质，总之，要把我们俩人当年的情况详详细细地回忆起来，是需要经过一番努力的。

看起来，不把广角镜头换成望远镜头是不行了。

在这场"回忆录决斗"或者"谁更胜人一筹"的游戏中，黑泽明导演手中握着"长焦记忆镜头"的摄影机，而可怜的植草只有一杆笔。可以看到，即便是在两人有分歧的记忆点上——如平安时代的女官以及竹刀围攻的故事——黑泽明仍对旧时老友怀有感情。尽管植草在剧本写作上有所成就，但黑泽明作为导演，拥有操控摄影机的能力，似乎还是略占上风。

后来，有关黑泽明在片场态度任性的报道比比皆是。他性格专横的形象出现在不同的场合，尤其是 1980 年代的三得利（Suntory）

广告中：黄昏时分，大师戴着墨镜，享受日落和威士忌给他带来的快乐。毫无疑问，写作《蛤蟆的油》时，黑泽明正走向成功的晚年。书中可以看到黑泽明对事物的掌控，但奇怪的是，这本书有一种诡异的力量，时常让黑泽明暴露、甚至屈服于一股他无法控制的力量。描写植草的段落即是如此，黑泽明表露出了仅从自利的角度讲述故事的内心焦虑。

其他某些段落也是如此，特别是详细描述大地震的那些：大自然的暴力，以及由人类的恐惧和无知造成的暴力。然而，除此之外，还有一些段落是关于兵工厂外那堵长长的红砖墙的，黑泽明每天从此路过，他在那里对文学和自身有了新的发现。

◆

黑泽明曾就读的京华中学是一所体面的私立学校，却算不上一流的精英学校。后来，他既没有考中名牌大学，也没能进入东京美术学校，而是走向街头加入了无产者艺术联盟。黑泽明告诉我们，他对京华中学的记忆主要集中于他上学时会绕道经过的炮兵工厂的红砖墙一带。他本来是乘电车上学，但电车总是人满为患，尤其是车门处，人们常常不得不半吊在车门外摇晃（想想《野良犬》中导致罪行发生的过度拥挤的电车）。有一天，他又乘上一辆拥挤的电车，却发生了一件不同寻常的事。

这件事是这样的:

有一天,我也挤在那里。从大曲到饭田桥的半路上,不知为什么我竟然松开了抓着电车扶手的那只手。

我两旁挤着两个大学生,如果不是他俩挟着我,我会立刻掉下车去。不,即使他俩挟着我,我还是一只脚踩在车门的踏板上,另一只脚悬空,身体朝后仰去。

就在这千钧一发之际,一位大学生喊了一声,松开一只手,一把抓住我斜挎在肩的书包背带。这样,我相当于被那大学生提溜到了饭田桥站。在这期间,我一动不动,目不转睛地看着那吓得面无血色的大学生。

饭田桥是一个繁忙的中转站。到站后,电车开门下客。那两名大学生仍惊魂未定。他们责问黑泽明:"你怎么啦?"黑泽明没有回答,只向他们低头鞠躬,似乎是在表达谢意,然后便转头向学校走去。他当时已暗暗发誓,以后再也不乘电车了。

黑泽明将会在这个阴暗的故事中织入几缕亮色,就像他的电影杰作中典型的"由黑暗走向光明"的叙事。省下来的电车费可以供黑泽明购买精神食粮。他计划了新的步行路线,从小石川出发,沿江户川走饭田桥,然后绕道至兵工厂的长砖墙外。那道长长的红砖墙看似没有尽头，但其实直接通向水户德川宅邸的后花园。道路在这里折向水道桥，然后一个缓坡经过御茶水到达学校。黑泽明说，他每天在这条路上边走边读书，读到入迷：

  在这段路上，我来去都是边走边看书。樋口一叶、国木田独步、夏目漱石、屠格涅夫等人的作品就是在这段路上看完的。哥哥的书、姐姐的书、自己买的书，凡是到手的就读，不管懂还是不懂。

  那时我还不太懂世俗的事，但有关自然的描绘还是懂的，所以把屠格涅夫的《幽会》第一段反复诵读。它的开头是这样写的："只是听树林中树叶的声音就知道季节……"

  "就像被溪流载着一般"，兵工厂外的红砖墙似乎把黑泽明送入了青春期。但他的青春期也在大地震中被摧毁了，片甲不留，黑泽明如此结束了这个故事。但是，这道墙庇护了这个年轻人的文学探索和白日梦。当他回忆这座失落的城市时，他所讲述的故事无疑会受此影响。又或者，红砖墙下的回忆为他的故事添上了一抹惊鸿一瞥、闪着光芒的美好色彩，就像《罗生门》中的土匪或"七武士"中最年轻的那位武士在发现自己被"林中树叶的声音"环绕时感受的喜悦一样。

◆

在黑泽明失去的人中，他的兄弟姐妹占据着特殊位置，特别是他早逝的姐姐和哥哥丙午。丙午曾凭借才华平步青云，最后却如巨星般陨落，但即便面对死亡他也毫无畏惧。

黑泽明是七个孩子中最小的那个，他成长期间父母年事已高，所以他与两个年龄相仿的兄弟姐妹关系密切（他们都有同一位生母）。其中之一是他称之为"小姐姐"的百代。在他的描绘中，百代特别柔媚。她看起来有种柔弱易殒、令人哀怜的美。在他记忆中，有一次和小姐姐在父亲学校的院子玩耍，那地方是一块"呈钩状的空地"，突然，一阵旋风把他俩刮得离地而起。那感觉就像是前一秒还"漂浮在空中"，下一秒便"跌落到地面"（又一个垂直运动场景，但比起之前丙午的流血事故要温和一些）。尽管如此，黑泽明还是承认自己一路哭着回家，并紧紧抓住小姐姐的手寻求安慰。

百代十六岁时，黑泽明九岁。那是1919年，黑泽明对那一年的记忆是"我这个姐姐……得了一场病"，而且这次病得很重。他没有说，我们也无从得知他姐姐到底生了什么病。但1918至1920年日本流感肆虐，夺去了近四十万人的生命。就像"忽然被旋风刮走一般"，他的小姐姐突然去了另外一个世界。

黑泽明的自传接下来似乎是在描述小姐姐送给他的临别礼物，百代将留给黑泽明另一段个人记忆，那便是教他如何用光影创造出美。他随后将这一过程及其理念称为"黑白默片制作的精髓"。以下是他的描述：

　　我们关上电灯，在光线微弱的房间里，借着纸罩蜡灯的柔光，看那些摆在铺着猩红毯子的五层坛上的宫廷偶人，它们仿佛就要开口讲话一般，栩栩如生，美丽之极，我甚至为此有些发怵。小姐姐招呼我坐在偶人坛前，为我放上小桌，让我在小手炉上烤手，用大拇指那么大的酒杯喝甜酒。

　　黑泽明对温柔善良的百代的回忆，使他这个姐姐身上也闪烁着类似的微光。他仿佛想要捕捉她那"水晶一般"的轻柔样貌。更戏剧性的是，借助光的影像，他使百代在黑暗中重生。正是这种光影中的重生奠定了他黑白电影的基础、赋予它们意义，甚至照亮着堕落之人的前路。

　　然后便是他的哥哥丙午，如我们所知，他没那么讨人喜欢。但他的影响似乎在他和黑泽明共同成长的岁月中日益明显，尤其是他的反叛倾向和不羁个性。黑泽明讲述小姐姐死亡的那一章题为《旋风》，其中还写到他们兄弟俩在姐姐的追悼会上从寺庙里冲了出去，好像是在抗议这些荒谬的锣鼓仪式并未给他们带来任何安慰。在同一章中，黑泽明继续讲述了当时他们家的另一场噩梦：

　　这时，发生了一件意想不到的事。……哥哥非常优秀，小学五年级的时候，他在东京举办的小学生统一测试中名列第三，六年级时就名列榜首了。然而，就是这位哥哥，报考了当时的名牌中学东京府立一中，却名落孙山。

丙午并非长子，却是兄弟姐妹中毋庸置疑的天才。他是天之骄子，本应获得高官厚禄，足以确保黑泽家族丰衣足食——靠他父亲在中学教书永远也做不到这一点。在这种情况下，丙午的失败是整个家庭的灾难。得知这个消息，黑泽明的父亲似乎惊呆了，僵住了，"心境黯然"；母亲也"惊慌失措，不知如何是好"；姐妹们则避免跟丙午有眼神接触。黑泽明承认自己心怀"惋惜，而且非常气愤"，想弄明白到底是为什么会发生如此意外又可怕的事。

黑泽明的第一反应是录取过程中有猫腻，优先录取了名门子弟。但这似乎不太可能，毕竟丙午在之前的考试中表现出众——学校再怎么不公平也不会错过这样的天才。后来黑泽明又想起录取过程中另一个可能对丙午不利的方面，考试包括口试部分。面对姐姐的死亡以及在理应通过的考试中惨败，我们看到丙午依旧坦然坚定。但说到口试，黑泽明想象着，恐怕他那个"自负而又极富个性的哥哥言谈举止不符合标准"。

丙午多次证明他在笔试中的非凡能力，如果这是唯一的标准，即使是竞争最激烈的学校对他来说也肯定不在话下。但是，要么是他在那个场合的说话方式害他失败，要么就是考官被他震怒，甚至冒犯。丙午似乎用自己的声音断送了自己成为日本知识精英的前程。

这里，黑泽明再一次强调了丙午的声音。在此，丙午的声音不仅仅是为戏剧场景配音，而且创造了戏剧本身。

据黑泽明说，丙午在考试失败后性情大变。但这个"突然变了"的丙午似乎也只是比原来那个傲慢不羁的叛逆者更加极端了一些而已。他在成城中学读书时，不出所料地反抗了学校严格的军事化管理。不久后，他开始荒废学业，离父母的期望越来越远。他跑出去的时间越来越长，在街上闲逛，在电影院流连，和女人交往。当他在家的时候，他和父亲之间的暴力冲突也越来越多。

1922年春天，大地震前一年，黑泽明即将从黑田小学毕业。学校要求他在毕业典礼上作为代表演讲——实际上，只是朗读一个他瞧不起的老师写好的答辞。他回家抄写草稿，里面全是"肉麻"的句子，说学生们将要离开这样一位"和蔼"的老师如何悲伤云云。这时，他的哥哥走进了房间：

我心想，这是最后一次和他[1]打交道了，没有办法，只好遵命，就找来顶好的卷纸誊写起来。哥哥站在我身后目不转睛地看着。抄完之后，我自己默读了一遍，这时哥哥说："给我看看。"他拿起原稿看完，立刻揉成一团扔了出去。"小明，别念它！"我吃了一惊，正要说话，他说："不就是念答辞吗？我给你写，你念我写的这个。"

1　此处的他应该是指代写答辞的老师。——译者注。

CONFESSIONS

丙午写的是一篇恶言攻击僵化的小学教育的檄文，对支持此类教育体制的老师极尽讥讽。他说黑田小学的毕业生们就如经历了一场"噩梦"。他鼓励学生站起来，抛弃枷锁，自由地做梦。"这在当时来说，"黑泽明写道，"是具有革命性的。"

接着，黑泽明承认自己不敢读这篇答辞，他担心会出现果戈里笔下"真相大白"（《钦差大臣》中的一幕）的那一幕。丙午没有参加毕业典礼，但黑泽明看见了观众席上的父亲，"穿着大礼服，仪态庄重"。于是，他读了老师的答辞，就像那是他自己写的一样。毕业典礼结束后，回到家中，父亲向儿子表示祝贺："小明，今天的答辞蛮不错呢。"丙午当时虽在房里，却可以听到他们的对话。黑泽明写道："哥哥从父亲这句话自然了解到我是怎样做的，所以向我微微一笑。我害臊了。我承认自己是个胆小鬼。"

黑泽明把受哥哥影响而萌发的对文学的狂热痴迷与这次事件联系在一起。他注意到外国的作品对丙午的影响，不仅是那些广为人知的俄国伟大作家的作品——如果戈里、屠格涅夫、托尔斯泰、陀思妥耶夫斯基、契诃夫和高尔基——还有更隐晦但迷人的米哈伊尔·阿尔志跋绥夫[2]。这个著名的无政府主义者支持现代的自杀行为，认为其并非光荣的仪式，而是试图从病态社会逃脱。他将成为丙午的榜样。丙午曾宣称，阿尔志跋绥夫的小说《绝境》是"世界最高水平的文学"。

丙午将这类文学作品所传达的思想内化为其现代教育的一部分，这也被认为是其父子关系恶化的根源。芥川龙之介当年也为类似的思想所吸引。黑泽明不可能不注意到这位作家的自杀，因为丙午最后也自杀了，而且像芥川一样是过量服药而亡。在《天国与地狱》中，我们会看到被抓获的绑匪突然想要吞食一整包海洛因自杀却被阻拦下来。同样，在《罗生门》里，听完两个互相矛盾的关于武士被谋杀的叙述之后，我们又看到了第三个版本，宣称武士是自杀的。

黑泽明并没有告诉我们，他对他哥哥的描绘——一个受舶来观念的影响而与家庭渐行渐远的年轻人——与日本现代文学中最基本、最具代表性的人物形象有诸多相似之处。不难发现，其兄长的形象还与拉斯柯尔尼科夫（1892—1893 年在日本出版的《罪与罚》

---

[2] 米哈伊尔·阿尔志跋绥夫（Mikhail Artsybashev, 1878—1927），俄国作家和剧作家，倾向于自然主义文学，是波兰民族英雄塔德乌什·柯斯丘什科的曾外孙。十月革命后移居波兰，1927 年客死华沙。第一个把阿尔志跋绥夫的作品引入中国的是鲁迅，1920 年鲁迅从德文转译了阿尔志跋绥夫的《工人绥惠略夫》。经过鲁迅的翻译和推广，阿尔志跋绥夫开始受到中国文学界的关注。

中的极具影响力的主人公）相互呼应，要不然就是无政府主义者伊万·卡拉马佐夫。黑泽明在晚年意识到自己拍摄的《白痴》很糟糕，说他将另拍一部陀思妥耶夫斯基的电影，意与作者的《卡拉马佐夫兄弟》相媲美。他后来还差点就拍成了关于夏目漱石工作生活的系列电影。夏目漱石是明治时期伟大的小说家，他作品中的绝大多数主人公最终都和家人疏远，他们在发现"西方世界"的过程中宿命地遇到另一些人（小说《心》中年轻的学生，即小说的叙述者，暑假去海边旅行，他之所以注意到日后会成为他老师的人，是因为老师身边带着一位洋人，在"深海区"游泳）。

丙午永远不会断绝他与外国文化的这种联系，相反，他头也不回地投身于1920年代，特别是1923年大地震后，在日本混杂生长的未来主义、达达主义和马克思主义。思想保守的文化批评家认为日本传统被玷污不再纯洁，地震则是对这种堕落的惩罚。1930年代的军政府将近乎偏执地拥护这种"想象中的"纯洁。抱有这种迷思的人会注意到：国际文化传播的温床——东京和横滨——恰是受灾最严重的地区。无论如何，丙午解说或参与过的电影即将在东京那些专门放映美国、俄国和欧洲电影的剧院播放。

很久以后，黑泽明自己也会受到来自日本本土和其他地方的批评，说他偏离日本传统文化的界限太远，就好像历经整个20世纪后，这些界限仍然清晰一样。这种批评还将落到在青岛出生的三船敏郎头上，他那出挑的表演风格被一些人认为太逾矩、太古怪，但实际上是"太不日本了"。就像我们看到的,就连《罗生门》也受到了抨击,因为电影没有迎合国内观众,而是面向外国观众。然而在那个时候,黑泽明早已克服了自己的"懦弱",更愿意追随哥哥的足迹,潜入更深、更鲜为人知的文化水域。

尽管如此,黑泽明仍自视为日本电影人,在日本制片和发行系统中拍电影,且首先面向日本观众。他深知日本文化在过去一百年里经历了深刻的变化。他在拍摄时代片时,会仔细研究日本的前现代作品,但他并不会像沟口健二等导演那样恪守文学经典的成规。他心怀日本传统,对诸如《平家物语》这样的古代作品和能剧中的文化元素爱不释手,但在阅读和借用时绝不刻板。他可能应用能剧中的一些结构和脸谱,但观众仍能在他呈现出的表象中看到莎士比亚笔下英雄的轮廓。黑泽明很清楚,在现代世界,东方西方,宿命(Karmic)或悲剧命运是这个时代的内核;他还知道,在现代民族国家需索无度地扩张资本市场、吞并他人领土、最终谋求建立帝国时,过度膨胀的野心已成为时代的标志。

1924年,丙午满十八岁,他决定离家闯荡。他的嗜好日渐丰富,其中就包括电影这种新媒介,他也设法在默片领域施展才华。然而,尽管离家许久,他似乎从没淡出过他弟弟的视线,并且还在未来的动荡岁月里持续影响着黑泽明的人生。事实上,在1920年代,随着他们进入青年时期并开始从事艺术和电影工作,兄弟俩会更加紧密地联系在一起。

KUROSAWA'S RASHAMON

1933 年，大地震发生十年后，军国主义势力开始为巩固政权而打压异议人士，默片的时代结束了，丙午也了结了自己的生命。黑泽明拼命想通过电影让世人看到的那个世界，不仅有日本帝国主义的阴影，也还有丙午的影子；他的声音，有如黑泽明在学校或影剧院里听到过的那样，是黑泽明永远无法忘却的。

和《罗生门》类似，讲述废墟中的生活、死亡以及重生的《生之欲》(1952) 也是一部包含多重倒叙的电影。电影的最后一幕发生在一个小公园里。一个男孩和一个女孩荡着秋千。夜幕降临，母亲呼唤他们该回家了。孩子们从秋千上下来，跑出银幕，朝着母亲的方向跑去。但那两只秋千仍在画面中心。摄影机一直对着那两只空荡荡的秋千，好像是要用一些我们看不见的东西来填补空缺。

我们会想起电影中死去的主人公渡边如何在秋千上度过了他最后的时光。雪花飘落，他唱着一首老歌。也许这就是他"缺席的在场"？但是，画面中有两只秋千，这足以召回不止一个离去的灵魂，哪怕是已经死去的——但仍被纪念着的——姐姐和哥哥。或许黑泽明在剪辑这部电影的最后几个镜头时，又找回了他的姐姐和哥哥。或许《生之欲》在那个破败的社区里为孩子们建造的公园，也是建给那些逝去的兄弟姐妹的。

黒沢丙午

6

辩士
THE BENSHI

在拍摄《罗生门》近三十年之后，黑泽明写了一本自传。其中除了他的邻里生活、学校轶事以及他童年时期的亲密好友之外，他只侧重描写了自己踏入电影行业之前的某些特别片段。

比方说（正如我们读到的），关于1923年大地震的细节，1919到1929年间开始出现的默片，以及关于有声电影出现后日本"电影解说"行业日渐衰败的连篇累牍的描绘。黑泽明小心翼翼地重建了他哥哥自1920年代起与同居女友以及他们的孩子（然而在自传里并没有提及）一起生活过的那条神乐坂的破旧街区。1932年春天，黑泽明遭遇了生命的低谷，受到了情感和经济上的双面夹击。是丙午拯救了他，在那拥挤不堪的长排房里收留了贫困潦倒、没有工作的弟弟。这本自传着重描写了这对兄弟最后短暂的相聚，紧接着就是丙午的悲惨结局。

然而，在自传中黑泽明并没有写出所有的事实。或许是他太过内敛，抑或他需要保护自己和家族的声誉，因而他没有写出全部的，或者说，更加真实的事实。但这并不会让我们对他感到失望或由此将他看轻。自传是一种以全面披露作者生活自居，进而又有所保留的文体。就如卢梭和弗洛伊德所提示的，自我剖析是一种比纯虚构更具有欺骗性的叙述。

但黑泽明在他的自传中无法触及或不愿触及的东西，不管是有意还是无意，最后还是出现在他的剧本和电影里。剧中主要角色皆

THE BENSHI

"根据我所熟知的场景和人物,在不经意间,突然就这样创造了出来。"另外,他也承认有时在最后剪辑阶段时,会有灵光一现的情况:"无论如何,在我导演的每部片子里,都有一部分的自我投射在银幕之上……无论我想拍摄的是谁或什么场景,总会呈现一个更加真实的自我。"

毫无疑问,这些映射也出现在《罗生门》和《生之欲》的情节设计之中。这两部电影都是从发现一具尸体开始,并且目击证人皆做出了自己能说或者想说的证词:每个人的版本不尽相同,且往往都对自己更加有利。《七武士》中则反复出现了争抢掠夺的混乱场景,让我们透过事件的疑云,去判断是否所有的外村人都是坏人,又或者坏人早已渗透进这个村庄并一直存在其中。

在不断的回溯和循环反复中,我们发现自己被困住了。我们也不禁自问起黑泽明电影里的那些角色提出的疑问。到底发生了什么?谁犯下了这样的罪行?谁是获益者?现在必须做什么?同时,无休止的怀疑缠绕着我们,让我们似乎迷失在黑森林里,无法断言自己为何会在这里,抑或怎样才能找到出路。

在拍摄《罗生门》时,黑泽明仿佛也有意识地展开着另外一种回溯:即无声片在日本的制作和发展历程。他曾经与他那出色的摄影师宫川一夫进行过深入的交流,关于怎样能用一种默片风格,用黑白以及黑白间的过渡色调把电影划分成三个空间:黑色空间是大门，白色空间是衙门，然后使用阴影（介于黑白之间）来塑造森林。

这是在有意识地运用黑白的单调效果。但黑泽明意欲追寻的默片风格，绝不是拍摄一部带录音的黑白片就能实现。他曾提到，日本默片时期的电影堪称奇观，因为银幕上的画面有自己的位置，而声音也拥有独特的地位。"声音和画面应该对立吗？"黑泽明问道，并举了一个哭泣女人的例子加以说明，此处的声画对位应该是使用除了哭声之外的任何声音。他继续说道：

当有声片出现后，电影改变了。它们模糊了画面和声音的不同，因为有声片尝试将二者结合……美国电影尤其注重声画融合，就是为了所谓的"连续性"。起初，日本电影和观众并没有这等想法。

换句话说，早期的日本电影观众并不期待他们的所见所听出于同一位置，无论是出于客观原因还是主观感受。相反，他们可能会在某个不经意的地方产生兴奋点，这是因为观众看到的场景和现场解说者的声音之间出现了反差。这就是日本默片时代像黑泽明的哥哥那样的辩士的影响力了。那些辩士们一般站在舞台的一角，毫不起眼，其生动的声音却能让银幕上机械放映的画面逊色不少。

《罗生门》开场出现的大门，在电影中不断重现，并保持其姿态和力量直至尾声。这种重复的缘由并不清晰明了。毕竟大门从来没有取代过三个"主要"角色——土匪、武士和武士之妻——的地位。

THE BENSHI

那场犯罪（抑或当时我们认为的犯罪）也发生于别处。片中最生动的镜头片段和最华丽的场景则都是以森林为背景。然而这座大门还是引起了我们的注意，并不是因我们所见而是因我们所闻，我们一面聆听一面对眼前看到的影像产生疑惑。在这座大门下汇集起的人和故事，自身释放出了一种戏剧张力，这与华丽的辞藻、完整的叙事结构或精巧的情节全然无关。

黑泽明知道要让《罗生门》实现记忆中默片的效果，仅靠黑白电影的拍摄手法是不够的。他最早的观影记忆便是在上世纪20年代的东京影剧院，当他看着画面同时听到声音，有时候还能听到哥哥的声音。因此，复制出他所熟知的默片风格，就像是用业已失传的拍摄手法做试验，其中必定充满了对亡兄的回忆。

毫不意外，在《罗生门》的开场，除了倚重黑白影像之外，黑泽明还力图将大门构建成一个口头叙事的空间。这样，黑泽明就为角色们讲述故事创造了场所，就像是过去"辩士"的舞台。

黑泽明和设计团队、摄影师一起，首先框定好《罗生门》的视觉场景，调整白平衡，再依照剧本里每个特定场景的不同要求营造明暗效果。但他还需要某些更富戏剧性的元素，以便讲述这个并非发生在一时一地的故事。《罗生门》不是一部将背景设定在遥远古代的常规"时代剧"，它同时讲述着我们当下的失落的世界。黑泽明深知这样的故事必然要突破严肃历史题材或内心现实主义的圭臬，为此他使用了默片中常用的手法——寓言。

事实上，《罗生门》只有三处场景和六个角色，而且，除了"臭名昭著"的土匪多襄丸之外，其他角色都没有名字。而即便是中断戏剧叙事的抒情片段——波光粼粼的小溪和枝叶间流淌的光线——似乎也都充满了紧张感和悬念。优雅形式所营造出的美感在此让位于一股更加迫切的力量，它将电影带入历史的纵深处，甚至是个人的经历中，就仿佛黑泽明最想讲述的那个故事内核，并不根植于艺术，而是潜藏在其迷思和生命当中。

毫无疑问，黑泽明是在开始筹备拍摄《罗生门》之后——用他自己的说法，当"这个门在我脑海中越来越大"——才意识到这个拍摄项目的规模。他意欲呈现的也并非一处废墟，而是对历史上多次废墟景象的叠加，其中两次便是他在 20 世纪里亲眼所见。他准备讲述一个更加个人化的故事，这个故事与失去、羞耻和困惑有关，令人战栗同时亦暗含希望，他期盼着对遥远年代的追寻，能为苍痍满目、颓败消沉的当下注入些许新的活力。

为了让影片符合时代特征，黑泽明及其团队对平安时代后期进行了深入调查。但他也回溯了 1920 年代和当时的文化氛围，希望能用黑白影像创造出所谓"沉默"年代的特征。这类电影似乎自带光晕（aura），且带着特别的承诺：华丽的摄制、银幕上角色的命运犹如史诗或悲剧中的英雄一样跌宕起伏；与之相伴的则是银幕外的另一个角色，他用自己的声音对画面进行讲述，且往往让故事增色不少。

当黑泽明第一次在东京的影剧院看到鲁道夫·瓦伦蒂诺和丽莲·吉许时，他们对他而言不仅仅是耀眼的外国明星，也不仅仅是充满异域风情的影像。黑泽明可以感受到他们作为人的存在，因为他们的声音可以通过现场的声音表演被"听到"，而且他们还是讲日语的！"辩士"在那里不仅讲述了故事情节，也模仿着其中的角色。这样一个讲述者，就站在舞台左边的空位上，昏暗的灯光使其面目模糊，从电影开场一直讲述到落幕；他以其富有魅力的声音为不同场景中特定男女演员的悲喜配上相应的声调。只闻其声，不见其人，即便是最著名的辩士也极少出现在观众面前。

对于年幼的黑泽明来说，当他坐在黑暗之中观看《血与砂》（Blood and Sand）或者《暴风雨中的孤儿》（Orphans of the Storm）时，他听到的声音中有一个来自他所亲近的人。无怪乎他会对曾经看过的那些电影情有独钟，也无怪乎他要执意重返1920年代，即便此时他已为战后的日本电影指明了新方向，也不管他将面对多少质疑和责难。毕竟，这名辩士同时也是他的哥哥，曾向他推荐并解说过十余部默片，正是这些经历构成了黑泽明视觉和听觉记忆的内核。在有声电影早已占据市场，而他自己也已开始在电影界做学徒时，辩士戏剧性的存在一直在黑泽明的内心回荡着。当他着手创作《罗生门》并为电影设定主角时，他安排了一个普通的樵夫角色作为故事的主要讲述者。樵夫讲述的事实很可疑，甚至就是在撒谎。然而到了影片的结尾，我们意识到他才是电影中真正的英雄。

在黑泽明漫长的电影生涯中，经常会有记者、评论家问起，他为什么会成为一名导演。刚开始，他简单地回答道："kanzenni guzen da na（这完全是运气。）"有时，当提问者（比如大岛渚）一再追问他与亡兄的关系时，他便会拂袖而去，似乎这样才能转移大家的注意力，假装那场家庭悲剧从未发生，而让其亡兄能够好好安息。实际上，就如德国电影人维姆·文德斯所注意到的那样，在黑泽明各种类型的电影中他极少描绘家庭，就好像他将这类题材的拍摄全都让给了小津安二郎或者松竹公司特有的"家庭剧"系列。

但在不经意间，黑泽明还是会说起他哥哥的某些事。在他拍摄的电影中，我们能够看到——两个垂死挣扎的帮派分子，一位警察在追查一个杀人犯，受雇的武士守护村庄免于强盗的侵犯，巫女口中发出死去男人的声音，山顶别墅里的有钱人被迫听从一个落魄底层人的赎金要求——而在这些表象之下，某种家庭剧似乎正在悄悄上演。

黑泽明很清楚地知道，自己成为导演的冲动是机缘巧合的结果。1935 年的一天，他刚好在报纸的分类广告中看到了 P.C.L 电影公司招考电影副导演的消息。很久之后，在他名气达到巅峰之时，他才简短地说道："我对电影的一切了解，都是来自于我的哥哥。正是他的生命、他的存在，使我爱上了文学和电影。"

他的小学同学即后来《泥醉天使》的联合编剧植草圭之助曾描述过，他曾经看到黑泽明自己一个人站在那儿，身旁却好似有另外一个影子。黑泽明自己也曾讲过，默片时代的著名辩士德川梦声死死地盯着他，好一会儿才说："你和你哥哥的模样完全一样。不过，你哥哥是底片，你是正片。"无论德川梦声是什么意思，黑泽明一直坚信"正是有我哥哥这样的底片，正是有他的栽培，才有了我这样的正片"。

一个可以忍受或者寻求暴露在阳光之下，而另外一个只能拥抱阴霾，直至堕入黑暗。

◆

黑泽明和他的哥哥，一个是具有革命性的电影导演且被我们熟知；另外一个则隐匿在了历史评论和我们的集体意识之外，因为他仅仅是站在银幕边缘给默片进行现场解说。黑泽丙午的事业昙花一现，而他的生命也在其弟弟正式进入电影界之前便已终结。

在 1923 年地震后不久，黑泽明即将中学毕业的哥哥成了家中孽子被赶出家门。丙午热衷于古怪的书籍、新思潮和女人，他比黑泽明更敢于挑战家规和父亲的尊严。他正是年轻气盛的年纪，聪慧过人却没有学术渊源，丙午自学成才，将俄罗斯作家当作自己的朋友。

在任何资料甚至是黑泽明的自传中，都没有提及是什么使丙午开始对电影事业产生兴趣，或者为什么他会努力成为默片解说员。没有任何有关丙午日记或自传的记载，也可能确实不存在。但这点让人十分惊讶。丙午的文学造诣非常之高，却没有找到一封他本人的信笺？这就引发了几个疑问：他是否写过信呢？这些书信是否在地震中被毁，还是毁于战火？或者它们曾被保存下来，只是因为其自杀行为令家族蒙羞而被毁？

据我们所知，丙午从十五岁起就用各种笔名给不同的剧院场刊和有名的电影杂志撰稿。1920 年代初期，日本的电影业开始蓬勃发展。十年之间，日本电影每年的制作数量已经能够媲美好莱坞。作为日本的电影之都，也作为日本的文学中心，东京像磁石一般吸引着明治时期的本土作家，他们蜂拥而至，向编辑和出版社云集之地靠近。大家往往自认为在津轻或松竹的生活很"现代"。但是只有去到东京，人们才会吹嘘自己过上了现代生活，即便都市的实际生活条件可能又苦又差。从 1870 年代开始，东京的人口几乎每二十年就增加一倍，这带来了过度拥挤和城市衰竭的问题，以至于一些观察家会将某些街区与伦敦东区相提并论，其中充斥着极端的贫穷和令人震惊的暴行。

在东京和横滨这样的城市里，影迷的数量迅速增长，外国的观念和技术（包括摄像机和投影机）也主要从这里输入日本。日本的杂志和节目致力于推介自1910年代就开始迅猛发展的国内外默片。由于这一媒介的新颖性，彼时还没有成体系的电影评论知识，因而编辑们可能会接受非职业评论家的投稿，只要稿件内容详实且充满激情即可。

著名小说家谷崎润一郎是在三十多岁时才开始成为一位狂热影迷的。1920年代初他从东京搬到了横滨，一是为了更好地成为编剧，二是便于结识电影界人士——尤其是女演员，他的住所位于横滨的山崖上，并经常在家举办聚会（这座现代风格的房子建在山顶，就仿佛飘浮在电影《天国与地狱》里那片阴暗的街区上空一般，很容易让人想到一些外国人居住的花园洋房或是某类电影里的豪宅）。谷崎润一郎对这些电器设备以及它们能够实现的梦境而着迷，即便是在白天，它们也能在电影院漆黑一片的环境中为清醒着的观众营造出一处梦幻。

当然，那时有许多影评人既不是成年的职业评论家，也不是文学名家。这其中就有黑泽丙午，年纪不到谷崎润一郎的一半，在各文化领域声名不显，也不在任何学术领域继续求学。使用不同笔名的他能给电影专刊或杂志编辑提供的，是一种虚无主义者漫不经心的笔触和早熟的文字表现力，而这些都是不为学院或学术界所欣赏的。

1920年代初，丙午在成城中学那段不受约束的日子里看了不少电影，黑泽明记得他父亲还陪伴丙午看了其中的一些电影。这些影片基本上都是西部片，实际上就是美国电影，大都在离他们家不远的神乐坂牛込馆内上映。其中有好几部系列动作片——《哈利根·哈奇》（*Hurricane Hutch*）、《铁爪》(*The Iron Claw*)、《午夜之人》(*The Midnight Man*) 等，以及威廉·S. 哈特主演的探险片。后者在阿拉斯加边境展现出的"男子气概"使黑泽明将其和约翰·福特的"狂野西部"系列相提并论。

然而年长的丙午，喜好更偏成人化。他早期的影评之一写于十六岁时，是在《电影时代》（*Katsudo Shoho*）上发表的对《X夫人》这部电影的感想。《X夫人》是弗兰克·劳埃德在1920年导演的美国情节剧，改编自亚历山大·比松1909年的一部法国戏剧。事实上，劳埃德执导的这部影片已经是这个热门主题的第三个创作版本了，讲述了一名被善妒的丈夫赶出家门的妇女不断堕落的故事，她曾因为要救幼子的性命而杀了人，若干年后她遭到起诉，她的儿子却成了法庭指派给自己的辩护律师（而他并不知道X夫人就是他的母亲）。丙午透过这纷繁复杂的情节设置，直接切入主题：

> 对《X夫人》的深切感受，并不是来自于我，而是我年轻心灵的感悟。在她心中有着一种坚忍不拔的精神，难能可贵。这是一个备受摧残的角色。她的不断沉沦令人痛惜。她在被命运祝福的同时，

也感受到其深深的恶意。作为一名母亲，她深知这个角色将会给她带来的磨难。因为会感到悲伤，她用眼泪洗刷了自己的灵魂。

在我们开始分析《X夫人》这样的作品之前，我们必须全情投入，为其戏剧表现之下那强烈的情感力量折服、哭泣。我们必须细细品味电影中至哀至伤时的挣扎。

这并不像一个漫不经心的学生能对电影写出来的评论。丙午对《X夫人》的喜爱既不是出于其表现形式，也不是因为其传递的社会或政治信息，仅仅是因为人物性格的力量令他深深触动。《X夫人》让丙午颤动不已，就好像几年之后他的弟弟黑泽明为默片感到战栗一般。

就在丙午为《X夫人》中母亲的角色而触动时，他还为一部题为《被埋葬的人》（*The Buried Ones*）的影片写了评论。这是一篇为外国电影辩护的评论，为那些没有明星出演，没有精心宣传，在东京排片很少，匆匆就从观众视野中消失的电影而惋惜。丙午对这些电影的看法有点类似于我们今天对"独立电影"或者"另类电影"命运的担忧。但他依然鼓励同胞们去观看此类电影，即使没有大制片厂为这些影片站台背书：

幸运的是，我们经常能在影院中看到这些原本没有预期的电影。我们能够从中发现不少佳片杰作。然而有多少在我们看来是有价值的电影却被迅速湮灭？我们是不是有义务去观看这些电影，对它们做出公正的评价并给予应有的注意？

1922年4月，丙午十七岁了，在给《电影时代》的另外一篇评论中他问道："我们在电影中看什么？"接着，他讲述了自己对电影已经入迷四年，可对这种媒介依然没有形成稳固的看法，或者产生出成熟的理念。他在这里攻我们于不备，就好像是在电影院里跑来跑去的孩童一般，突然提出了一个关键性的问题：我们应该怎样思考以及评论我们在银幕上看到的一切？随后他又调侃道，这是一个无趣的问题。他的回答则是从一个很普遍的观点开始，即电影就是一种娱乐媒体，就应当如此看待。然而丙午继续坚持说道，美国片大多机智讨巧，尽管它们在剧作高度上不及意大利电影，在戏剧表现力上不及德国电影，但它们也传达着更深层的东西。他举卓别林的《流浪汉》为例，认为即使片中的表演套路是刻意搞笑，自己仍会为其感动流泪。而他尤其欣赏普希金作品《叶普盖尼·奥涅金》的德国电影版（阿尔弗莱德·哈尔姆导演，1919年）。因为电影中"情感的广阔深厚"能让丙午"感同身受，只有当我在影片里发现并意识到了那些深沉的情感，它们才会连通并宣泄出我内心深处的感受"。

丙午总结道：

回想起来，我认识到了我的愚蠢。如果我坚持我早先的信念，情况会更好；即电影需要人们耐心的观看和反思。当我回想起我是如何在刚看完电影时便做出了轻浮的评论时，不禁厌恶自己。但是现在我已经达到了一个无话可说的地步。最可怕的事情是苍白的影评削弱了这部电影可能的力量和影响。人类是沉闷的；艺术就是一切。最近我发现有必要认真考虑这一观念。无论如何，我不再打算用我的笔来进行轻率的评论，因为这样的评论缺乏批判意识，也缺乏真正的激情。

在其早期文章中，丙午没有提到任何有关辩士的角色或影响力的内容，更没写过他是怎样从电影评论者转而进入电影界成为解说者的。然而他显然给山野一郎留下了深刻的印象，山野一郎是著名辩士，曾在专放外国片的武藏野馆解说电影，他的住所离黑泽明新搬的家不远。山野一郎是这样描述他与丙午的第一次相遇的：

其时，我的住所离涩谷不远。黑泽家在附近也有一间房子，位于长谷。有一天黑泽家的一个儿子过来拜访我，说想成为我这样的电影解说员。我的第一反应就是拒绝，但他一再真诚地恳求让我松了口，便允许他去武藏野馆的后台学习。于是他的学徒生涯开始了。仅仅四个月，他的聪明才智就让他具备了基础的解说技巧。一下子他便从喜剧小品跳到了解说短片。这时，我对他进行了辅导以便其能去葵馆积累更丰富的表演经验。须田（黑泽丙午的艺名）有非常扎实的文学功底，他脱颖而出，成为了年轻一代中的佼佼者。

这便是黑泽丙午辩士电影生涯的开端了。从给剧院和早期电影杂志偶尔撰稿开始，其日益增长的能力和野心使他挣脱了观众或业余评论者的身份，成为了一个表演者。在真正成为辩士之前，丙午一直表现为一个灵活机敏、却无法或不愿在某个方向上定性的人。从学徒开始，到他职业生涯的巅峰，再到其为有声电影到来而捍卫自己行业所付出的行动，丙午深深地爱着这份电影院里的工作。直到生命的终点，他依旧是辩士，并为自己拥有能给一群聚集在小黑屋里观看默片的人们讲述故事的能力而深感自豪。

♦

从1920年代中期开始，如果电影观众经常去小石川的牛込馆、去东京的神田电影宫或者浅草大胜馆，他们可能并没听过黑泽丙午这个名字。但是他们肯定都知道他的艺名——须田贞明（Suda Teimei）。须田所在的电影院是专门放映外国影片的。与观众们一样，解说员在那里表演着，深知这些电影里的服装、事件、宗教或政治符号由于时空的不同，随时都有不可预料的情况发生。他们的故事每周都会俘获观众的身心，让他们置身于伦敦的港口，阿根廷的大农场，抑或是俄国的一次罢工和柏林的廉价小旅馆。

受欢迎的电影解说员有着特殊的地位，如须田贞明那般的辩士，就不仅为日本观众解说如《残花泪》《启示录四骑士》《战舰波将金号》或《最卑贱的人》这类影片的文化和历史背景，还能在放映的不同阶段，用声音演绎出全部角色——流浪汉、流氓、反叛者或

浅草的大胜馆

KUROSAWA'S RASHAMON

门童——甚至会跟随情节发展和对白字幕，配以抒情而即兴的表演、讽刺的旁白、动情的呻吟、呼喊与细语。他们曾被热情地赞颂为"黑暗中的诗人"。要训练出具备这些效果的声音需要辩士们的技巧和耐力，就好像演员对角色和表演所作出的牺牲一般。曾经有人看到长时间表演而没有休息的解说员累到吐血。老电影观众们的赞辞中充满了对辩士声音的怀念。黑暗的电影院使得声音更具有特殊的刺激性，这种体验"就好似再次感受到年轻时甜蜜的悸动"。

有据可查的是，辩士在早期日本电影里的作用大大超过了他们的所谓同行——早期电影传统中常有的迎宾员、领座员或朗读者。然而1910年代后期兴起了新剧运动，呼吁如果日本电影想要赶上好莱坞或者欧洲电影，就必须进行彻底的改革。他们认为辩士将早期日本电影引向了错误的发展方向，或者至少拖了电影的后腿。对改革者来说，辩士是旧时代戏剧表演形式的残余，不过是人偶净琉璃（ningyo joruri）中舞台演唱者的新版而已。或者他们是受了江户曲艺馆（Edo yose）中语言表演的影响，就好像"曲艺馆"艺人仅仅用变化多端的声音向观众展示可笑或淫秽的对话片段，既不需要视觉表演也不需要道具背景。

黑泽明在自传中对于传统戏剧形式给他带来的影响和启发所言甚少，尽管他曾提到自己在战争期间开始涉猎有关能乐及其奠基者世阿弥的书籍。必须注意的是，能剧是将音乐家和乐队置于舞台之上，在演员身旁或身后演出的一种剧目。黑泽明记下了他看到世阿弥戏剧时的震撼。那是一部关于"疯女人"的剧,叫作《韩夫人》(*Lady Han*),剧中的女主角因为一个不忠的男人而疯癫并最终丧命。而《罗生门》里武士的妻子,除了是一名犯罪故事的讲述者,似乎也有着这种"疯魔"女人的特质。

黑泽明更进一步详述了他早年对曲艺馆(yose,或者可称为日本的杂耍厅)的喜爱和熟稔,以及他看到过的几次曲艺表演:

父亲不仅带我去看电影,还领我去神乐坂的曲艺馆。我记得的曲艺演员有阿小、小胜、圆右。大概是圆右唱起来太慢的缘故吧,听起来没意思,我毕竟是个孩子。小胜慢声慢语说的单口相声倒很有趣。我记得他说过:最近流行披肩,假如那种东西披着好看,那么,披个短门帘也更好看了。我喜欢阿小(他已经是名演员了),特别是他唱的《宵夜面条》和《酱烤马》,都令人难忘。阿小演一个拉着面条车沿街叫卖砂锅面条的小贩,我记得他那发自丹田的叫卖声,立刻把观众带进了寒凝大地的隆冬深夜。

于是,辩士便有了历史传承,跟各类或高雅或低俗的文化传统有着千丝万缕的联系。这也是他们备受日本电影改革者诟病的原因——因为改革者想把电影从旧式表演艺术中解放出来,使其成为一种令人震撼的崭新的艺术形式。归山教正之类的改革者相信,只有辩士消失,人们才能真正地创作出日本的电影剧本,使电影成为一种"独立文类"般的存在,在静默中被好好欣赏。这在某种程度上与日本现代小说的演变类似，小说的改革者们强烈呼吁放弃技巧并拥抱某种"现实主义"，以便更好地再现日新月异的现代生活。革新后的小说摒弃了前现代日本文学中的"非文学"因素，比如说插画。现代文学作品中极少出现这种插画。另外，与江户时代的文学中絮絮叨叨的叙述者不同，明治时代的小说开始注重严肃而"内面化"的声音。这种声音是内心深处情感的表达，而不仅仅是华丽辞藻的堆砌。这种新的文学形式更多地关注个人化的叙事，并使阅读愈发成为一种私人体验。

黑泽明读过很多这样的小说，并深受其影响，这种风格也体现在他的自传当中。但当他开始拍摄电影时，他又抛弃了这些内面化、温吞、自然主义的小说元素，可能是因为它们没法完全表达出他真实的情绪和感受。他还要求自己在战后的电影创作中达到一种更加戏剧化和寓言式的故事构架，而他的创作也令这片文化荒漠重获生机。

在1910年代后期，日本的改革者们热切希望辩士消失，他们认为唯有破除这种舞台陈规，电影才能更加适应现代场景，更加反映现实。有人主张，观众受到的干扰越少，就越能对影片的角色和情节进行视觉化"阅读"。当影像投影在银幕上，如果没有辩士站在舞台一侧昏暗的小灯之下，如果没有辩士的声音的侵扰，那么摄像机便将独立地完成其工作。

THE BENSHI

即使有这些早期的呼声，辩士还是很好地存活了下来。观众对他们的广泛欢迎令他们安然度过了整个 1920 年代。接下来的几年里，辩士们四面楚歌，随着默片日益被有声片取代，这个行业也最终消亡。在辩士行业仍旧存在的最后几年里，他们用自己的声音与有声电影中同步录制的声音进行抗争。观众对他们不满地喝道"大点声"，也就是想让他们的声音能够盖过放映机播放的电影原声。毕竟大部分电影观众不懂或是没有学过英语、法语、德语或俄语。而日语字幕并不管用，就像某个影迷说的那样，"当我要欣赏玛琳黛德丽微笑的唇角时为什么还要分神看那玩意儿？"这个例子也很好地证明了，辩士的意义并不仅仅是在日本的影院里为电影提供配音解说，还能让观众们更加集中精神观看影片。

我们无法简单地用经济学或社会政治学的方式来解释辩士职业的持续存在。可能是因为电影院没法支付一次性购买音响设备的高昂费用，而给辩士们留下了一段时间。但从经济上考虑，在为购买电影版权花费了一笔钱后，还要为每次放映花钱请一个现场演艺人员，则是更不划算的。在政治方面，从 1910 年"大逆事件"之后，政府害怕观众在看到电影中的革命场景后会付诸行动，或者是某个"精神错乱"的辩士会煽动此类行为。根据日本总务省的报告称，1912 年推出的《怪盗吉格玛》（*Zigomar*）电影系列会影响观众的行为，因而对这部法语侦探片作了许多可怕警告，并指控说电影中大名鼎鼎、威风八面的罪犯（辩士充满激情的演绎可能使其更具魅力）让街上的犯罪率不断攀升。

到 1917 年时，政府要求辩士通过培训后才能申请新的许可。随后几年中，又出台了限制辩士的行为规范：他们应该更多地进行"解说"（setsumeisha，即"解读员"，成为 1920 年代中期对电影现场配音员更流行的称呼），他们的叙述应该更加贴近电影剧本。传媒界整体的紧张氛围，以及审查特定电影内容的意愿，便这样感染了电影解说员。只有真正沉默的默片，才会在每次播放时以同一种方式呈现其影像。而如果放映时有一个任性的现场解说者，他可能会将电影情节弃之不顾，并加上自己天马行空、讽刺或挑衅的旁白及评论。

然而，即使辩士获得了审查许可，熟读了行为规范，并且有通过审查的剧本来跟读（"这是拿破仑……拿破仑是谁谁谁"；或者，"我们这里看到的接吻，在西方就好像拍拍肩膀那么普遍"），他们中的任何一个人还是有可能在某场放映中偏离既定的轨道。换句话说，辩士也是一种有台词的演员，会不断受到情节发展和角色情绪的影响，且必然会在剧本艺术和真实生活之间游离徘徊。辩士戏剧化的声音演绎，无论多么"循规蹈矩"，都无法像固定在胶片上的画面那般可被预料。

也无怪乎政府当局十分担忧辩士们可能会突然偏离剧本，将电影中的罢工或爆炸情节与现实社会联系起来。好似电影中的任何一个笑话、犯罪行为或不公现象都能在现实生活中找到雷同事件。

笼罩在1923年大地震阴霾之下的1925年,"新剧"(shingeki)演员兼"纯电影剧运动"(Pure Film Movement)先锋导演村田实写道,那种以"悲苦动人"的老派情节剧已是一片荒芜,他还补充说,旧式的艺伎形式也不再吸引观众,其位置已经被另外一类电影占领——仍是指由辩士解说的——这些电影将当代生活搬到银幕上。村田写道:"这中间充斥着刺激、权力、速度、科学、兴奋,还有感官享受、西装洋服、西洋建筑、汽车,加之飞机、舞蹈、裸体、打斗和鲜血。"而包括飞机在内(在《活人的记录》里就有一架飞机飞向巴西)的上述特性和"事物",都出现在了黑泽明战后拍摄的黑白电影之中,"银幕外"的辩士,则是以反复回荡的话外音或阴影的形式存在其间。

实际上,正是辩士推进并捍卫了所谓的"电影的吸引力法则"(cinema of attractions),在无声片时代的早期,日本和其他地区一样,为机器放映的画面与生命提供了观影的多样性,并赋予声音以肉身。因此,在东京的一家影剧院里,银幕就搭建在日本传统戏院残存的舞台上。而在默片的放映过程中,也不只是一两个音乐家为之配乐,还有生动的解说伴随始终。在这样的情境里,日本早期的影迷们既是听众亦是观众。即便他们被银幕上充满异域风情的斗牛场、港口或其他诱人的新世界所吸引,他们仍沉浸在影剧院那鲜活又私密的声域当中。黑泽明哥哥那样的辩士有着无法比拟的吸引力,以至于观众们去影院有时不光是为了欣赏约翰·巴里摩尔或朵乐丝·德里奥的演技，还可能或者说首要目的就是为了去听一听辩士表演艺术家们是如何用他的声音（这是一份男性职业，鲜有例外）来"成为"著名的男明星或绝代妖姬的。

此外，辩士的直接在场还意味着幻觉时常被打破；即电影不过是银幕上的世界，并非实际生活。换句话说，辩士的肉身存在及其声音为那些无声呈现的画面注入了生命的维度。

如果这名辩士的声音来自于你的兄弟，来自于那个伴随你早年成长，与你一起经历了大地震、一起走过了那炼狱般的世界，并对你们共同目睹的可怖景象发出过议论的人，那么，他的声音究竟会如何影响你对某部电影的观感，又会如何形塑你的整个记忆呢？

◆

神奇的是，到1936年黑泽明入行之时，日本仍有许多默片出品。直到1937年"卢沟桥事变"爆发，中日两国全面开战之际，那一年日本还推出了最后一部默片，而随后紧接着的就是辩士之声不可逆转的彻底消沉。

由于天灾人祸，大部分的日本早期电影都已散佚，就如1923年大震灾之后的东京一般。东京人在20世纪初时常光顾的那些大剧院，现今几乎都找不到 座是1923年之前建造的。它们大部分都随着漫长战后时期的"终结"（普遍认为是 1970 年代）而消失了。没被地震和战争摧毁的影剧院，也在为迎接 1964 年东京奥运会所进行的城市改造中，最终被清理掉了。

与它们一同消失的，还有 1930 年之前出品的绝大部分日本电影。其现存影片数量估计仅为当时的百分之二三，这是怎样的一场文化灾难啊！黑泽明青年时曾看过牧野正博和伊藤大辅等早期导演制作的时代动作片，他将片中的快速剪切技术用到了自己后来的电影创作中，并以此表现动作和速度。对黑泽明来说，这些电影的散佚是个人亦是行业的巨大损失，仿佛一曲挽歌，而他将在日后依循记忆予以复原。

1970 年，衣笠贞之助的先锋杰作《疯狂的一页》(*Kurutta Ichipeiji*, 1926) 全本被人意外地在谷仓里找到，让我们得以窥见那个年代日本默片所企及的高度。那是 1920 年代，一个动乱的时代，日本倾全国之力投入战争之前的时代。当剧中舞女的舞台局限于精神病院的狭小房间时，她迷失在自己的幻觉之中，却依然能够感动观众。她在病房里的表演刺激了疯人院的病人们，使他们不断地向她那扭动的身躯靠近，就好似飞蛾扑火一般（在《野良犬》中，杀人犯的女朋友也是一名舞者。影片高潮处，更"神来一笔"地在警探絮絮叨叨的对话里插入了女演员在卧室窗边不断旋转的画面。）通过她不断旋转的舞步，《疯狂的一页》中的这名舞女拥有了一种无法抑制的力量，一种情色和政治上的双重挑衅，在今天看来，这

几乎成为了那个年代的标志。

偶像级的现代作家们,如芥川龙之介和谷崎润一郎,都在那个年代登上了舞台,与日本第一位诺贝尔文学奖得主川端康成(他给前文提到的衣笠贞之助的《疯狂的一页》创作了情节紧张而风格碎片化的剧本）联袂演出。他们那时候的大部分作品似乎都有意无意地受到了电影媒介的影响。芥川龙之介将小说情节分列成了如电影剧本般的小节；谷崎润一郎作品中那误入歧途的女主角——奈绪美——是如玛丽·璧克馥一般"有着一头鬈发的女孩"，却有着致命的魅力。"焦虑"是那个年代极为关键的热词。"ero—guro—nonsensu"（即"情色—怪诞—荒唐"的缩写）同样如此，而普罗阶级则不断呼吁着进行文化和政治上的革新。

这些漫无目的、激进或乌托邦式的冲动，贯穿了震后整个日本的艺术界和评论界，对于身处战后文化荒漠的黑泽明来说，它们就像是虽远犹近的幽灵。尽管只能到记忆里追寻，却依然在这个国家一片挫败而绝望的黑暗中发出了声响，为茫茫前路燃起了一丝光亮。

我们提到过，当黑泽明试图重温他在默片时代看过的那些电影时，他能获取的影片资源极其有限。而他能拥有的"声音"资料更是少之又少。相比起日本无声电影的残片，有关1920年代辩士演出的录音记录几乎为零。比如他哥哥、著名辩士须田贞明，就没有留下哪怕任何一个字词或一声哭喊的录音。

在《野良犬》和《生之欲》中都出现了一段很长的画外音，是由一名不可见的叙述者念出。这名叙述者并非影片中的任何一个角色，仅仅作为声音存在着。相反，小津安二郎很少使用画外音。沟口健二倒是会有画外音，但是叙述者通常是主要角色之一（例如《雨月物语》结尾时,是被杀害的母亲通过声音来引导和安慰她的孩子及其懊悔的丈夫)。

但对黑泽明而言,画外音远远不够,因为这依然是被记录、被重现的声音。辩士的声音却并不是录音,那是鲜活的、自然的声音。在留声机和其他电子声源播放设备出现之前,黑泽明年幼时的声音记忆就是由这类声音所塑造,并在随后的日子中被他不断地回想。他十分痛惜这些声音消失在历史之中,而将它们一一记录如下:

- 九段牛渊陆军兵营正午报时的炮声
- 火警时的钟声
- 防火员敲的梆子声
- 卖豆腐人吹的喇叭声
- 卖风铃的风铃声
- 修理烟袋人吹的笛声
- 卖饴糖的锁抽屉声
- 游方和尚的祈福铃声
- 鼓声(寺庙佛事、舞狮、修鞋)
- 各类吆喝声:
  - 卖蚬子的
  - 卖烤地瓜的
  - 磨剪刀的
  - 补锅的

- 卖宵夜的
- 卖霉豆的
- 卖鱼的

这些声音既有表现力，又与日常生活紧密相连。黑泽明有意地将其收集，并在改编高尔基的《低下层》时，将这些声音运用到了电影最后的喧闹歌舞场景中（就在男演员上吊、帷幕突然落下之前）。当然辩士的表演"舞台"一般都设置在如电影宫那样有历史感的文化殿堂内。但这仍是一种自然之声，是由血肉之躯来演绎。在电影结束之后，你可能与这样一个声音表演者一起走路回家，登上或步下神乐坂的坡道，然后吃着天妇罗和乌冬面一起聊着天。

黑泽明当然知道重现这种声音是不可能的，至少无法通过任何技术手段或配音来完成。因为这种声音永远无法用某种机器，甚至也无法用艺术手段来重现，而仅能以生命来诠释。为了重新寻找到这种声音，寻找到它的实体而不仅仅是音效，他需要的并不是机器，而是一个深刻的故事，一个有关死亡和重生的故事。《罗生门》便是这样一个故事。

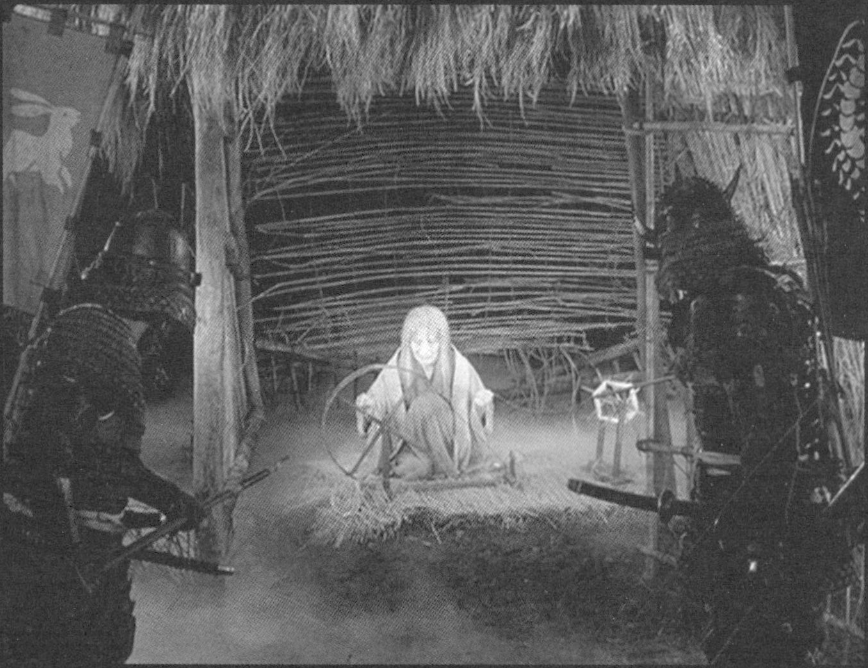

7
迷宮
LABYRINTH

尽管《罗生门》在国外获得了认可——夺得威尼斯电影节金狮奖后，该片随即又荣获了 1952 年的奥斯卡最佳外语片奖——但黑泽明依然认为他的电影是"信仰的一跃"（a leap of faith）。他知道这部影片与所有同期的日本时代片不尽相同，也明白其展现的风格正在不断触及本土欣赏水平或电影公司的底线。当国外荣誉如纸片般飞来时，黑泽明自嘲地数了数来自日本评论家或记者的贺信——有且仅有两封。

他那两小时四十六分钟版本的《白痴》，更使得他在本土备受争议。该片完整版想要企及的高度我们无法得知了，因为松竹电影公司（小津安二郎的老东家，以出品耐人寻味、诙谐幽默或抚慰人心的"寻常"日本家庭剧而闻名）令黑泽明将原本长达四小时二十五分钟的导演剪辑版本删减掉两个小时（传闻说黑泽明对此十分愤怒，让他们滚回去自己剪成想要的长度）。就如同他曾倾尽所有布景预算，只为在《罗生门》里建造起一座脑海中的破败城门一样，他对自己改编自陀思妥耶夫斯基著作的电影不愿动刀，这是他又一次决意重现记忆的尝试。毕竟，黑泽明电影的主人公众所周知的一大共性就是九头牛都拉不回来的倔强。

当然，黑泽明并不是唯一对这位俄国作家倾心的人。在战后时期，陀思妥耶夫斯基的《罪与罚》在日本畅销。从 1893 年起就出现了其日文译本，并在黑泽明拍摄《罗生门》期间又发行了两次重译本。在 1923 年大震灾发生之前，日本读者已经可以买到陀思妥耶夫斯基全集。新潮文库出版的世界文学简装版在1920年代掀起了市场热潮，进一步促使陀思妥耶夫斯基在本土文化中扎根。

1917年布尔什维克革命之后，陀思妥耶夫斯基布尔乔亚式的"主观主义"被苏维埃政府唾弃。在日本本土，亦掀起了无产阶级作家对他的口诛笔伐。然而，还是有一群人——如黑泽兄弟——欣赏其作品，陀思妥耶夫斯基在激烈矛盾冲突中对人性的剖析，以及对吞噬人心的病态与堕落的探究，让读者们对现代文明和自身的不满有了更深的体悟。

当黑泽明回忆自己的早年时光时，他会说自己有着"破碎的童年"，他指的仅是一件事：地震摧毁了他的城市。震后，黑泽明作为中学生，对于"温室"之外的风雨飘摇漠不关心。一到周日，他便带着父亲的免费票到目黑区看跑马。他并不是去赌马，仅仅是为了看一眼这美丽的动物。在黑泽明的影片中，我们多次看到了马儿们优雅又粗犷的身影，从他作为山本嘉次郎导演的第一副导演拍摄的《马》（1940），到《七武士》《蜘蛛巢城》，再到《影子武士》中那格尔尼卡式的战场，他设计马匹场景的高超技艺一再被证明。差不多也是在同一时期，他的父母似乎为了鼓励他在立川老师的美术课上建立的兴趣，送了一套油画写生工具给他，而他便到东京郊外描绘那"乡村风情"。

1927年春天，黑泽明十七岁了，他即将从京华中学毕业（当时的日本"中学"涵盖了初中和高中两个阶段）。这也是黑泽明的最高学历。他与哥哥丙午一样（或者说当哥哥完全脱离学校教育系统之后），并不是学院派的一员。因此当黑泽明表达了自己想当画家的意愿后，家人们毫不惊讶。他的父亲曾将书法作为孩子的必修科目，倒也不是出于对内在审美（或者说，黑白美学）的要求。但黑泽明知道，在哥哥做出了叛逆的选择之后，家人们对自己寄予了厚望。于是，报考有名的美术学院成为了他让父母宽心的最低保证，他想让父母相信自己不会如丙午一般，陷入艺术的怪诞不经，或去从事娱乐业。

诚然，他哥哥孤注一掷，为了当上辩士所付出的努力开始得到回报。1927年起，须田贞明在东京最大的放映外国片的影院——电影宫——成为了明星解说员。然而，丙午并没有用他丰厚的收入为黑泽家族带来任何一丝益处。且由于他那种虚无主义和享乐主义的生活态度，他与家庭更加疏远了。他母亲对黑泽明提到，丙午曾多次表示过自己活不过三十岁。这显然是受到了俄国小说中病态思想或自杀倾向的影响，比如阿尔志跋绥夫的小说《绝境》中，就有一位对死亡充满狂热的主人公纳乌莫夫。在丙午生命的最后几年里，他有意地选择了一种明显低于自己收入水平的生活方式，在神乐坂破旧街区的小巷里，他与一个十几岁的女孩同居，并传言二人生下了一个孩子。同居女子的名字和孩子的存在与否，无人知晓，似乎亦无足轻重。黑泽明在自传中对曾经生活在同一屋檐下的这名女子有过描述，但他从来没有提到她的名字或是哥哥去世之后她的去向。

LABYRINTH

出于孝顺，黑泽明参加了东京美术学院的入学考试。这一次的结果与他之前报考精英中学一样。他失败了，随后他开始在家附近的美术工作室里学习绘画，且他的早期"静物"作品还被某个画展选中。他依旧心神不宁，十年间他的家庭频繁搬家，生活条件每况愈下，他却没能找到一份更稳定的工作来贴补家用，而是出于一时冲动选了另外的路。有一次，当他到目黑区用免费票看赛马时，心中不禁冒出一个疑问：为什么他父亲会有这种免费票？或许这些赛马票和他父亲对赛马的兴趣，与家庭经济状况的恶化有着某种联系。

由于没有任何美术学院的课程规范，黑泽明将艺术复制品作为摹本进行临写。他开始收集和美术相关的廉价书籍、杂志，这批藏书后来在他位于惠比寿的家中被战火损毁。至于他在1920年代绘成并展出的画作，黑泽明承认在战争结束之前就被自己给烧掉了，他也没有说明为何要这么做。

黑泽明一再提到他最喜欢的画家是塞尚和梵高。在他晚年自传式的彩色电影《梦》（1990）中有这样一个片段：一名日本艺术家在色彩鲜明的画布背景中闲逛着，突然走入了"真正的"金色麦田。在这里他遇到了正在描绘眼前风景的梵高，梵高一边作画一边语速飞快地说着什么（当我们认出这位戴着宽边草帽、用白色绑带包裹着割下耳朵的伤口的梵高是由马丁·斯科塞斯饰演时，一点也不觉得奇怪）。

而除了法国印象派之外，当黑泽明开始走出一直庇护着他的"温室"，他与其他艺术流派间的关联同样值得我们探寻。这是他生命中第一次独自前行，此时的他正置身于1920年代后期那个被他称为"迷宫"的世界当中，他既没有前进的方向，也没有现成的图景可供依凭。

◆

1925年标志着无线电广播开始进入日本，黑泽明认为这是将"人世间的风雨"带到了他的耳边。同年，日本开始实施《治安维持法》，政府拥有了空前的权力，用以控制可能威胁"国体"的所有集会或文艺资料。此项法律主要是针对无政府主义者、社会主义者和共产党人。整个1920年代，这些人的数量在日本成倍增长，从而引起了政府的警惕：当局定期会对媒体进行审核，并甄别那些颠覆政权的主张。在1925年，不管广播是否将这些新闻送到了他的耳边，黑泽明可能尚未察觉到那条法令的深层意涵，并忽视了它在随后几年将给自己造成的巨大影响。

与此同时，1926年12月，黑泽明即将从京华中学毕业，他在校内文学杂志上发表了一篇题为《一封来信》（*Aru Tegami*）的散文。在这篇文章中，他深刻怀念了儿时中野地区周边的牧场和田地是如何优美，而这些风景由于大都市的迅速扩张，被高楼大厦所吞噬。黑泽明在文章中引用了《米勒赞辞》（*In Praise of Millet*）来支持自己的观点，后者将法国艺术家称为现代艺术的"反叛者"，因为他们不愿意抛弃对田园风光及耕种文明的描绘。这篇文章的作者是有岛武郎，曾因一篇戏剧性的小说——《某个女人》（*Aru Onna*, 1919）——有意模仿了托尔斯泰的《安娜·卡列尼娜》而在文坛上声名大噪。在他去世之前，有岛武郎出钱又出力，创办了当时第一份重要的无产阶级报纸《播种人》（*Tanemakuhito*, 1921—1923），该刊物的名称和封面皆取自于米勒的画作。

在此之前，有岛武郎已与日本20世纪前叶最著名的文学杂志《白桦》（*Shirakaba*）关系密切。《白桦》创刊于1910年，正好是黑泽明出生那年，在有岛离世仅仅数月之后，该杂志于1923年停刊。这份杂志以推进"自我表达"的艺术主张和对"普遍人性"的热情拥抱而闻名。即使有些杂志读者对它所提倡的"人性之子"或"世界之子"一知半解，《白桦》依旧培养了读者的世界主义的文化品位，尤其是每个月都会在刊物上登载欧洲艺术作品的复制图像。对于当时的许多日本人来说，《白桦》是西方绘画或雕塑的启蒙者：从希腊水壶、埃及雕塑，到达·芬奇、米开朗基罗、伦勃朗（自画像），再到布莱克和罗丹；而其展现最多的还是法国印象派和后印象派的作品。杂志最喜爱的艺术家就有塞尚和梵高二位，并且还会附上他们的生平及其"自我表达"的艺术追求所产生的影响。

与许多《白桦》派的成员一样，有岛来自于富裕家庭。他的父亲是财务省高级官员,在19世纪后期投资买下了北海道的一大片农场。此时,这片腹地人烟稀少、无人问津,还没有被急于开发自然资源的中央政府开垦或"收回"。

很多人认为政府对北海道的回收计划仅仅是热身,是为接下来日本政府侵略中国东北的计划而做的准备。而在《罗生门》大门周边的"空地"上,钱财宝藏与非分之想如暗流般涌动,也就构成了对帝国主义和殖民野心的某种寓言。

有岛曾在北方的札幌农学校(北海道大学前身)求学。在那里,他成为了基督教徒,加入由无教会主义者和传教士内村鉴三(此人后来痛斥有岛为叛教者)创建的自由教会。有岛在美国完成学业并游历了欧洲之后,回到母校教书。此时,他受到有俄国皇室血统的无政府主义者彼得·克鲁泡特金影响,思想变得越来越激进。在这遥远的北方,奇特而又充满野性之地,有岛作为旅居者第一次受到了阶级分化的冲击。一边是他所代表的地主权贵阶层,一边是在大地上劳作的农民(黑泽明在《七武士》中也强调了这种阶级分化)。作为农学院的老师,有岛熟悉这些"底层人民"的子女,因而这种冲击并不仅存于他的思想意识之中。去世之前,他留下遗嘱,将其父亲在二世谷山购买的一大片农场留给了在当地生活工作的佃农。

有岛在北海道成家立业。1916年,他的年仅二十七岁的妻子因感染肺结核去世,他则带着三个幼子回到了东京,其中就有他的长子有岛行光,有岛行光1911年出生于札幌。几十年后,他的这个儿子将与黑泽明相遇并熟识。

1923年7月,离即将发生的9月的大地震不到两个月,有岛行光的父亲离开了家,没有带上自己的孩子。他去了有岛家族乡间的别墅,一处位于轻井泽山林里的度假胜地。在这里,有岛武郎与他已婚的记者情人波多野秋子双双赴死。有岛家族倾尽全力保护三个孩子免受他们的父亲不光彩的死亡真相的伤害(这对情人在森林里上吊自杀,尸体在一个月后才被找到)。然而有岛行光已经到了懂事的年纪,他比他的弟弟们更清楚到底发生了什么。他在这件事的阴影中长大,并对身为著名作家的父亲怀恨在心。曾那么亲密又体贴的父亲,忽而一声不吭,弃他们而去。

某些人或许不认识有岛行光,却知道他的艺名——森雅之。他便是在《罗生门》里扮演武士,并在黑泽明版《白痴》里扮演癫狂的"白痴"的著名演员。在其显赫家族的庇护下,有岛行光顺利长大成人。有岛武郎的哥哥有岛生马在意大利和法国留学,并成为了著名的西洋画家。他是个多产的自画像画家,且很早就获得了塞尚绘画奖的头奖。有岛武郎的弟弟里见弴也成为了一名作家,并以精细而内敛的风格见长,与他哥哥的文风截然不同。(他的两个中篇小说《彼岸花》和《秋日和》皆被小津安二郎改编成了优美的电影。)

森雅之在文学座(Bungaku za)学习表演,这是一个新剧团体,每年都吸引和培养着大批日本舞台或银幕新星。战争僵持不下之时，森雅之陷入了经济危机，不得不开始从事电影演员工作（即便是有岛家族也损失了大量战前积累的财富，除了他父亲赠予佃农的北海道农场，其他遗产也被不断侵蚀）。很快，不少当代著名导演开始邀请森雅之参演他们拍摄的电影。其中就有沟口健二（《雨月物语》《杨贵妃》），成濑巳喜男（《浮云》《女人步上楼梯时》）以及市川昆（《弟弟》《独渡太平洋》）。而战争仍如火如荼之时，黑泽明也在其早期两部电影《姿三四郎续集》和《胆大包天的人们》中与森雅之有过合作。

然而直到森雅之出演了《罗生门》里的武士一角色，他才开始获得了国际声誉。在这部电影里，罪案的三个证人之一便有森雅之扮演的那名死人。他先是通过画外巫女的声音告诉观众，他是到森林中自杀的，随后电影又重现了这个情景。

在拍摄《白痴》时，黑泽明再次选择森雅之出演主角，与三船敏郎演对手戏（并完成了这个命中注定的三角恋，由原节子出演原著中的娜塔莎一角）。黑泽明决定将原著中的圣彼得堡挪到另外一个寒冷的北方城市，比如说森雅之的出生地札幌。在这部电影拍摄的许多内景中，都需要用到西式房屋。此时黑泽明便借用了有岛家曾经居住过的那座房子。因而，《白痴》是在森雅之童年居所中拍摄完成的。那座房子可能还是他父母健在、全家人最后一次团聚的地方。

LABYRINTH

说到这里，我们不禁怔愣，黑泽明想要在银幕上讲述的故事与他本人和森雅之的家庭生活如此缠绕。首先，森雅之的父亲和黑泽明的哥哥都是在某个"乡村"（轻井泽/伊豆）了结了自己的生命。其次，拍摄《白痴》时，他们又回到了家庭悲剧的实际发生地（森雅之年轻的母亲在此因病离世）。对一位熟悉有岛家族历史的导演来说，让有岛家的长子来扮演陀思妥耶夫斯基小说里备受折磨的灵魂，肯定有他特殊的用意。

　　这既不能被看作是完全的巧合，亦不能说是刻意的安排。如果一个故事的剧本或者故事梗概还有这么多的用心，就显得过于做作和戏剧化了。但或许，我们不得不承认，在我们经历的生活以及创造并珍视的文化进程中，有某些特殊的节点就会发生这样的情节。对此我们只需看看黑泽明在战后创作的那些充满着纽结而交错的张力的黑白电影便可知晓。又或者我们应该回到陀思妥耶夫斯基那里，他在《白痴》中写道："无论我怎样渴望，我始终无法想象，身后的生命和天命都是不存在的。最确切的说法是：这一切都存在，但我们对身后的生命及其规律一无所知。"[1]

　　可能这样的经历使得黑泽明更加坚定，让他勇于挑战公众的喜好，向他们讲述这些曲折的故事、交织的艺术和复杂的生活。黑泽

---

[1] 此处《白痴》引文，采用了荣如德的译本，略有改动。上海：上海译文出版社，2004年。

明并不想用艺术去粉饰什么，他坚持要展现出他所知的真实，并对其从事的艺术负责。

◆

到了 1945 年秋天，面对战后的荒凉和贫瘠，黑泽明不再用"静物"写生式的手法来描绘清静无为的田园牧歌。无论他战后电影中呈现过多少宁静的氛围，那些角色却都目睹乃至经历过某种死亡甚至是灭绝：因惊惧而失语的樵夫，透视官僚主义病征的 X 光射线，跪倒在污泥中的农民们——他们在面对自己无法逃脱的命运时，都是"静物式"的顺从姿势。但我们知道这些固定镜头仅是前奏，这是黑泽明即将要突然释放力量的铺垫。他便是如此使荒原重获新生，使这些"行尸走肉"、这些受害者重新振作了起来。

在 1920 年代末，黑泽明已经清楚自己不是当"静物"画家的料，并且开始被其他的艺术形式和媒介吸引。他开始注意到，经历过 1923 年大震灾的破坏之后，文化领域发生了急剧的变化。许多艺术家在种种限制之下，开始将艺术带出工作室。不少人将文化视为一种建设项目（尤其是在大地震之后），将艺术作品看成一种斗争行为，而不是休憩时的赏玩对象。此时，马克思、马里内蒂[2] 和

---

2 菲利波·托马索·马里内蒂（Filippo Tommaso Marinetti, 1876—1944），意大利诗人、作家，20 世纪初未来主义运动带头人。

查拉[3]成为日本文化论争中的重要部分。很多人受到德国和俄国戏剧的影响和启发,强烈抨击资产阶级对享乐和美的定义。未来主义者,超现实主义者,尤其是那些倡导普罗实践和文化批判的人们,全都致力于打破画廊或博物馆的陈腐艺术与动荡不安的日常生活之间的区隔。

当然,大地震后灾难性的局面使得这种不安定之势愈演愈烈。其中还不得不加上随后实施的政府监控审查法(1925年),对共产党或其他被认定为破坏分子的大肆搜捕(1928年),世界经济崩溃(1929年)以及随之而至的全民贫困和失业。电影界方面,斯登堡导演的《摩洛哥》于1930年问世,并成为了日本最受欢迎的"有声电影"。这标志了电影行业的更迭,以及大量的辩士被解聘,其中便有丙午。

所有这些事件,似乎令黑泽明不得不走出画室。他走入了未知,并在之后的某个时刻抓住了人生中的最好机遇。由于某些家庭原因,黑泽明放弃了布尔乔亚式的绘画学习,并加入了无产阶级运动。世界性的经济危机亦影响到了他的家庭。仔细算过购买画布和绘画工具的费用之后,黑泽明发现那远远超出了父母的承受能力。而他的哥哥无疑也是一个诱因。没有了丙午在他遭遇生活困境时对他的指

---

[3] 卓斯坦·查拉(Tristan Tzara, 1896－1963),法国诗人、散文作家,达达主义运动创始人。

引，没有了他哥哥在他对新的政治理念产生狂热时的告诫——"你的热度也会很快就降下来"——直到1920年代结束，黑泽明似乎还无力承担起这份现实的风险。

因而毫不意外，当黑泽明在自传中写到他离开画室走向街头的时候，他想起了哥哥丙午。他描述起丙午强迫自己离开家庭，开始在城市里游荡，"在外租房而且屡屡搬家"，丙午成为了某种现代浪人。在他哥哥生命中唯一恒久的似乎就是内心的魔障。虽然大部分文学青年都喜爱过俄国作家，然而黑泽明发现"哥哥对俄罗斯文学心悦诚服"。并且他对移动影像的爱好，也消耗着他的精力。影迷固然有之，丙午却是"痴狂的"那类。早在成为辩士很久以前，丙午便已对观赏过的电影形成了许多深刻的见解，并坚持向黑泽明推荐影片或分享观点：

特别对于电影，我如饥似渴地看了哥哥推荐的作品。在我读小学时，为了看哥哥说的好影片，我们甚至会徒步走到浅草。……只记得我们去的影院是歌剧院，到那里等夜间的减价票，在卖票处前排队，回来后哥哥还挨了父亲的训斥。

从九岁起，黑泽明就开始追随丙午的声音进入东京一个又一个的电影剧院去观看默片时代的作品，以至于他还能回想起在那十年间看过的影片，这些影片与1920年代上映的电影十分贴近。他列举了近百部片名，却吝于提供任何的说明或评价。除了电影名称和

LABYRINTH

导演之外，我们只能靠想象来猜测这些电影为何会给黑泽明留下"深刻印象"了。

我们可以猜到的是，应该是丙午推介他的弟弟去看了其中大部分或者是全部的电影（"现在回忆那些影片名，竟发现我看的全是电影史上的名片。这些，都是哥哥教导的结果。"），为数最多的还是美国导演：D.W. 格里菲斯、查理·卓别林、塞西尔·B. 戴米尔、弗兰克·鲍沙其、金·维多、约翰·福特、威廉·惠曼、雷克斯·英格拉姆、弗雷德·尼勃罗（以及喜剧演员哈罗德·劳埃德、巴斯特·基顿和"大胖"罗斯科·阿巴克尔）。随后便是德国导演，包括纳粹上台后由于理念或政治原因离开德国前往好莱坞发展的那些：罗伯特·维内、恩斯特·刘别谦、埃里克·冯·施特罗海姆、弗里兹·朗、约瑟夫·冯·斯登堡、F.W. 茂瑙、G.W. 帕布斯特和鲁普·皮克。黑泽明认为阿贝尔·冈斯的《铁路的白蔷薇》对他有特别的影响。而他熟悉的法国导演还有让·雷诺阿、让·爱普斯坦、莱昂·波瓦里埃、谢尔曼·杜拉克、曼·雷和路易斯·布努艾尔（最后这两位不是法国人，但他们的名声主要来自法国兴起的超现实主义）。除了俄国导演谢尔盖·爱森斯坦和 V.I. 普多夫金之外，他还提到了瑞典导演维克多·舍斯特勒姆和丹麦导演卡尔·德莱叶（德莱叶拍摄的《圣女贞德》中有审判一幕，贞德在白色背景下面朝着可见或不可见的大法官，而《罗生门》将会在妻子的证词那一幕中重现这一场景。）

在黑泽明的自传中,他对这十年间观看默片的记叙要比任何其他事物——例如他所看过的那些复制艺术品——详致得多。我们只能猜测或许是他对默片的兴趣远超绘画,包括他曾经学习和临摹过的那些。即使在1920年代后期他对梵高十分喜爱,也仅仅是将他作为了艺术家的范本:他是如何在艺术中寻找"自我"以及他最后自我牺牲的悲剧;而并非出于某种色调、构图或任何有关"绘画"的技巧。梵高是以日本浮世绘为模本,才找到了他通往欧洲"现代主义"的道路;而日本艺术家和作家则向欧洲寻求现代的启示。不知黑泽明是否发现了其中的讽刺意味。

我们不禁疑惑:黑泽明在自传中列举的影片是否准确?假如他提到自己在1919年看过《卡里加利博士的小屋》,而实际上这部影片到1920年才拍摄完成并于次年在日本上映,那么他的叙述是否不再可信?或许这份片单不仅仅是通过事实,而是让我们探寻黑泽明回忆和电影的真相,由此来回溯并重建过去?也许我们不该纠结于罗伯特·维内的这部电影的准确年份(介于这份片单是关于整个1920年代的电影,所以从1919年开始统计的黑泽明可能多少有些"混淆")。

当《罗生门》中的樵夫在路上停下并惊讶地瞪着那双因尸僵而抬起的手时,黑泽明可能忆起了《卡里加利博士的小屋》开头那双从"棺材"中伸出的死人的手。他将这部表现主义电影的上映日期记成了1919年,而他应该不可能在这年看过,毕竟此时电影还未制作完成，更未在日本上映。但在1919年，他确实看到了最喜爱的姐姐躺在棺材里。也是在同一年，丙午离开了学校，直到他开启自己跌宕起伏的电影解说事业之前，他一直过着远离家人、浪人般自我放逐的日子。

或许我们应该将黑泽明这份详细的默片观影记录看作他在表达对1919年到1929年这十年的某种感激。毕竟是这些默片在十年间将他们两兄弟紧密地联系在了一起，即便有其他的因素造成他们渐行渐远。对黑泽明来说，默片填补了他客观和心理的双重空白：过世的姐姐、疏远的哥哥。而他记住了丽莲·吉许和鲁道夫·瓦伦蒂诺，因为他们对他来说具有双重含义。

这份十年观影记录也让我们明白了：为什么黑泽明会脱离"静物"画家的身份而投身无产阶级集体运动，成为其中积极的一员。黑泽明对阅读如饥似渴，却并不是一个成体系的思想家（三岛由纪夫曾说，即使日本中学教育十分优秀，黑泽明的思想仍只是一名中学毕业生的水平）。黑泽明坦言自己曾经读过《资本论》，也曾研究过马克思主义的"辩证法"，但没有证据表明他投身无产阶级运动是受到了任何读物的影响，抑或出于任何坚定的政治信仰。

更有可能的是，他也有一种"虚无的焦虑"。作家芥川龙之介曾因这种焦虑而选择离开人世，黑泽明则利用了这种焦虑，或者说他对日本现状或未来的"不满"，令他选择了截然相反的道路：带着希望面对世界，并主动地改变它。黑泽明感受到了 1920 年代"画室"之外的那种躁动不安的氛围，并认为"静物"画与之相比太过渺小，不适合装点此情此景。普罗艺术为他提供了更大的画布。黑泽明不再画放在盘子里的水果或花瓶里的花朵，而是去描绘焦躁情绪下的人们、集会的工人，就好像他们都是英雄（一如《生之欲》中团结起来反抗官僚主义的邻里妇人，又如《我对青春无悔》前半部分里集结抗议的学生）。

毫无疑问的是，在他哥哥的鼓励或推荐下，黑泽明观看的这些默片满足了他对可以投射自己的艺术观的更大画布的渴求，并以此描绘他的艺术观。而在他参与普罗艺术的创作之前，黑泽明已经体验到了更宽广的银幕和更大众的空间。那是他在城市喧嚣的角落里，在黑暗的影剧院内与人们一起获得的体验。默片给了他前行的力量，去深入求索另一种与时代激荡更为协调的艺术形式。

◆

大地震发生时，黑泽明年仅十三岁。他所看到的震惊景象已然印刻在了他的眼帘之中。而他却声称当时并未觉察到社会的动荡，因为他藏在了少年时代的"温室"之中。但他肯定也感受到了，他周围的文化气氛越来越开放。大地震发生前，他要在黑田小学做毕业演讲，他知道当时应该念哥哥写给他的"革命性"的答辞，然而他是个"懦夫"，并未做好那样的准备。

LABYRINTH

地震撕裂了大地，它不仅震碎了建筑，人们的意识也受到了冲击，适应充满不确定性的新世界的观念也层出不穷。招贴画开始取代"静物画"；短小的故事变成更加短而乏味的格言；即便是传统悠久的地区或乡村，也开始丧失个性。熟悉的世界倾斜坍塌。芥川龙之介也许很早之前就意识到了这种变化，却直到大地震后才将它们写了出来：

他原先居住在郊外一座楼房二楼的房间里。由于地盘松软，楼房奇怪地倾斜着。

他的伯母在这二楼房间里经常和他吵架，也因此接受过他养父母的仲裁。但他从他的伯母身上感受到最大的爱。伯母独身，在他二十岁的时候，伯母已近六十。

他在二楼的房间里经常思考这样的问题：相爱的人就要相互使对方痛苦吗？这时，他总是感到令人恐惧的二楼的倾斜……（摘录自《一个傻瓜的一生》）

到了 1928 年，关于外部动荡的消息越来越多：包括日本当局在 3 月对共产党人的大肆搜捕，对一名中国军阀进行的暗杀，以及在中国大陆发动的冒进侵略行为。黑泽明瞒着家人参加了东京北部半岛区的无产者美术研究所。第二年，他正式加入了日本无产者艺术联盟。他就这样投身于一场宏大的运动当中，这场运动也聚集了一批科幻小说作家、社会文化评论家、视觉艺术家以及导演。

普罗艺术和批评成为了一股重要的文化力量，其影响范围之广持续时间之长，可以通过他们呼吁彻底革命的口号反映出来——"新世界，新艺术"。幸德秋水，一名深受克鲁泡特金影响的无政府主义—社会主义者，在黑泽明出生那年（1910年）被捕。翌年，他被当局以夸大的罪名判处了叛国罪，并被处决。这起事件标志了现代日本抗争性的政治—文化表达方式的开始。青年时代的大杉荣扛起了无政府主义的大旗，随后，成为他爱人的激进女权主义者伊藤野枝也加入了他的阵营。在大地震过后的恐怖监控时期，警察逮捕并杀害了这对"破坏分子"夫妇。而指挥杀害行动的宪兵队长甘粕正彦之后将成为伪满洲国映画协会（这是战时日本军队在伪满洲国创建的电影公司）的理事长。（在贝纳尔多·贝托鲁奇拍摄的《末代皇帝》中，甘粕正彦这个角色是由音乐家坂本一龙出演。）

我们之前提到过，1921年创刊的《播种人》预示了随后十年间无产阶级和反主流文化报刊将不断涌现。其中值得一提的是，一个报刊出版艺术团体Mavo。这个团体在大地震过去仅数月后便开始兴起，吸引了许多非主流领域的艺术家。它从德国表现主义和后布尔什维克时期的构成主义中汲取活力，逐渐成为了日本先锋实验艺术的重要阵地。从一开始，Mavo就很倚重"自我表达"实践。任何有关"为了人民"的艺术主张，其首要前提都是实现个人革

LABYRINTH

命——解放自我。在魅力非凡的剧场艺术家村山知义的领导下，大家以"冲出画室，走上街头"为旗号。某种达达主义式的自发表现，某种对美的蔑视，某种未来主义的媒介融合（戏剧、绘画、音乐、舞蹈），某种随机的拼贴艺术，都构成了 Mavo 早期的宣言和纲领。

村山知义及其团体将经历了 1923 年大地震后的东京视为一块白板，并将大量的民众伤亡和财产损失看作一种动力：无需任何政治治理，也不需要既定的文化秩序，他们要重拾旧世界的碎片创造出一个新世界。震后日本澎湃而出的这股激流，令荒芜的城市空间恢复了活力。

在黑泽明加入日本无产者艺术联盟时，有一位名叫冈本岐的领头人。作为 Mavo 的前成员，他在 1920 年代后期开始反对该团体对自我表达的放任。不再满足于实验性的先锋艺术的冈本岐与另外一些 Mavo 成员转而拥护更有组织性的社会解放运动。黑泽明在自传中从未提及冈本岐，而后者却在 1966 年发表的《赤旗报》(Akahata) 里描述了青年黑泽明的普罗艺术画作。其中有一幅大型水彩画——《建筑工地上的集会》。冈本岐认为，黑泽明在 1920 年代后期创作的普罗画作无疑在他战后的黑白电影中得到了重现：

一位年轻人，充满了朝气，出现在了我们的无产者美术研究会。很快他便成为了普罗艺术的领头羊。这幅画描绘了建筑工地上的一次斗争。这是一幅大型水彩画，令我震撼的是整个画作充满了纵横交错的线条。虽然这幅画作有些稚嫩，且缺乏某种说服力，但其中充满了活力和昂扬的精神。

他在我们工作室仅仅学习了半年，便得以毕业并成为团体中羽翼丰满的成员。从这个角度说，他的作品并没有体现出完美的艺术风格，而更像是一幅习作。

那是骚乱而动荡的时代。这幅水彩画的作者将变得出名，成为如今享誉世界的大导演。大家都知道他的电影，然而，他早期的绘画作品可能鲜有人知。

但如果我们仔细欣赏他当时的画作，观其体量和层次，便能发觉：他在电影中展现出的艺术视野、特有元素和个人风格，在那时就已萌芽。

1929年12月1日至5日，在上野举办的第二届日本无产者美术同盟展上，黑泽明在普罗艺术时期的五幅画作被展出。其中有三幅油画作品：《农民习作》《反对帝国主义》和《献给农民合作社》。另外还有一幅海报《献给劳动者联盟》，以及最受人瞩目的大型水彩画《建筑工地上的集会》，最后这一幅就是给冈本岐留下深刻印象的作品。上述所有画作都已遗失，只留下了这幅水彩画和另外两幅海报的黑白照片。黑泽明提到过《给工人们的失业金》和《加入我们的集会——一致反对帝国主义战争》这两幅海报也曾被展出，

《建筑工地上的集会》

但事实并非如此。

  照片中的画作反映出作者受到苏联影响的痕迹，并能从中看出德国艺术家乔治·格罗兹（George Grosz）的讽刺风格，后者正是 Mavo 团体早年大力推荐的艺术家。此时的无产阶级评论家已经注意到了黑泽明的才华和能力，然而他们却误读了作品中的"信息"，他们对其战后电影作品的曲解也是如此，这就像是在无意义的地方刻意找寻意义，只会让人感到割裂与困惑。

黑泽明很早便意识到，普罗艺术所呼吁的那种社会主义现实主义并不适合自己（如果必须选择"现实主义"，他说自己更青睐画家库尔贝的作品体现出的那种充满情感的现实主义）。因此，对他参展画作的批评可想而知：过于表现主义，过于未来主义，过于戏剧化的浪漫主义，等等。"至于他的绘画技巧"，某位评论家写道，"黑泽明在处理表现对象时太教条而拘谨了。花哨的先锋手法则妨碍了现实主义的表达。"而这篇文章的中心意思大概是说，在黑泽明下次想画"劳动者"之前，他应该首先撸起袖子成为工人。

黑泽明在1929年的全日本无产者美术同盟画展的首度亮相并没有下文（他似乎还为次年的展览准备了两幅作品，但要么是他主动"退出"，要么是被主办方拒绝，总之他没有继续参展）。我们应当注意到，1929年同时还是黑泽明"中断"那份默片片单的年份，亦是他哥哥丙午在电影宫进行最后解说的年份，此后丙午去了浅草的大胜馆，那儿将是他作为辩士的最后舞台。

然而，作为艺术家，黑泽明对自己出生并成长于一个文化激烈变革的时代，感受着来自世界各地的作家、思想家、艺术家的文化碰撞，有着强烈的自觉，这无疑构成了他在战后的电影创作最初的雄心。而冈本岐将黑泽明电影的寓言主题和史诗风格一直追溯到其1920年代的画作之中，也确实有其根据，在那些作品里，黑泽明就曾用绝妙的光线探寻着乌托邦和绝境的根源。

LABYRINTH

1930 年，黑泽明与普罗艺术渐行渐远，他或许为自己的风格无法获得这一艺术运动的倡导者的肯定而沮丧。但他并没有逃避这个世界。他更加坚定地追随了整个 1920 年代由先锋派或马克思主义者所发出的召唤：丢下艺术，走上街头。

换言之，黑泽明放弃了绘画，放弃了这种试图推动社会变革的政治艺术。在近两年的时间里，他转入地下，成为了《无产者新闻》的秘密联络员，且为此冒了极大的风险。他在战后拍摄的第一部电影《我对青春无悔》中那些逮捕和审讯的场景，无疑跟黑泽明回忆中的场景重叠了。

当黑泽明离开画室走上街头，他一定感到为了推动显著的社会变革，冒此等风险是值得的，至少它们也许能够减缓帝国主义政权的建立。但当 1920 年代即将结束，帝国主义的乌云却已逐渐弥漫。从 1930 年到 1933 年，无论是对任何希望能改变时局走势的人，还是就黑泽兄弟的个人生活而言，时局都充满了压抑与失望。而当政府拒不接受任何对其权威的挑战时，局势变得愈发紧张了。革命者的乌托邦展望——从西方势力中"解放"东亚——如今也被右翼民粹主义者篡夺并修改。日本政府将其军事扩张和殖民统治描绘成为一幅田园牧歌式的景象，所有的亚洲人都是兄弟姐妹，一起享受着"共同繁荣"。这幅蓝图使得 1930 年代成了一个极微妙的时期，许多人尝试以图像或话语捅破这一事实，却不得不屈从于半真半假的现实和谎言。

也是在这个时期,默片终于走向了末路。它亦成为了一种文化注脚,标志着笼罩在这个即将发动全面战争的国家头上日益深重的沉默。黑泽明的哥哥因失业而再次飘摇:他将乘上自己的最后一班列车,去到乡间完成他早已自我预言的命运。

生之欲

8
证人，沉默
THE WITNESSES, AND THE SILENCE

黑泽明的电影中总是反复出现某些段落，有时冗长到令人痛苦，却迫使观众在一片寂静中忍受。直到观众忽然听见某辆汽车的噪声（《生之欲》）、迷雾森林里传来的脚步声（《七武士》）或是银幕外的哭喊声（《姿三四郎》），我们才会意识到那并不是全然无声的场景。《罗生门》开篇默默冲刷着大门的暴雨片段，以及结尾那大雨方歇重回宁静的时刻，便同样如此。

这些沉默具有一种非常生动的表现力，因为相较于战后的其他同代导演，黑泽明更擅长驾驭复杂的声音场景，能为口头叙事者搭建出一个舞台，因为他对日本默片时代的各种曲艺表演有深刻的记忆。黑泽明营造出的那些无声片段既不是出于疏漏，也不是为了迎合审美趣味，对1950年代的国际艺术电影而言，那种手法既时髦又新潮。

通常，特定的无声场景象征着匮乏，当影片中的某个角色过度震惊于其所见所闻时，便可能暂时陷入自己的思绪，从而丧失了平常的感官，比如听觉。而这种无声也可能象征了个人回忆中的某些痛楚时刻：当电影失去了现场解说员和兄长的声音时，本就该是无声的。又或者我们还能找出其他的历史记忆的根源，甚至是出于赎罪或羞耻之心。正如我们将会看到的那样，当黑泽明回想起自己在战争年代的缄默以及为了迎合彼时强硬的外交形势所做的演讲，他有着极深的懊悔。

THE WITNESSES, AND THE SILENCE

我们也应当回顾一下,黑泽明 1936 年加入的 P.C.L 电影公司,这家公司早在七年之前便开始创办实验室,致力于研发和完善有声电影的声音录制与播放技术。换句话说,P.C.L 公司创立之初便是为了推进辩士行业的消亡。即便如辩士山野一郎所说,丙午的自杀是由多种因素交织所致,但失业无疑也是原因之一。

黑泽明从未在任何采访、追忆或自传中暗示过这一残酷又吊诡的事实:为他开启电影界大门的这家公司,恰巧是加速其哥哥死亡的帮凶之一。但他无法完全压抑这一讽刺性的事实。毫无疑问,它不仅塑造了他的电影里那些置身舞台中央的主角,也同样塑造了那些在阴影中徘徊的人。过去的经历困住了他们,让他们走投无路,就像那位将死的公务员或是那条被遗弃的流浪狗。

如此被消声的辩士,在受到了影剧院的冲击后,其鲜血亦渗入现实世界中。即使他曾在银幕上扮演过身受重伤的瓦伦蒂诺,但黑泽丙午并不是"死"在浅草的大胜馆里,而是死在了伊豆的温泉旅店内。还有其他被"消声"的文人和学者,他们在那个年代失去了反对的声音及勇气。黑泽明认为自己正是他们中的一员。

◆

整理汇编过黑泽明生平及作品的人不得不感慨,在 1930 年到 1936 年间,有关他和他哥哥的材料几近空白。1936 年,黑泽明通过了 P.C.L 电影公司的考试，并接受培训成为了一名副导演。让我们重拾他的自传，来看看除了大地震后他与哥哥一起有过"征服恐怖的远征"之外，还有哪些可能和丙午的最终宿命相联的线索。黑泽明将其中一部分命名为《旧日小街》，并将其用作一出轻快时代剧的背景，随后则突然转向了更加阴暗的场景。紧接着的一章，他简单取名为《死》，并说"索性把本来不愿意写的也写出来吧"，其字里行间表现出的不情愿，正是他一直想要战胜的情绪，显然有关丙午的结局，他有许多不能说也不能写的事实。

然而对于这起事件的发生，仍有其他证人。1933 年仲夏，两份地方报纸报道了电影解说员须田贞明是如何赴死自杀的。而作为须田贞明入行辩士行业的老师，山野一郎也在有关其电影生涯的回忆录中写下了他对丙午的最后日子的回忆。上述报道和记录都与黑泽明讲述的"事件始末"有着极大出入。在看过某些或全部的"证词"之后，我们能发现它们多少都有不可信的地方。然而就像《罗生门》所揭示那般，尽管失实，我们仍需要这些证词抵达别处。

实际上，包括黑泽明在内的所有这些证词，不过是向我们证明了：用事实、虚构或回忆，很难触及那深藏于人心的真相，就更不要说法律手段和实证方法了。这大概能让我们更好地理解《罗生门》的叙述结构，而不仅仅将其视为一个精明的叙事装置或实验性的电影形式。我们可以把它当成一座镜厅或一间回音室，与公共及个人经历相关的故事，生死攸关的真相，将在其中自行揭示。

THE WITNESSES, AND THE SILENCE

◆

尽管黑泽明对绘画早已失去兴趣,但直到1931年末,他才正式离开日本无产者美术联盟。他的政治信念或艺术理念不够坚定,无法依照要求将意识形态直接照搬到画布之上。此后,他将精力投注到了"无产者的非法政治运动"当中,但当他回忆起这段经历时,又称之为是"十分轻率,而且是蛮干"的行为。由于遭到宪兵队的搜查,《无产者新闻》被迫关停、遭到打压,并逐渐转入地下。黑泽明也与组织一起藏匿起来,并成为了其下属机构的联络员,他将外界活动的报道带回地下报社,进行秘密编排后再向大众传播。

在他还是日本无产者美术研究会的成员时,黑泽明有过短暂的被捕入狱的经历。假如此时他不是因为"艺术",而是由于传播消息被捕,他将面临的可能就是叛国罪的指控,其惩罚必将更加严厉。他一直担忧再被逮捕会令他的家庭蒙羞。总之出于各种缘由,黑泽明踏上了他哥哥多年前离家出走的老路:

一想起父亲的表情,我心里就十分难过。一开始,我只说到哥哥家里去暂住几天就离开了家,此后屡换住处,有时住在支持者的家里。

因为政治信念,黑泽明过上了漂泊的生活,并开始开展秘密联络工作。当时当局对无产阶级运动的监视极为严密,因此约定好碰面却未能现身便是常事(联系人有可能被逮捕,也有可能因被跟踪而临时改变了路线)。黑泽明描述了某个雪天他按计划在驹込车站附近一家咖啡馆的碰面情形。他到得比较早。当他推开门时,有五六个汉子突然站了起来,他们是带着"爬虫类表情"的秘密警察。他拔腿便跑。为了弥补"我跑得并不快"的缺陷,黑泽明每次接到任务都会预先研究好逃跑路线。而这次,他的谨慎小心救了他。

黑泽明接下来讲到了另外一些不期而遇的经历,其中一次他还撞上过恐怖的宪兵队。不过,他那次碰上的宪兵出乎意料的仁慈,甚至允许被捕的这位年轻人独自去厕所,黑泽明则趁机销毁了手里的所有"证据"(确实是证据,而他将其处理掉了)。

黑泽明在这种危险的游戏中找到了某种乐趣。他回忆起换装、戴眼镜、假扮某种身份时的刺激感。然而,还是有许多为《无产者新闻》工作的同志被捕入狱。因此有一天,他甚至不必再做联络员,而成为了助理编辑。无论他是否拥护这一运动,无论他最后是否会转危为安,他知道自己对马克思主义只是一知半解。但他毕竟挺过了这段时期。

1932年冬天,失去了家里的经济援助(也有说他姐姐从1927年一直资助他到1936年进入P.C.L电影公司),黑泽明靠着编辑工作带来的微薄收入,生活难以为继。他住在水道桥附近一家麻将馆的二楼，那是一间四叠榻榻米宽窄（大约为八英尺见方）的房间，"终年不见阳光"（我们可以从他的两部警匪片《野良犬》和《天国与地狱》中看到此类破旧小屋）。当发行工作愈发"艰难"之时，他便失去了仅有的收入。黑泽明好几天"躺在被窝里"忍受着饥寒。

毫不意外，他病倒了，而且这一次病情格外严重。没人注意到，他好几天发着高烧。最后还是房东发现了他这个臭汗淋漓的租客。尽管房东怀疑黑泽明是"赤色分子"，为了个人和家人的安全理应向当局检举他，然而房东对他表示了同情，并让自己的女儿来照顾这个虚弱的年轻人，直到痊愈。她会每天三次给黑泽明端来热乎乎的粥，以至于他在日后回想起来，仍旧难忘于这些陌生人的情义。

黑泽明花了数周才慢慢康复，其间他便与报社的伙伴们切断了联系。同伴们将这当作监禁期延长的讯号。而黑泽明则把这次"失联"看作是退出运动的借口。此后，他将从无产阶级运动中脱离出来，无论是在艺术创作上，还是在参与地下活动方面。他不得不承认丙午曾预言的"你的热度也会很快就降下来"已然成真。接着他又补充道，"因为我的热度本来就不高。"

黑泽明终于大病初愈，可以走出租住屋了。到 1932 年春天，他拖着晃晃悠悠的腿，从水道桥走到了御茶水，这是他中学时便时常经过的路。他想起令哥哥声名鹊起的电影宫就在这附近，而且丙午的家也离这儿不远。他的身体受到了病魔侵袭，从精神上对自己产生了怀疑，不知世间哪儿有自己的位置，更不知该将什么作为毕生的事业。在这人生的低谷中，黑泽明不禁想到了他的哥哥。他深情地引用了草田男（Nakamura Kusatao, 1901—1983）的诗句，写道：

回首柳暗花明引泣，但慨初生牛犊无惧。

◆

"从牛込区神乐坂朝矢来町方向去的一角，有一条仿佛江户时代遗留下来的、至今毫无变化的小街。"黑泽明这样向我们介绍他哥哥住所周围的环境，而他也将在这里生活近半年之久。黑泽明曾在战后拍摄的多部黑白电影中，尝试重现这样的街区。在神乐坂的某条街道上，生活着一群东京大地震后幸存下来的人，这些人被他称为"江户时代"的遗老遗少。

黑泽明战后的电影作品，无论是时代剧还是现代剧，我们从中往往能够看到一个叠印的世界：眼前是一层，尔后一层又一层地逐渐显现。在他拍摄的《罗生门》《七武士》《生之欲》和《低下层》（《低下层》是他对高尔基剧作的一次创新）中，黑泽明总是热衷于重返这个"江户时代"或是更早以前的"平安黄金年代"。好似这样他就能回到神乐坂那条小街之中，去寻回他失去的东西。

1929 年 9 月，须田贞明担任电影宫的明星解说员已近两年。

THE WITNESSES, AND THE SILENCE

在此期间，他用声音演绎过《血与砂》中的鲁道夫·瓦伦蒂诺，《寻子遇仙记》中的卓别林，《厄舍古厦的倒塌》中的让·德比古，《尼伯龙根之歌》中的格特鲁德·阿诺德——上述电影，黑泽明记得自己都曾看过。他哥哥在电影宫解说的最后一部电影是茂瑙的《诺斯费拉图》，这部电影和维内导演的《卡里加利博士的小屋》类似，讲述了从棺材里爬出来的活死人的故事。茂瑙的这部电影有着幕间字幕，丙午，或者说辩士须田贞明，肯定会注意到这些字幕，并将其念诵出来。我们甚至可以想象出这位辩士的声调："没人能逃脱他的命运。"

和当时的许多剧场一样，电影宫每周都会印发节目单。这些节目单尤其重视对新片的推介，其中附有电影剧照、故事梗概、演职员表以及每部影片的解说员名字（当时每周至少有两部，而通常是四部新片上映）。1929 年 9 月 9 日，电影宫的节目单上加上了辩士须田贞明的一个简短公告：

借我的离去说两句

这座剧院放映着如此多精彩绝伦又激动人心的电影，在这里工作的日子，对我而言无比珍贵！我来这里已经两年了。上周，我向电影宫请辞。尽管世间万物虚无缥缈，我仍珍视在这里度过的日夜。对于我们能拥有这般长久的关系，我一直心怀感激。

在这个富有魅力、充满格调的宫殿里，两年的工作让我受益良多。那舞台的朗读灯、那荧绿色的光线、那亮橙色的帷幕，点点滴滴都令我难忘。

再见了，电影宫！再见了，《战地之花》！再见了，《铁路上的白蔷薇》！

而我会永远记得你们。

再会。

黑泽明并没有在他的自传中引用这段临别致辞，亦未提及丙午离开电影宫的前因后果。然而黑泽明却错误地将时间记成1932年冬天，他病愈后在电影宫的广告上看到了哥哥的名字，还说当时在电影宫的后台碰到了哥哥，令后者"大为吃惊"。丙午看着眼前虚弱而又沮丧的弟弟，让他立刻到自己家去。黑泽明在自传中写道："我曾跟父亲说，离家后我就住在哥哥家里，而今这番谎话竟成了真。"

1932年春天，一切都如黑泽明在自传中所写到的那样发生着。只不过丙午离开电影宫已是两年前的事情了。实际上，须田贞明此时应该在浅草的大胜馆工作。早在一年前，他就开始在这家位于城市另一端的电影院工作了，因为大胜馆依然有默片放映。然而，随着日本电影产业的迅速发展，这里也开始越来越多地放映外国有声片。此时的辩士可能还在为有声片进行配音。他们的声音需要与同步录制的声音抗争，其效果之混乱显而易见。尽管"辩士"能够拼命地一直工作下去，但无论是影业公司、剧院老板还是他们的忠实观众全都明白，辩士很快就要消失在历史的长河之中了。

或许在这个章节以及描述丙午最后岁月的段落中，黑泽明只选取了那些对他哥哥的形象更为宽容亦更加友好的事件来记录。在电影宫时，丙午依然处于职业的巅峰期，可谓是这个行业的翘楚。但在1932年的大胜馆，他更多成了微不足道且混乱的穿插表演者。在浅草放映的有声电影《上海快车》里，演员的台词通过机器录制并重现出来；那么丙午的声音怎样可以"成为"埃米尔·杰宁斯、玛琳·黛德丽和黄柳霜呢？这部斯登堡拍摄的电影是须田贞明唯一一部尝试"解说"的有声影片。事实上，这也成为了黑泽丙午作为辩士解说的最后一部电影。

因此，假如我们沿着这条"小街"跟随黑泽明去寻访他的哥哥，我们遇到的将不会是那个即将被解雇的辩士，而是一位"保护者"，一位不断返场的英雄。自传的回忆者开始变得滔滔不绝，他告诉我们这儿是城市历史的记忆所在，其间生活着的人们俨然成了都市传说并被口耳相传：

哥哥住的长排房以及这里的小巷；那气氛和落语里提到的江户

的长排房完全一样。这里没有自来水，只有古老的水井和井台，住户好像全是东京大地震时幸存下来的人。在这些人心目中，哥哥好像流浪武士，很像讲谈中的堀部安兵卫，所以被大家另眼相看。

虽然遭遇了经济危机，黑泽一家还是成功地在位于山手的市区里找到了一处上层住宅。这片东京中西部的高地区域，属于"上町"，生活着前武士出身的政府官员、教育家和有钱人。他们与来自北部和南部郊区的底层人共同分享着这片高地。19世纪末，日本进入了快速工业化和现代化发展阶段，迫使底层民众涌向东京寻求工作机会。而在城市另一端的东部，则属于桥梁、沟渠密集的"下町"，就如浮世绘中常常描画的那样，那儿是许多文人和穷人的生活区。即便是在首轮"现代化"浪潮的冲刷下，这片街区也鲜有改变。

在上町，有着许多工作安稳、充满野心或对"现代"社会趋之若鹜的人。而下町就充斥着喧嚣、忙碌的景象，摇摇欲坠的木屋里容纳了形形色色的艺人、小贩、流浪汉，还有那些用身体来取悦他人的舞女、娼妓和说书人。电影院则遍布大街小巷。在默片时代，剧院尚需要用辩士的声音来吸引观众，可以说，当人们走入漆黑的剧场时，更可能觉得自己是置身于喧闹嘈杂的下町，而非上町。

我们还注意到，在1923年的大地震和战争后期东京大轰炸的双重作用之下，东部的下町首先爆发了骚乱。这个地区出现了炼狱般的场景，幸存者在目睹之后，即便回想起来亦仍是梦魇。

THE WITNESSES, AND THE SILENCE

在这两场天灾人祸发生之前，那些原本喜欢居住在低洼的东部地区的东京原住民(edokko)就已经越来越少了。到1920年时，估计有百分之六十的东京居民都是来自遥远地区的移民。丙午居住的神乐坂，被黑泽明认为是江户时代的街区，却不属于"东部"下町。不过是在其东边靠近牛込和饭田桥一带，还保留着某些昔日下町式的建筑：长排房（nagaya）和艺伎的候屋（machiai）。

尽管黑泽兄弟都出生在东京，且成长于上町那或气派或雅致的街区之中，但严格说来，他们还算不上是老东京人。黑泽明显然美化了他的哥哥，称他为"江户遗少"且被他的邻居们"另眼相看"。作为明星辩士，丙午有着丰厚的收入，可以定居在东京的任何区域。然而他倾心于这片老旧、破败的城区，因为这里的生活能让他逃离那种虚情假意、争强好胜或野心勃勃的气氛。可以说，除了他对死亡的迷恋之外，丙午身上还有不少令人捉摸不透的地方。

让人好奇的是，黑泽明将他的哥哥比作堀部安兵卫，后者又是一位怎样的人物呢？历史上的堀部安兵卫是被收养的孤儿，长大以后成了一名优秀的武士，可谓一段传奇。而收养他的家庭也因此被卷进一场暗杀当中，那场家族仇杀即后来歌舞伎中最著名的剧目：

根据四十七士[1]的传奇改编的《忠臣藏》。终于为主公报仇雪恨的四十七士，遭到了幕府将军的惩处，于是这四十七名义士，包括堀部安兵卫在内，统统切腹自杀。

在将哥哥比作堀部安兵卫之时，黑泽明无疑是想到了丙午那跌宕起伏、充满光辉和荣耀的一生。然而，这似乎也暗示着他悲剧性的结局。丙午那种虚无的、被阿尔志跋绥夫所激发出来的死亡意愿是如此强烈，他简直像是宣誓复仇的四十七士一般，慷慨赴死。

当黑泽明讲到哥哥对自己的关切，以及邀请自己去神乐坂的破旧居所，与他和他的女人一同生活时，这些画面就好像是自他大病初愈之后到他哥哥自决之前的那段时间里一段欢愉的中场，一种喜剧性的调剂。黑泽明兴奋地描述着他在这片城区里的见闻，并将那些邻里街坊比作江户时代（1603—1868）的人物和滑稽小说家（他提到了式亭三马和山东京传）。这里的居民大多靠手艺活、体力活甚至是更卑贱的工作维持生计。而江户式的城区及其生活方式，连结了现实和虚幻，这里既是大家的"工作地"，亦是"娱乐场"。

---

1 四十七士，也称赤穗浪士（あこうろうし，Akouroushi），指元禄十五年十二月十四日（1703 年 1 月 30 日）深夜为报旧主浅野长矩之仇，攻入高家吉良义央的屋敷，将吉良义央及其家人杀害（元禄赤穗事件）的元赤穗藩士大石良雄以下四十七人之武士。在过去多被称作赤穗之浪人（牢人），但是明治中期以后被称作赤穗义士、四十七士或赤穗四十七义士，在日本"二战"投降前成为一般的名称。明治以降，受壬生浪士的影响，也将浪人称作浪士。战后，大佛次郎的小说被电视剧化之后，赤穗浪士的名称广为周知。

THE WITNESSES, AND THE SILENCE

在此，黑泽明用轻快的笔调描写了给神乐坂的曲艺场看管观众鞋子的老人家，以及在曲艺场或电影院里当杂役的小零工。作为酬劳，这些人很容易拿到免费的戏票，他们会将这些免费票低价转让给邻居们，其中就有黑泽明。他尤其记得，"我住在这里的时候，利用白天晚上净跑电影院或曲艺场"。而每当他回想起那时听过的曲艺演出，无疑也会唤起他对亡兄的思念：

落语、讲谈、音曲、浪花节，这些为民众喜闻乐见的曲艺，对我后来的电影创作起到了难以估量的作用，这是我做梦也没有想到的。当时我只是随随便便地欣赏而已。

在这段愉快的回忆里，黑泽明提到了助兴艺人会定期借用曲艺场的一席之地，展现自己的才艺。其中一段名为《糊涂虫的傍晚》的演出，让他记忆犹新。这是一部哑剧，一只糊涂虫茫然伫立，望着通红的晚霞和归巢的乌鸦。而在这滑稽可笑的表演之中，黑泽明无疑体会到了一种凄凉。在他战后拍摄的许多电影里，主人公便会痴痴地望着日落时的天空（《野良犬》《生之欲》），仿佛在搜寻他们失去的东西；又或者，"小丑"的表演到头来却产生了悲剧的效果（在《泥醉天使》里，流氓先是浑身裹满了白色油漆，随后便自我牺牲似的坠地身亡；《低下层》的最后一幕中，得了肝病的演员则记不起自己的台词）。

《野良犬》

《泥醉天使》

THE WITNESSES, AND THE SILENCE

接下来，黑泽明那轻快诙谐的笔调开始变得沉重起来。黑泽明罗列了许多他所看过的有声电影：《西线无战事》《巴黎屋檐下》《蓝天使》《摩洛哥》《城市之光》《三毛钱歌剧》和《上海快车》。这份片单也预示了像他哥哥那样的电影解说员事业的彻底终结。就在他快要结束片名的罗列时，黑泽明在此宕开一笔，对光明、黑暗以及阴影的象征意涵作了一番思索：

有声影片的出现，宣告无声影片时代结束了。对无声片来说，必不可少的解说人的存在受到了威胁。就在这个时期，哥哥的生活受到了深刻的影响。不过，哥哥在浅草区的一流电影院——大胜馆当主任解说人的工作却未受什么影响。所以我也就舒舒服服地过我的长排房生活。就在这期间，我渐渐注意到，住在这长排房的人们尽管性格开朗，说话诙谐幽默，但还是掩盖着阴森可怕、极其黑暗的另一面。这阴暗的另一面，也许无处不在，也许它就是人们生活中本来就存在的另一面。天真的我第一次看到了通常被人们遮盖起来的另一面，这不能不引起我深深的思考。

似乎是为了平衡有关艺术和生活的叙述，黑泽明在那份有声电影的片单之后，又写下了发生在邻里间的真实事件，描绘出长排房生活的阴暗面。黑泽明在这里用到了电影式的叙事手法，对事物的表象与多面性提出质疑：有一个老人强奸了自己年幼的孙女；一个女人每天晚上疯疯癫癫地说要自杀，吵得大家不得安宁，一天晚上她想在房檐下上吊，被大家狠狠嘲笑和揶揄了一通，结果跳井而死；还有一位继母在人前光鲜亮丽，却在背地里虐待丈夫和前妻生的孩子。

而这个孩子遭罪的故事也进一步提示我们，在"现实"世界里，一切并非眼见为实。黑泽明笔下的这位继母，略施粉黛，独自走过小街，脸上带着甜美而礼貌的微笑。可一位邻居刚刚还听到这个女人在丧心病狂地用火灼烧继女的肚子，以至于孩子发出了痛苦的哭喊。趁女人不在，邻居恳求黑泽明帮帮这个受罪的孩子。他迟疑了片刻便走向了那间屋子。黑泽明看到一个女孩被绑在柱子上，他则"像个小偷似的"溜进去给女孩解开了带子，那女孩却愤怒而又恐惧地瞪着他。"你干什么！简直是多管闲事！"女孩恶言叫道，"我挨绑倒好，不然更受折磨。"黑泽明只得将她重新绑起来，他意识到，"我能解开绑她的带子，然而无法把她从捆绑她的境遇中救出来"。没能解救这个孩子让黑泽明久久无法释怀，于是他在自己的最后一部黑白电影《红胡子》中，拯救了一个饱受虐待、满身伤痕的孩子，并使其慢慢恢复了健康。

受虐继女的故事可能是黑泽明自传中最为痛苦、亦最发人深省的片段之一了。在他写下这部回忆录时，他已迈入了事业的第二阶段——拍摄彩色电影，或许他已从彼时未能施救的道德自责中解脱了出来。我们都有挥之不去的过往和挣脱不得的现在，只能在无法改变的生活里苟延残喘。然而在拍摄《罗生门》《生之欲》和《七武士》时，黑泽明无疑感受到了另外一种自我救赎的渴求。因此我们看到，在这三部如铁三角般的战后电影中：孩子必须被拯救、废

THE WITNESSES, AND THE SILENCE

墟必须被重建、村庄必须被守护，无论外界情势或犬儒艺术会带来多少惰性和阻力，黑泽明都不为所动，仍坚定地完成着他的任务。

而我们还能发现，电影《罗生门》呈现出的恐怖不止一种。片中除了有个干过无耻恶行的罪犯之外，亦有一个不作为的混蛋。

◆

受虐女孩的故事让黑泽明情绪低落，同时也为他铺垫好了接下来的章节，即令他愈发痛苦的，关于哥哥最后日子的故事。这是他十分不情愿写，却又必须写出来的故事，不然"就无法继续写别的"。

由于西方电影逐渐被有声片取代，专门放映外语片的影院（于1932年）宣布他们不再需要辩士了。新入行的解说员找不到工作，已受雇的解说员也被大量解约。辩士们立即组织了罢工委员会，丙午则被推举成主席之一。哥哥遇到了艰难的人生低谷，黑泽明感到不能再继续拖累哥哥和他的女人，于是他回到了阔别许久的家，对父母谎称之前是在外写生，并又谈起了自己的"绘画事业"。黑泽明重拾画笔开始画素描。他原本钟意的是油画，却负担不起油彩和画布的昂贵开销，特别是在他们一家人的生活全靠姐姐和姐夫支撑的情况下。

一天，黑泽明得知了丙午自杀未遂的消息（但并未提及地点和方式)。在他看来,罢工的失败和丙午作为罢工委员会主席的尴尬境地,似乎是主要的原因。虽然他注意到他哥哥对有声电影技术的发展将取缔电影解说员这一事实早已认命。丙午试图自杀的事件给全家投下了"阴影"。为了冲喜,黑泽明"考虑过让哥哥和他那同居的女人正式结婚"(而在其他人的记叙中,她已是丙午的合法妻子了)。在他看来,"将近一年时间我承她照顾",因此"就人品来说是没说的",甚至"由衷地把她当作嫂嫂看待"。家里人对此事亦没有表示反对,反倒是丙午自己没有明确表态——而"我把这简单地理解为他目前正失业的缘故"。

当母亲提到丙午最近的一次自杀,担忧丙午一再声称自己要在三十岁前死去时,黑泽明宽慰了他的母亲,并拿俄罗斯小说来解释丙午的冷漠和将会发生的事情。就像哥哥曾劝诫过他("你的热度也会很快就降下来")一样,黑泽明向母亲保证,这不过是丙午最近读的书让他头脑发晕罢了。此时,他提到的正是阿尔志跋绥夫的《绝境》。而在劝慰母亲的同时,黑泽明也在自我催眠,使自己相信丙午只是沉迷于文学中的自毁情节,并不会真正付诸行动。他用文绉绉的语言总结道:"越是动不动就提死的人越死不了。"我们也确实可以在阿尔志跋绥夫的小说里找到这句话,这说明除了哥哥丙午之外,黑泽明本人也极有可能读过这本书,并且烂熟于心。

丙午因自杀而住院,就在他出院后不久,他又再次自杀。这一次他成功了。黑泽丙午,辩士须田贞明,将自己的生命永远地定格

THE WITNESSES, AND THE SILENCE

在了二十七岁。他真的做到了,在年轻时便死去,以免变成丑恶的躯壳。抱持着同样观点而选择自杀身亡的,还有芥川龙之介,以及十年后的三岛由纪夫。

在丙午自杀三天前,两兄弟一起吃了顿饭。黑泽明怎么也想不起这顿饭是在哪里吃的,又吃了些什么。在得知哥哥自杀身亡的消息后,他太过震惊,以至于忘记了吃饭前后发生的所有事情。他只记得那晚他们分手时最后的对话。

兄弟俩坐上了去往新大久保站的出租车。丙午提前下车,他让黑泽明继续坐车回家。丙午走上了站台的楼梯,又忽然转过身来,示意出租车司机停车。黑泽明下了车,走向哥哥。"什么事?"他问哥哥。丙午目不转睛地看了他一阵:"没什么,好啦!"说完他就又上了台阶。

接着,是一个突兀的转场:"等我再次看到哥哥的时候,那已是沾满血迹的床单蒙着的尸体了。他是在伊豆温泉旅馆的一间厢房自杀的。站在那房门口看到死去的哥哥时,我一动也不能动了。"黑泽明没有继续描述哥哥死亡现场的情形,床单上的"血迹"似乎说明丙午是用刀或者以其他壮烈的方式自杀的。他也没有提及,在丙午自杀时,这个房间是否还有其他人或目击者在场。

黑泽明帮着父亲把哥哥的尸体抬上了一辆回东京的出租车。他们途中先到火葬场将尸体火化了。当出租车继续上路返城时，司机依然非常害怕："他也发狂似的开快车，结果走错了路。"黑泽明的母亲一直留守在家里，始终没有掉一滴眼泪。黑泽明并未在母亲的脸上察觉到有谴责自己的意思，但他的"心里更加痛楚"，因为他曾用轻描淡写的几句话去安慰母亲，叫她不要担心哥哥的精神状态。黑泽明反省着自己在哥哥自杀这件事上的过错："对母亲，我说了些什么？对哥哥，我又说了些什么呢？我是一个不折不扣的笨蛋。"

在黑泽明的字里行间，事件是清晰的，自责是深切的，但同时也有着一种缄默。他在文中或其他地方提到哥哥的死的时候，一直使用的都是这个词：jisatsu。其字面含义为"自尽"，即某种个人行为。在日语里，要描述情侣或者家庭因绝望而一同轻生的情况，还有其他词汇可用。黑泽明或许遗忘了一些细节，毕竟他当时不过是个十七岁的悲痛欲绝的少年。又或者，他仅仅是想用这样的方式来维护哥哥，就像儿时哥哥保护自己一样。

黑泽明可能下意识地将这些没写出来的内容放进了电影里，投射在了那些徘徊在楼梯间的人物身上；或是让那些在剧中死去的角色，以一种奇异而充满希望的方式重回人间；又或者是用一种独特的视角来讲述更加真实的故事，毕竟想要直面人心是艰难的。

无论是《罗生门》、《生之欲》还是《七武士》，都在电影的流畅叙事中突然地插入了长时间的间幕或转场。这些作品里的人物则总是意外地跌落，受到打击，艰难地穿过泥沼、迷宫、废墟或者充满懊悔的人生。我们因这些电影而心神不宁，焦急地等待着情节的发展：等待着最后出场的敌人；等待着老人去世，电影抵达尾声；等待着最终找出真凶并将其定罪。但黑泽明并不是为了表达一句"告别语"才结束故事的，他也从来不会在影片结尾时让一切真相大白，或让角色彼此和解。

相反，他让我们困惑，他给了我们参与其中的机会，让我们自己被自己感动。《罗生门》结尾时设计的那个孤儿，可能并不符合任何叙事逻辑，却充满了想象力。《生之欲》在最后则唤起了我们内心对社区警察的敬意。警察来晚了，手上捧着过世老人的帽子。他讲起自己在雪夜巡逻时遇见了坐在秋千上的老人，还以为那是某个醉汉。他无意间听到老人愉快地哼着歌，而此时，那歌声毫无缘由地刺痛了他的心。

♦

1933年7月12日，《静冈民友新闻》晚报上有一篇简单的报道，标题为《电影解说员与服务生：在汤岛的殉情》。其内容大致如下：7月9日，一对来自东京的情侣在伊豆半岛汤岛区的温泉旅馆"落合楼村上"登记入住。男子登记的个人信息为"须田贞明，28岁"，住址为长谷区的"黑泽家宅"，在职业一栏，他写了"公司职员"。

女子则只登记了名字和年龄,"美智子,25岁"。7月10日当晚,这对情侣殉情自杀。他们吞下了约四百颗 karumochin(一种强效镇定剂的名字),并混合了少量灭鼠药。旅店老板在听到他们的惨叫声后,立刻通知了邻村的大林内科。医务人员随即赶来进行急救。男子抢救无效身亡,女子则幸存下来。这名死去的男子被证实是东京浅草区电气馆的解说员及广播播报员,他在最近的一次电气馆罢工活动中遭到了失败。这篇报道在最后写道:"这是他的第二次自杀。"

四天后,另一家报纸给出了有关这起事件另外一个版本的报道。在7月16日的《报知新闻》上,有篇报道题为《汤岛殉情:巴克斯咖啡馆女服务生于7月15日不治身亡》。这篇报道从7月8日开始说起,提到电影解说员须田贞明与一位登记名为"美智子"的女子共同前往汤岛温泉旅馆"落合楼村上",计划殉情自杀。由于急救得当,女人被抢救过来(男人则未能幸免于难)。据了解,这位"美智子"在东京银座的巴克斯咖啡馆做服务生,本名中村洋子,二十六岁。她和名叫寿制肇的哥哥一同住在东京富冈区的深川。不幸的是,"她拒不接受后续治疗,并于7月15日上午去世"。

1960年时,著名辩士山野一郎出版了关于自己特殊职业的回忆录《敏感的电影傻瓜》(*Ninjo eiga baka*)。他曾是丙午的入行导师。在回忆录的一个章节中,山野一郎简略地写到了他与丙午的首次相见及其最后的岁月。在第一次见面时,丙午脸色红润,个子高高的，有着文人般的举止。这名年轻人后来很快就"成为了新生代中的佼佼者"。他还记述了丙午以艺名须田贞明在电影宫大放异彩之后，却在浅草的大胜馆陷入四面楚歌的境地。丙午被推选为辩士罢工委员会的主席，为保住他们的工作、抵制有声电影而斗争。据山野一郎回忆，须田贞明早有自杀倾向。就在罢工结束后不久，他自杀身亡了。山野一郎最后总结道，然而这个人的所想所思，成了一个永远的谜。

山野一郎还描写了这位去世已久的门生的许多性格特点。须田贞明看起来十分强悍，从不好好走路，而是像浪人那样大摇大摆。"无论我何时遇到他，他都是那么热情又迷人。"从须田贞明在葵馆做学徒到他（1925 年）去牛込馆做正式辩士期间，山野一郎记得自己曾被邀请到须田位于神乐坂的家中作客。到访时，有个女人招待了他："我随即意识到，他不知什么时候竟有了妻子。""妻子"的样貌十分年轻，或许只有十五六岁。但她很有礼貌，带着一种学生气，十分害羞，不太说话，似乎在厨房做饭时听听他们聊天就很满足。

山野一郎将须田贞明看作"唐璜"式的人物，一个耽于享乐的年轻人，又带着阴沉的一面。随后大胜馆罢工行动"失利"，辩士行业就此消亡。山野一郎记得须田贞明自杀未遂，住院治疗了一个月。出院后不久，他便带自己的爱人到伊豆的温泉旅馆殉情了。

殉情的女方是银座某个咖啡馆的"头牌"服务生。山野一郎记起有一晚须田贞明喝得烂醉,还因这位女服务生没有殷勤地为他和同伴服务而大发雷霆。他用一种自信而又直接的方式要求她立刻过来作陪。或许是因为他英俊潇洒、富有男子气概,女服务生就此为他着迷。

山野一郎还写道,在此前不久,须田贞明的"妻子"为他生了一个孩子。在大部分猜测里,这场殉情都出于罢工失败所致。山野一郎却认为,这是由于须田贞明没能熬过孩子早夭的痛苦,追随他的孩子而去了。

◆

同一时期的这两则报道,加上山野一郎的叙述,为我们提供了许多黑泽明自传中未尽的细节。Jisatsu,指的是自我了结。黑泽明用这个词来形容哥哥的死。然而其他几份描述都使用了 shinju,意指两位恋人发誓一同死去。这个词在 18 世纪早期近松门左卫门(日本最著名的剧作家)的净琉璃戏本以及许多歌舞伎剧本之中,往往和殉情联用,来作为剧目的名称(如《曾根崎情死》、《天网岛……》等等)。这些剧作都与历史名人无关,而仅仅是"家庭伦理剧"(sewa mono):基于现实生活,描绘平头百姓和妻子或包养的名妓 / 妓女 / 情人间,由于责任、欲望、无法摆脱的绝望而展开的故事。

上述关于丙午死亡真相的"证言",无论在细节陈述还是遣词造句上,都和黑泽明的自传大相径庭。但有一样事实毋庸置疑,那便是:丙午寻死时有人陪伴,且她随后也死去了(这就和《罗生门》一样,只有森林里的那具死尸是确凿无疑的)。这位登记名为"美智子"的女人,后来被证实有自己的工作(咖啡馆服务生),并找到了她工作的地点(银座的巴克斯咖啡馆)。另一篇报道则给出了她的"真名",指出她和哥哥一起住在富冈,隅田川东岸的"下町区"。而男人则被证实为须田贞明——电影解说员和罢工主席——并为此时常在新闻里出现。

然而不只是黑泽明的描述和其他人的报道存在差别,不同的证言之间也有出入。这对情侣究竟是7月8日还是9日到达温泉旅馆的?那人是否就是电气馆的解说员须田贞明(事实上他彼时亦不在电气馆工作),还是有人冒用了罢工主席的名字?某份报纸报道说,五份遗言里有一份提到了丙午"有妻儿"(但该报或其他地方均未再提及其他四份的内容)。山野一郎还说起过新生儿早夭的事,认为这和丙午辩士生涯的结束相比,同等重要甚或更为重要,因此猜测这亦是丙午结束其生命的原因。

这个孩子:他/她到底来过人世吗,抑或真的早夭?最后陪伴丙午的女人:是她自愿赴死,还是因为丙午想让她如此死去?在黑泽明的自传里,这些人从未被提及,这些问题也从未出现过。此外还有一个疑问，这个和丙午在神乐坂同居的女人，或许已经成了他的妻子。黑泽明也曾用赞赏的口吻写到过她，想让他哥哥"娶"她过门。但黑泽明为什么从没提到她的名字，或她曾经生下的孩子呢？另外，其他人都默认她是丙午的妻子，而黑泽明为什么没在哥哥过世之后，想要打听这个女人或孩子的下落呢？

无疑，在这段"不愿意写的"回忆中，这些细节和黑泽明其他那些不愿意讲的故事一起，被掩盖了。但它们从未真正从黑泽明的脑海中消失，因为它们与哥哥的死息息相关。以至于黑泽明要在《罗生门》、《生之欲》和《七武士》中，将死亡的场面单独提取出来，甚至予以定格，仿佛在我们看到的画面背后还有着某种深层的意味。

如此，参阅其他的报道便不再是为了确认事实，也不是为了证明黑泽明是否有所隐瞒或撒谎。它让我们更能理解某部电影，譬如说《罗生门》，为什么会在充满了复杂声音设计的影片里出现如此长久的寂静；又或是让我们更加明白某些令人惊讶的愤怒场景，就好像《罗生门》里的武士妻子和巫女，她们不甘沉默，而要激烈地回击她们身处的世界。

《泥醉天使》中的梦境场景

9

黑泽兄弟的故事

A TALE OF THE BROTHERS KUROSAWA

还有一个人同样见证了东京大地震和大轰炸，且更加了解哥哥的去世对黑泽明造成的影响。他就是植草圭之助，黑泽明曾在自传里提起过的，与自己一同长大的伙伴。鉴于植草在宣传他自己的回忆录之初，就将其定义为自传式"小说"，或许我们不应把他当作可信的见证人来看待。但电影《罗生门》让人明白，如果想要探究复杂的人性，也需要不可信的信息。就好像黑泽明某次在谈论这部电影时说到的："你将谎言层层叠加，便会得到真相。"

作为黑泽明自黑田小学时期起的好友、《泥醉天使》（黑泽明战后第一部关于充满魅力的混蛋的影片）的编剧，植草这样开始了他名为《虽然已是黎明——青春时代的黑泽明》的自传故事：

我被警报声惊醒。

风雨大作，好似要击碎了我北面的窗户。夹杂在风声之中的，是火警中队志愿者向大家发出的最后一轮警报。

这是 1945 年 3 月。文中的"我"在四个月前，即 B-29 轰炸机开始袭击东京时，搬到了本乡的一处廉价公寓里。植草写道，街头传来了"志愿者"刺耳的警告声，紧接着便发生了空袭。起初只有一两架飞机，随后则是一个小型的飞行中队。他调皮地描述着所谓坚定不移、准备充分而又牢不可破的防御部队是如何抵抗这场空袭的。但在 3 月 10 日这晚，袭击比之前更加猛烈。他梦游般地起身，试图找到些什么——一个手电筒、一双胶靴,便蹒跚走出了家门。位于二楼的住所摇摇欲坠,他不得不去附近的防空洞避难。接下来是一连数小时的狂轰滥炸,直到翌日清早,彻夜未眠的植草开始描述起眼前的情形:

周围一片黑暗。但在黎明的一缕光亮中,我还是看见了四周萧条的景象。街上有一群"社区委员会"的人,他们穿着政府发的工作服,正满脸惊恐地望向天空。

那是怪诞的、绯红的、低沉的天空。看到它的颜色,我有种不妙的预感。一时间我无法准确形容它,但我记得曾经见过这样的天色。

从汤岛的山丘向东方眺望,下町的天空渗出橙色和粉色来。而在天际尽头,交织着红色和白色的条纹。突然间,我想了起来——这正是那时候的天空。二十年前,我曾见到过同样绯红而低沉的天空,从小石川一直绵延到下谷,那是我们之前住过的地方,我的母亲也是在那儿过世的,就在大地震前夕。地震中的城市燃起了熊熊火焰,巨大的火光照亮了黑沉的天幕。

然而这年 3 月的空袭并没有结束。警报和警戒声再次拉响,他这回亲眼看到了 B-29 轰炸机投下的炸弹在空中裂成圆圈,然后一个个砸落下来,在路面上炸出一片火光。传言说整个东京都被摧毁了。人们纷纷逃到街上，叫喊着："难道这是世界末日来临了吗？"火海从浅草区一直蔓延到了日本桥。他不禁怀疑：这场空袭后的火灾是否会像1923年9月一般，烧到最后只剩下一片焦土和河岸边的焦尸？

眼前的天色让他震惊亦使他茫然，他仿佛回到了二十年前那座被摧毁的城市。而此时的另外一场爆炸，如响雷般在他耳边炸开，才又将他带回到现实中来。听力恢复之后，他的耳畔一片嘈杂，只有一个声音在反复回荡，这"就像是辩士出现在了默片之中"。是这个声音为他指明了生路："别去那边……快到这边来。"

他的住所不再安全，可能早已被炸毁。空气中充斥着烟雾和汽油的味道，一连串的警报声则预示着下一轮空袭即将到来。去哪儿才能找到安全的庇护所呢？他所知道的地方，无论是父母的家乡深川或日本桥，还是他长大的小石川一带，都已被炸得面目全非。他向西边的新宿走去，希望能在小田急电车站找到开往成城学园的车，最近几年他一直在给那附近的一家电影公司写剧本，也许能在那里找到一个暂时的容身之处。

小田急站台上挤满了如他一般，想要逃离这险境的人们。然而火车迟迟不来，或许早已停运。在不远处，还能看到前一轮轰炸后的火焰。他因缺觉而神情恍惚，不禁将眼前的火光与上回看到的景象叠印起来。他的思绪回到了更久以前，还在小石川上学的岁月，陷入回忆的他忽然想到：如果坐火车去成城的电影公司，就正好和他的老朋友家顺路。他的老友，那位声名鹊起的电影导演，有时他俩会在在公司的咖啡吧里碰到。而眼下这种局面，自己是否还能向他求助？

火车终于来了，汽笛声让他从思绪中惊醒。他登上火车，去往成城附近的东宝公司，希望能找到黑泽明。他相信他的老朋友会像以前一样，让他依靠，给他保护。

◆

植草已经描述过，1945年空袭后的废墟是如何让他回想起了1923年被大地震摧毁的东京景象。似乎是他以前所经历的一切，才让他在战后的这片废墟中撑了过来。而黑泽明也在若干年后出版的自传中表达过类似的感受，尤其是在《罗生门》那章，他提到了灾难造成的创伤以及不断重复的噩梦。植草则进一步将1923年地震后压抑的文化氛围与1945年战后的文化荒漠联系起来。他赞同黑泽明在战后对无声片的青睐，尤其是对 D.W. 格里菲斯风格的推崇。"情节剧"或许是美国导演的专长，植草写道，然而它也是"最适合将日本的战后现实予以戏剧化处理的影片样式"。

在火车驶离新宿车站开往成城学园站的同时，叙述者也似乎穿越回了更加遥远的过去，回到了大地震之前，他与他的朋友在小石川一同度过的童年时光。植草为我们描述了黑田小学时期的另一个黑泽明。黑泽明的个子总是班里最高的，他学习不错但不是个考试高手，获得过许多奖牌奖状且从不夸耀，热衷于体育运动却不会欺负人。他常面带微笑，待人亲切，有些调皮，不过也就是学生般的淘气罢了。

他还给我们讲述了黑泽明是如何在东京成长为一位"大正文学青年"的：他从译本里汲取文学养分，欣赏文艺复兴时期和印象派的画作，爱听西洋音乐里十八十九世纪的经典杰作。他还记起曾与黑泽明一起到立川老师家拜访。他们将这位老师看作是受白桦派影响的自由派艺术家，一个"浪漫主义者"。因为老师的书架上摆满了诸如陀思妥耶夫斯基、屠格涅夫和普希金等俄国作家的作品，还有许多艺术杂志和专著（并没有黑泽明钟爱的达·芬奇和米开朗基罗，他更喜爱柔弱的维纳斯）。拜访结束后，俩人悠闲地步行回家。路上他们会拿出藏在口袋里的香烟来抽，就像醉汉一般，天马行空地谈论着最近喜爱的偶像。到了金刚寺坂坡，他们会再穿过江户川走去神乐坂。他们经常在半道上停下来，去一家老牌的"传统"咖啡厅红屋坐一小会儿。客人们可以在这里弹奏钢琴，而他们则一边喝着咖啡，一边听着随机演奏的音乐——《月光曲》《献给爱丽丝》或《蓝色多瑙河》。

不管是在大地震发生之前还是之后，他们都可能在这册碰见黑泽明的哥哥。叙述者在此将丙午形容为一位英才，一个真正的文学青年以及电影迷。这附近有一家名为牛込馆的剧场,丙午有时会带这两个少年去看最新的外国电影(就是在那儿,他们看到了阿贝尔·冈斯的《铁路的白蔷薇》)。

一晃数年过去,到了1927年黑泽明从京华中学毕业的时候。而植草早在1925年就从中学部离开,去了京华商业学校。他对文学依旧着迷,却将重心转移到了戏剧方面,并对经常探讨社会问题的"新剧"情有独钟。这些戏剧一般是在或大或小的剧场里演出,但有时也会到特定的地点表演,例如"新协剧团"的流动分部(这个剧团当时的主力成员中就有久板荣二郎,他曾在1930年代作为普罗剧作家出名,亦是黑泽明《我对青春无悔》的编剧)。

1928年的一天,植草来到了青山店的一家茶舍,一个美丽的女孩吸引了他的注意。这是一个比植草更加沉迷马克思和无产阶级政治的女孩。为了能给她留下深刻印象,植草突然决定登记加入日本无产者美术同盟的文学部。日后他会为这个团体的内刊《普罗艺术》(日本当时最主流的无产阶级文学杂志之一《战旗》的前身)工作。起初,他在《战旗》总部为著名的马克思主义诗人兼评论家中野重治以及其他一些编辑做助手;随后,他被调派到了横滨分部。

植草经常回东京。有一次,他在代代木车站转车,看到一个高个子走上了月台,居然是他两年多未见的朋友黑泽明。他得知这位画家朋友的"静物"画将于1928年在著名的无产阶级美术展

(Nikkaten exhibition)上展出,不由惊叹道,一位多么成功的十八岁青年啊!更巧的是,当植草告诉黑泽明自己已经加入了日本无产者艺术同盟的文学部时,黑泽明竟回答说自己也是日本无产者艺术同盟的成员,只不过是在美术部。

叙述者又问起了黑泽明的哥哥,说自己和他已有多年未见。黑泽明满脸愁容地告诉他,丙午跟父亲不合,已经被赶出了家门。"随口问问,"黑泽明说道,"你听说过电影宫的辩士——须田贞明吗?"植草答说那是当然,只要经常去电影宫的人都知道,那人是德川梦声的门生,被公认为新生代辩士中一颗冉冉升起的明星。黑泽明这样回应道:"好吧,你没有认出他来。其实这个须田贞明,就是我哥哥丙午。"此时我们的叙述者惊呆了:

由于近来返回东京时经常光顾"电影宫",不知不觉中,我成为了须田贞明迷。德川梦声当然非常出名,因为他经验丰富、机智过人。而须田贞明却是与众不同的。他表面冷静,内心狂热,就像"新剧"舞台上的演员那般,富有激情。他的声音夺人心魂,并带有一种戏剧性的共鸣。

1929年秋天,植草参观了在上野举办的普罗艺术展,以期能在那里碰到黑泽明。他特别提到了一幅油画《农民习作》,以及一幅大型水彩画《建筑工地上的集会》。在墙上挂着的众多画作中,他一眼就看到了这两幅作品——忧郁的人物群像里,带着一种阴沉的色调。和现场展出的所有作品一样，黑泽明的画作也是以无产阶级为主题，但植草却从中发现了"幻影般的美"，而有别于与其他人的作品。遗憾的是，他并没有在这个展览上遇到他的朋友。

这一时期，由于审查日益严苛，植草的编辑工作不得不中断，《战旗》也暂时休刊。陷入低迷的植草参与了横滨的船厂罢工运动，并在一次警方的清查行动中被捕（有精神病史的植草父亲也在这次事件后犯病）。害怕再遭逮捕会进一步刺激父亲的精神状态，叙述者决定从此不再参加无产阶级运动。

很长一段时间里，植草与黑泽明断了联系。直到1935年，植草患病的父亲过世时，黑泽明登门吊唁。植草也同样安慰了黑泽明，因为他在两年前就从报纸上得知了"须田贞明身亡"的消息。他深知失去哥哥对黑泽明的影响。他们抽空去了附近的咖啡厅，喝着冰茶，黑泽明开始说道：

对我来说，立川老师诚然很重要。但从一开始，却是哥哥给予了我力量。即便在他被赶出家门之后，我还会经常悄悄跑去神乐坂找他。他的女人既漂亮又温柔，看到我来，他们总是很高兴。无论我何时去他们家，他们总是对我嘘寒问暖。我们在一起玩牌，有时还会到俵屋吃西餐，不出去吃的时候，她就在家里煮饭。

他不仅仅教导我有关电影的事，也送我各种演出票，有时是歌剧，有时是话剧，他让我知道了怎么在浅草区找乐子。还有书，假如我告诉他自己想读什么，等下次再去他家的时候，一定会看到那些书报已经摊开在案上了。他是个不太成功的作家，我相信……

说到这里，黑泽明分明哽咽了起来。可他还是继续讲起了丙午的死，对他而言，这是"难以置信"的事。他俩一起去看了部德国有声电影，之后吃了个饭，并在新大久保车站的检票处道别。丙午朝通往月台的楼梯走去，忽然又停了下来："喂，小明，你等一下。"丙午折返回来，一言不发地看了自己好一会儿。那时候他的眼中带着何种含义？"好了，你回家吧。"这样说着，丙午转身重新走上台阶。四天后，他死了：

丙午总是告诉我："人必须打好基础。如果你想在某天成为一个人物，年轻时就必须努力。要了解你自己，找到你信仰的东西……而我一直在流浪。你也看到了，我过得并不好。但你还有机会。"

如今丙午已经走了，他的话语却一直萦绕在我的脑海当中。此时我明白了，是时候放弃绘画了。

黑泽明后来加入了 P.C.L 公司，决定在电影界发展。而在他和植草喝着冰茶的那天，黑泽明继续说着丙午在电影方面对他的启蒙，还说电影改变了自己看待空白画布的眼光，让他对活动影像愈发着迷：

A TALE OF THE BROTHERS KUROSAWA

哥哥格外痴迷电影，他影响了我。我开始意识到，我无法用一张画布来表达我想表达的一切。我需要一种能够突破画框的媒介，想要寻找一种动态的东西。如果是电影的话，那么就不止是场景需要我绘制，它还需要台词、音乐和表演。构成人生的这一切要素。它能与人们直接对话，不仅是对工人和农民，而是聚集在浅草或新宿的全部大众。

1930年代后期，这对好友都进了东宝公司做学徒：植草写剧本，黑泽明做导演。两人的嫌隙就是从这个时候开始出现的，并在战时的高压氛围下愈演愈烈。在东宝公司，黑泽明的事业发展极为迅速，他将植草甩在了身后。

战争结束之际，东宝公司也如其他电影公司一般陷入了混乱。公司的几员干将因为战时的行为受到了接管政府的调查。而除了面临胶片等各种物资的短缺，电影人还遭遇了生活上的困难。各类协会纷纷组织集会和罢工活动，并高唱起往日的无产者艺术同盟的歌曲。这就像是1920年代的日本，在政府、军队和大财团的强势压迫到来之前，一切充满混乱和无穷的可能。

在影片《我对青春无悔》（1946）大获成功之后，植草找到黑泽明并告诉他，有个"废墟中的爱情故事"可以拍成电影（植草也承认，这个故事是基于自己在战时一见钟情的经历）。为此，他们将合作《美好的星期天》的剧本，创作的过程却暴露出他俩艺术和性格上的分歧。植草想写一个讲述情侣苦难的悲情故事，但黑泽明拒绝了（"如果你想要悲情故事，多下点雨就行了"），并选择了一个更加积极的结尾。

在《泥醉天使》上的合作加剧了二人的分歧，他们甚至彼此谩骂。植草欲将影片重心放在三船敏郎饰演的松永和夜总会女招待的罗曼史上：一对卷入山口组的情人，他俩唯一的活路只能是其中一人的自杀。黑泽明则直接否决了自杀的提议，认为这太过于歌舞伎了。植草能够猜到，为什么黑泽明拒绝将故事发展成情侣殉情，毕竟他知道丙午和他那位巴克斯咖啡馆的情人是如何结束了自己的生命。

在这部"私小说"（I—novel）的结尾，植草写道，无论他与黑泽明的生活背景是多么相似（同样的学校、老师、环境），他们终究是不同的人。当他俩还在合作拍摄《泥醉天使》时，他已经预感到二人不会再度合作了。就在这部电影上映后的公司庆功会上，有人评论说真正的山口组成员十分喜欢这部片子。而叙述者却深感遗憾，因为这部片子原本能展现出比"反战"更多的意义。他在最后以预言般的笔调作结："我们的'青春'终于结束了。"

◆

让我们回到黑泽明的自传，他曾说过，有关自己和植草的往事，

植草圭之助

若不好好聚焦便不会出现鲜明的记录,而因为植草写了这部"私小说",其中点滴他便不再赘述了。但黑泽明反驳了植草关于二人性格迥异的结论,并说他俩其实非常相像,都十分软弱,只不过在面对"生活中的苦难"时,二人的外在反应有所不同罢了。相较于植草对他们往日生活的那种"虚构式"的描述,黑泽明的这番话显得更为公允而宽厚。

我们可以揣测黑泽明为何会同他的朋友产生矛盾，毕竟，这本书从书名开始就利用了黑泽明的名气。而让黑泽明尤为气愤的，或许是植草对他们学徒期工作关系的描述。他甚至写道，随着黑泽明在电影界日渐成功，他对下属也愈发疏远、专断，这使得他们的关系也开始变得敌对、紧张。诸如此类的说法，无疑会让黑泽明感到伤心和费解。

这部私小说还以大段笔墨将丙午塑造成了黑泽明生命中十分独特的角色。关于丙午的死给他弟弟带来的影响，植草也作了极力的描绘。和其他的"证词"不同，植草并没有提到药品或银座女招待，亦没讲述温泉旅馆里发生的事件细节，然而在写到丙午的自杀时，他却和别人一样选择了 shinju（殉情）一词，这是黑泽明从未用过的词。显然是出现在"汤岛殉情"里的这个词，惹恼了黑泽明，不仅让黑泽明与这位不再共事的朋友进一步疏离，还让他自己重新回溯起二人过去的故事——那才是一份真正的自白。

电影《罗生门》让我们看到，仅凭自己的盲从之举或是目击者的一面之词根本无法拨开迷雾，反倒只会让人疑窦丛生。植草的私小说，在艺术上从未展现过如此复杂而深刻的自我反省面向。黑泽明知道其他日本作家具备这一功底，而他们中最出色的，仍要数芥川龙之介了。

A TALE OF THE BROTHERS KUROSAWA

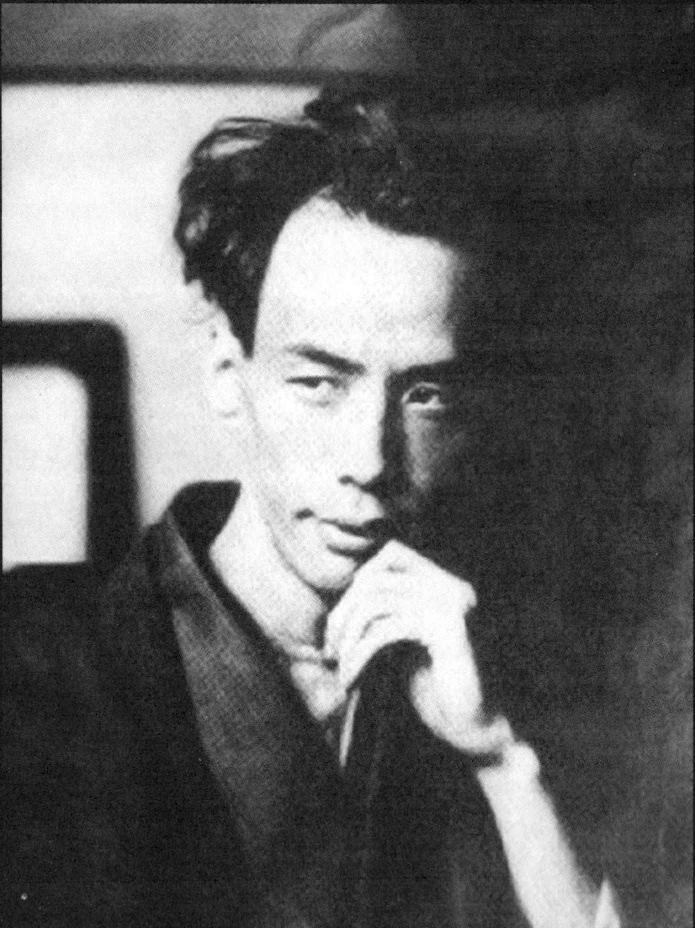

10
另一个芥川龙之介
THE OTHER AKUTAGAWA

当黑泽明开始构思电影《罗生门》时，他没去找童年好友，而是转向了芥川龙之介，这并非出于偶然。这部电影主要改编自芥川所写的两个短篇故事，你可以认为芥川的意义不过如此。但也有可能，黑泽明是在寻找另外一个芥川，一个在艺术上与自己接近、在白毁的结局上与丙午相似的芥川。

我们注意到，在黑泽明的《罗生门》中，故事是通过衙门里证人的证词展开的。证人向观众讲述着他们对案发现场的见闻，并带我们一次又一次地重返森林。每一次，我们都有新的发现，这不仅是在处理"案件"抑或查明"施害者"身份的问题，同时亦关乎我们自身。我们多次听到关于同一个故事的不同声音，而我们是选择相信某人，还是不愿对此进行继续猜测，抑或不再相信任何一个人？可以肯定的一点是，《罗生门》中的大部分角色都显得可疑。只有一个事实毋庸置疑：一个男人在森林中死去了。和影片开场处的樵夫与僧人一样，我们跟电影的情节彼此隔绝。这种区隔就仿佛有关这个世界的文字或图像及其本来面貌之间，存在着可怕的裂痕一般。

每个证人的证言都让我们重回森林并告诉我们"真相"，使得这个裂痕越来越小。但黑泽明恰在这里为我们设下了陷阱，他让我们感觉裂痕在缩小的同时，却发现所有的证言并不真实。一个无限循环的世界由此在我们眼前展开——就好像我们想象中那个"天圆地方"的世界在现实中是一个球体——毕竟没有哪一件事是局部真实的，我们无法轻易描绘出其背后的深意。

THE OTHER AKUTAGAWA

电影史学者告诉我们，黑泽明是以芥川龙之介在20世纪初完成的两部短篇小说来作为《罗生门》的故事框架。这位因其创作的短篇小说而闻名的作家，在1927年自杀身亡，标志了一个时代的结束。学者们通常认为，芥川作品的特色主要体现在他那冷静而带有世纪末颓废风格的笔调之中——他的生活作风亦是如此。为了在人生结束之际体现出美感，芥川留下了一封自杀遗书，仿佛他离开人世不是出于特别的原因或委屈，而是因着一种"虚无的焦虑"。这是一段结语，亦是对其忠实读者的交代，写在了他自杀前从练习册上随手撕下的一页纸上，像是在说读者们对他不该有更多的期待。

黑泽明从未写过任何关于芥川龙之介的评论，也从来将这位作家的作品及其生死联系起来。但他被芥川的小说深深吸引，并将之改编成电影《罗生门》，这应该不仅是出于他对这些精心创作的故事的喜爱。无论是否如黑泽明所说，他只是对芥川生前的文学成就印象深刻，这位作家的人生结局无疑也对他产生了某种影响。芥川那短暂的事业和生命，与黑泽明的哥哥是多么相似，两人甚至都是服药自杀（芥川龙之介选择了巴比妥，与丙午选择的karumochin类似，都是强效镇定药）。而除了芥川为人称道的愤世嫉俗之外，黑泽明有着充分的理由选择其小说来建构《罗生门》，这就像是他会以不断重复的《波莱罗舞曲》去拷问人心的幽暗。

对黑泽明来说，《罗生门》并非只是用来尝试如何将黑白美学推向极致的讽刺性习作。大门四周的荒野、空旷的白色衙门、看不见的审判官、森林及其间发生的罪案：这些都不是随机、程式化的背景设置。这部影片也并非用神秘的东方色彩或异国情调的武士、艺伎风情来吸引西方观众，《罗生门》是一则无声片风格的寓言，讲述了现代社会中有关艺术、生命和死亡的故事。就好似黑泽明本人经历的那半个世纪，其间交织着地震、火灾、战争以及所爱之人的离世。

因而，芥川龙之介的作品及其悲剧般的结局对黑泽明意义非凡。芥川的讽刺风格和严肃笔法无疑是有用的，这可以使黑泽明的电影出离于伤感的现实主义或怀旧情绪。但正是由于这位作家揭露了贯穿 20 世纪上半叶日本的那种艺术和生活之间的断层与裂隙，才让芥川成为了黑泽明不可或缺的选择。

当然，如果你去读芥川龙之介的《罗生门》（1915）——讲述了城门里发生的故事，以及《竹林中》（1922）——讲述了林中罪案及衙门的审判，然后再来看电影《罗生门》，你会发现事实上黑泽明根本就没有好好读过这两篇小说，他不过是将其中古老的"时代"背景和某些人物提炼了出来，再以自己的视角将二者接合到了一起。就第一篇小说而言，黑泽明删去了原著中老妪在门楼里发现尸体的情节，却在结尾处加入了一个婴儿，同时还增加了樵夫、僧人等角色；就第二篇小说而言，他去掉了行脚僧和女人的母亲这两个人物，调整了樵夫和死者证词的顺序，并对原本仅以声音形式存在的死者做了具象化的处理。

但如果我们过于关注原著,过于强调黑泽明和桥本忍的电影改编,那么我们又可能将芥川的意义弃之不顾。而除了这两个故事的精神内核与叙事技巧之外,芥川作为作家的一生——焦虑绝望对他的折磨及其最终的自杀——无疑也吸引着黑泽明。

在众多有关黑泽明电影文本的背景细节的讨论中,芥川的另外一篇小说几乎很少被学者们提及。这篇小说是作家体量最长的作品之一,其恣意激烈的行文似乎和青年芥川颇不相称,毕竟芥川年轻时的风格相较后来更为内敛自制。但黑泽明声称,最早就是这部作品吸引了他,令他从一开始就决定要以芥川的小说来拍摄一部电影。这篇小说名为《偷盗》(*Chuto*),写于1917年,比《罗生门》晚两年、比《竹林中》早五年完成。这是一个历史故事,背景设置在12世纪后期的京都,大部分情节都是在"正南门"或"罗生门"的附近发生。然而这还不是全部。实际上,《偷盗》可以看成是关于一对兄弟和一群野狗的故事。下面便是这篇小说的大致情节。

◆

午夜时分的路口。满是废墟的京城里弥漫着令人窒息的仲夏热浪。几乎被烧焦的路上,一小条蛇被牛车碾死,内脏发出了腐烂的臭味。

一位独眼的武士向一位大娘打着招呼。他便是哥哥太郎。大娘的女儿沙金，既是他加入的强盗团伙的首领，也是他的情人。大娘告诉太郎，他的弟弟现在也是团伙中的一员了，或许跟她的女儿也有一腿。她还告诉他，以前的人们干起坏事就和现在一样。无论什么时候，人总是重复同样的事情。

　　在街的另一头，大娘碰到了弟弟次郎。他们在附近废弃的小屋里看到了一个因鼠疫而去世的女人。几条野狗凑了过来，啃食着她的大腿。次郎一边驱赶它们，一边说道，即便她死了，也不能就这样被野狗吃掉。大娘却说，既然她已经死了，为什么还要阻止野狗呢？你们不是互相都满不在乎地看着杀人吗？

　　太郎来到河道边，想起很久以前与弟弟一起钓鱼的情景。之后的事情发生了多么大的变化呀。次郎本是差役，却因为盗窃的嫌疑而入狱。太郎是名巡官，他觉得应该做点什么，不能就这样让他弟弟坐牢。于是他杀了一个看守，救出了次郎。从此他变成了一名罪犯，随后遇到沙金，成了她团伙中的一员。太郎现在杀人放火，丧失了一切底线——我逐渐认为，干坏事也许是人的本性，然而，我冒着生命危险救出来的亲弟弟，正在抢走我的女人。

　　次郎长大了，现在成了一个美男子，太郎则因病少了一只眼睛。但从内心角度来说，这对兄弟其实相差无几，并且从未改变。太郎

THE OTHER AKUTAGAWA

想到，如果我想要杀次郎，次郎肯定也想过杀我。失去了沙金，对我来说是种遗憾。但如果没有了弟弟，我就失去了一切。或许这一天终会来临……

沙金和次郎碰面。他们计划杀掉太郎，沙金给他下了命令：从后方偷袭，再偷走马厩里那匹昂贵的马。他们埋伏在马厩里，等着杀掉太郎。然而看守这座房子的武士们也事先做好了防备。

强盗们在罗生门前聚集，准备袭击。太郎远远地看着弟弟和沙金，发现了他们的密谋。所以这是真的，人类果然如野兽一般呢。

偷袭开始了。后方是一片混乱的血战，房前也是，到处都是血淋淋的尸体。野狗纷纷出动，撕咬着嗥叫着，被血腥味吸引而至。在厮杀之中，武士砍杀着强盗。次郎想，沙金既然能和我一起密谋杀掉哥哥，她是不是也会这样对我？我会被这些野狗吃掉，这就是我背叛的下场。

被砍伤的次郎变得十分虚弱，开始被野狗攻击。他被它们扑倒了，并感觉到锋利的牙齿刺入了他的大腿。

此时，暗夜中远远传来了一个声音。这是马蹄的声音，如响雷一般，比野狗的嗥叫更加有力。这个声音划破天际而来。

那人骑在偷来的马上呼啸而过。忽然，这对兄弟看清了对方。太郎的脑中有一个声音说道，继续骑下去，让野狗给次郎该得的报应吧。马匹就这么一路冲出了厮杀之地，绝尘而去。可突然太郎心头又涌上了几个字：我的弟弟。他无法忘却的，他的血亲。想到这里，太郎眼中再也没有天空、月光和道路，只有无边的黑夜，以及无穷的恨意和爱怜。

他猛拉缰绳让马停了下来，仅剩的那只眼睛在他深色的脸庞上熠熠生辉。他要飞奔回去救下弟弟。

次郎，他喊道。现在，太郎骑马冲进了混战的人群，脸上的表情次郎从未见过，那是急切的、兄长式的爱。就在此时，次郎挥舞着刀将野狗驱走，奔向马背。太郎抓住弟弟的衣领，拎他上马。马匹闪映着月光，再次疾驰而去，奔向路的尽头。次郎安全了，他的手臂牢牢抱住了太郎。

嗥叫的野狗被远远地甩在身后。次郎感觉像是做梦一样，他眼前的既不是天堂也不是地狱，而是哥哥沐浴在月光中的脸庞。他感到了一种意外的平静。哦，我的哥哥。次郎将脸颊紧紧贴进太郎藏蓝色的猎装里，哭了起来。

他们一直骑到了罗生门，长夜还没结束，黎明也尚未到来。一位女佣正在那儿生产。她说，次郎是孩子的父亲。

THE OTHER AKUTAGAWA

十年后，女佣早已做了尼姑。听说太郎和次郎在另一个郡地，同为一个主公效忠。

◆

这部中篇小说被剥离得只剩下主线框架，成为了黑泽明"棒球剧本"的一部分，他还准备将这个故事融入自己《平家物语》的电影计划中，然而这些影片都未能成形。黑泽明曾说，因为《偷盗》里的野狗数量庞大，不被拴住的话，担心会在复原某个动物袭击的血腥场面时导致现场失控，然而这在逻辑上说不通（《野良犬》里就有一条野狗，伸着舌头气喘吁吁，因为拍摄之前让它跑了许久，原本是想要表现出动物的暴烈，但这条狗看起来似乎在微笑）。与此同时，作为黑泽明最默契而又最有才华的编剧搭档，桥本忍给他看了改编自《竹林中》的森林罪案故事，但这个故事的长度没法单独撑起一部电影。于是他听从黑泽明的建议，着手改编芥川更早期的作品《罗生门》，其中的大门同《偷盗》里的一样，主导着场景及故事，而不仅仅是舞台布景。

值得一提的是，这个关于兄弟的故事，其结局是他们俩都将为一个主人效忠，就好似黑泽明和哥哥同为电影事业奉献一生；而他们介于冷酷之恨和救赎之爱之间的感情，也和黑泽兄弟如此接近。毫无疑问，《偷盗》抓住了黑泽兄弟间对立紧张又无法言说的微妙感觉。面对这个故事，黑泽明感受到了一股如野狗般难以驯服的力量。当他试图将陀思妥耶夫斯基的小说搬上银幕时，他会再次直面这股力量，结果便有了他那部洋洋洒洒的《白痴》。在电影《白痴》里，除了时常出现的宏大视觉场景——如冰雪节上梦幻般的篝火外，还有着大段激烈的对白，以至于演技精湛的森雅之、三船敏郎和原节子都久久无法出戏。

然而，就像黑泽明会在不同作品里插入棒球场景，以《平家物语》的主题贯穿他的时代剧，我们几乎能在他所有作品的底色里辨认出陀思妥耶夫斯基式的人物和经历一样，《偷盗》中的元素也将在他的电影生涯中一再浮现。

其中之一便是在黑泽明剧作中反复出现的核心设定——两个相互羁绊又彼此较劲的男性角色：柔道师父和他的门生，年长的医生和黑道病人，老练稳重的探长和初出茅庐的警员，警官和杀人犯，小偷和武士，身居高位者和选择低贱生活的人，等等不一而足。除此之外，芥川小说里鲜见的陀思妥耶夫斯基式的情节反转和高度悬念化的情节剧表达，也贯穿着黑泽明的电影始终。

吉田精一（Yoshida Seiichi）曾注意到，由于其戏剧性的情节，这部《偷盗》在芥川龙之介的所有作品里有着颇为特殊的地位。为了完成他的"历史小说"系列，芥川会经常借鉴《今昔物语》这部中世纪故事集里的传奇。他将原本属于佛教警世故事中的人物和性

THE OTHER AKUTAGAWA

格进行重塑，使之适应自己身处的那种充满不确定性的时代氛围，表达某种跨文化的喧嚣经验。《偷盗》即是如此，芥川借用了中世纪传说的年代背景，却将梅里美的《卡门》嫁接到了小说的人物和宿命上。从这个角度看，沙金就是那吉卜赛女郎、盗贼的头领，太郎就是唐·豪塞，而次郎则是卡门的年轻斗牛士情人。

《偷盗》里，女佣在罗生门下产下婴儿，她是否也同样生下了黑泽明电影结尾时那名突然被"发现"的婴孩呢。对许多观众来说，《罗生门》里关于婴儿的场景是最让人惊讶也最富争议性的。如果死心眼地追根究底，在芥川的另外两个故事里确实都没有出现过婴儿。黑泽明在《罗生门》里设计婴儿突然出现的场景，灵感除了可能出自《偷盗》这部文学作品之外，还有可能来自于某些他曾经看过并印象深刻的无声电影。《罗生门》最后那个救助弃婴的镜头，或许就与黑泽明看过的卓别林的《寻子遇仙记》或者格里菲斯的《暴风雨中的孤儿》有关。在那两部电影中，都有类似的情节设置：在某座大教堂的台阶上，"突然"出现了弃儿，然后被人收养。

确实，芥川龙之介对自己的这篇暴虐之作非常懊悔。他对自己的风格有着严格要求，那种通篇讽刺又冷峻的笔调，在其早期作品里就已十分明显。芥川后来几乎完全否定了自己的这部《偷盗》，认为它的故事结构是"混乱的"，情节桥段里充满了"幼稚的巧合"以及"廉价而浮夸的背景"。

但是对于黑泽明这个感性主义者来说，《偷盗》似乎证实了他的某些猜想——在精巧的小说技艺之下，芥川隐藏了自己阴暗的秘密或是他家族里疯狂的基因。即使在作者更为老练的小说《罗生门》和《竹林中》里，我们依旧能够读出潜伏其中的情节剧意味，这并不是为了增添阅读的愉悦才编织的迷宫或美学幻想，而是需要读者们去用心体会。

芥川龙之介在选择自杀前的数周里完成了自己的遗作，在此之前很久，他就已经否定了《偷盗》这部作品。他于1927年写成的《齿轮》和《一个傻瓜的一生》，都可看成是他在生命尽头对其人生戏剧的自白，黑泽明在电影《生之欲》中也大量运用了这一手法。而这与其说反映了黑泽明对芥川的作品有多关注，不妨说是他在这位作家的人生里发现了一种生命的强度和精神的力量，正是这些构成了黑泽明艺术作品的内核。又或许，黑泽明早就从《偷盗》和芥川晚期的作品及其人生的结局中认出了如他哥哥一般戏剧性的人格，就像是一格"底片"，又像是自我毁灭的辩士。

与此同时，黑泽明还将芥川理解为一个在精神上饱受折磨的艺术家，一个和梵高一样在逐渐崩溃的精神状态中最后举枪自尽的人。而在某种意义上，丙午不顾家人期望执意投身电影艺术，也同样承受着一份"罗曼蒂克式的苦恼"。西方文学中的这类艺术原型——那些在麻木的欧洲中产社会里渴望"伤心"并敏感生活着的人物——曾被大量译介并涌入现代日本的文化生活中。这其中就包括了阿尔

THE OTHER AKUTAGAWA

志贺绥夫笔下的主人公以及他们对自我毁灭的赞颂,也正是这些影响,加之有声电影的冲击,共同驱使着丙午走向了他自杀的结局。

或许正因如此,面对自己从事的事业,黑泽明一直不愿被人贴上"艺术家"的标签,唯恐会因这个头衔遭遇不幸。相反,他认为拍电影更像是份体力活儿(即便其使用的素材往往来源于记忆,他却依然坚持自己的看法)。

黑泽明曾在多部电影里展现过各种体力劳动,还拍摄过不少建设规划和建造场面。在城里找到了愿意加入农民战斗的武士后,电影《七武士》有三分之二的情节都与挖沟、伐木、通渠有关,这些劳作也动员起了全村的武装力量。《生之欲》则描述了一种赎罪式的劳动,在影片最后三分之一的故事里,一位年迈的男人和街区的妇女们一起,在原来的污水池上平整出了一个游乐场。而《罗生门》里的主要叙事人正是樵夫,他每天的工作便是体力活儿(我们还可以回想起,黑泽明曾在 1920 年代绘制过"劳动者画作",此后他抛弃了这种艺术方式,穷极一生去求索更为深刻的形式)。

黑泽明的另外一些电影本身带着对混乱的电影业的自觉,进一步破除了关于艺术的迷思:比如和电影片场制中那些无形的"审判官"的讨价还价、阿谀奉承(《罗生门》);又或是当两派恶霸互设陷阱时,那位浪人武士被刻画得好似一位在互相攻讦的制片厂之间挑拨是非的导演。(《用心棒》)

然而，黑泽明最伟大的作品却超越了电影商业的大环境，突破了作家—艺术家，或者说自我意识的格局。他"堕入"到世界的绝境当中：那是一个破碎的、荒诞的、消沉的世界，人们需要积极昂扬的救赎故事。他带着充满激情的想象，用黑色、白色和阴影创造出了令人难忘的故事结构。他坚定地努力着，越过战后那无处不在的黑暗，急切地寻找着一个崭新的开始。他固执地以回溯的方式，艰难前行。

◆

芥川龙之介是最能代表明治时期（1868—1912）和大正时期（1912—1926）文坛历史的作家。他的作品深刻反映出电影的兴起和流行是如何影响着那个年代的小说创作。他的生命是短暂的，1927年去世时他年仅三十五岁。对于日本现代文学来说，芥川是一座文学爱好者必须穿过的大门。现在已成为全球现象级作家的村上春树，在讲到自己与日本本土文学的渊源时，也不得不承认深受芥川的影响。

可以说，从1920年代至今，电影在日本迅速发展，不仅构成了对日本文学的挑战，更逐渐重塑了其叙事形式和结构。然而直到东京大地震发生前，仍没有一位电影人能与明治全盛期或大正早期的小说家——比如夏目漱石和芥川龙之介——比肩，正是他们滋养了一大批包括黑泽明在内的文学青年。

在电影成为占据现代日本主导地位的文艺样式之前，夏目漱石便已过世了。芥川龙之介却显然属于日本"第一代电影"小说家，并会有意识地在电影里发掘能用于故事创作的灵感。他很快掌握了将故事线和对白拆分开的方法，这让他的小说读起来就像是电影脚本或辩士的工作台本。他用这样的方式写"小说"——即便那些故事发生在遥远的古代——也能产生和新媒介一样的震惊体验，而他笔下的"主人公"或叙事者，则都被眼前逐渐失控的视觉碎片所困扰。早在大地震之前，芥川就在其创作的《罗生门》或《竹林中》里有意识地设置了这类叙事者角色，《偷盗》则较少用到这种视点。

因此黑泽明选择以芥川龙之介来建构自己最负盛名的电影之一，其意义早就超越了1915年出版的同名小说本身和战后1950年拍摄的同名电影。芥川是夏目漱石的门生和忠实的继承者，他对现代社会中自我的拷问之深，足以揭示整个日本文化的裂痕。大地震对日本文坛造成的影响，在芥川的身上也体现得最为明显，就好像撕裂了他家乡大地的地震也在撕扯着他的感知和文章，并将它们撕碎成为更小的碎片。他的小说打破了各种稳定的常态，让我们看到并不是可信的作家就能讲述真实。

无论是芥川的小说，还是黑泽明的电影，《罗生门》都在处理自我问题，黑泽明后来声称，这个"自我"正是明治"维新"的关键所在,而他有意接续这一主题(稍作回顾:"我所有的电影,"他曾这么写道,"都是围绕自我问题而展开——这一问题起始于明治时代,在当时被封建残余所压抑,但也正是这种封建残余将我们引向了战争,并且至今阴魂不散。")黑泽明也曾提到,《七武士》并不是一部"动作片",而是如陀思妥夫斯基的小说那样对角色内心的探寻,因为史诗般的终极一战永远是在人的灵魂深处展开。

深陷家族精神病史的阴影,同时受艺术家应不食人间烟火的观念影响,芥川龙之介渐渐担忧自己的作品"过于文学"而脱离了生活经验。为此他努力表达着生命中的真实——某些自他写作以来就一直竭力回避的东西,这种尝试在他最后的几部作品里体现得尤其明显。

如前所述,芥川龙之介颇为迷恋梵高。这位画家陷入疯狂后创作的自画像和风景画在日本十分出名。在自传式小说《一个傻瓜的一生》(1927)中,芥川描述了他站在书店外凝视艺术复制品的场景,接着他似乎出现了幻觉,遇见了另一个"自己"朝他走来:

一个秋雨过后的黄昏,他从郊外的铁路护栏下走过。护栏对面的堤坝下面停着一辆马车。他走过去的时候,觉得有人先前走过这条路。是谁呢?——现在没有必要问他本人。在他二十三岁的心里,有一个割掉自己耳朵的荷兰人正叼着大烟斗聚精会神地凝视着这忧郁的风景……

THE OTHER AKUTAGAWA

在其他晚期自白式的作品里，芥川还提到了另外一位让他景仰的人，他对芥川的影响几乎能与这位痛苦的荷兰画家相媲美。芥川曾表达过自己对志贺直哉（1883—1971）其人其作的崇敬，志贺直哉是一位白桦派作家，并以不加修饰的、纯粹的短文而出名。在志贺直哉的作品中，芥川发现了一种绵密起伏的音韵之美，这一风格在志贺直哉的早期作品里便已显露，随着作家年纪渐长，其风格也愈发成熟，而他的小说主题则永远是代际冲突或家人间的误解。

志贺直哉用了十五年的时间来创作他最有名的小说《暗夜行路》（*An'ya Koro*，1921—1937），这部小说为我们展现了坚忍的"作者—主人公"与其内心阴影拉锯对峙的过程。而最后，在作者的有意安排下，阴影终于散去，我们的叙述者也重新迎来了那熟悉的平衡感和欣慰感。因此可以说，这位叙述者是跟随着书名，穿越了黑暗并接受了光明的洗礼。

这段从黑暗到光明的历程，正好为我们标示出黑泽明电影《罗生门》的故事进程：影片开场时下起的那场暴雨，突然出乎意料地消歇，电影结尾时雨过天晴。只不过，芥川似乎更接近于丙午而非黑泽明，他没能穿越漫长的黑夜。

芥川后期的作品，比如写于 1927 年、在其身后才发表的《齿轮》和《一个傻瓜的一生》，都带着一种想在生活和艺术间建立真实联系的强烈渴望。对作者来说，这就意味着他要让自己的意识落地，就像是飞行器在盘旋下降，又或者是先锋电影里循环往复的蒙太奇剪辑。然而，他最终的降落却是以那样令人悲恸又真切的方式发生，以至于我们最终记住的既非机器亦非艺术，而是一个鲜活的生命——芥川的肉身。

　　众所周知，黑泽明选择了芥川早期更为内敛且高度"文学性"的作品来构建他的电影《罗生门》。但他的选择决不只是出于文学或艺术上的考量。我们同样清楚，当听到《罗生门》里角度各异且彼此矛盾的证词时，我们有理由去质疑第一次乃至每一次关于"发生了什么"的描述。但当这些证词不断叠加，又让我们坚信其中的确发生过什么，并且这种确信不仅存在于"艺术"的层面，而是在经历了生死得失才能企及的高度上。

　　似乎可以确定的是，黑泽明是从不同角度去理解芥川龙之介的。首先，这位鼎鼎大名的作家是《罗生门》的作者，而这篇小说是一个哥特式、爱伦坡式的故事，描绘了一处古旧的废墟及其对人心的可怕影响。其次，便是芥川的《竹林中》，该篇的情节更接近于侦探小说，与性、暴力和成堆的谎言有关。黑泽明也同样明白，1927年芥川的自杀使得评论家和公众将他的一生当作了一个时代行将结束的标志。在那个时代的尾声，黑泽明刚刚加入了无产阶级艺术运动，他哥哥作为辩士也正享受着事业巅峰的荣耀。他当然还知道，芥川是那部戏剧性的小说《偷盗》的作者，在《偷盗》的结尾，兄弟二人同骑远行，即便有过矛盾猜忌，却注定无法分离。

然而六年后，黑泽明没在普罗艺术的道路上继续前行，丙午也和芥川一样离开了这个世界，他的生命成为了默片时代结束的注脚。丙午去世的那一年——1933年，亦标志着日本当局对反对者的最后围剿，以及军国主义政府对任何集体形式的抗议的噤声。

也许唯有如此，我们才能更加理解黑泽明电影承载的意义，体会到其镜头画面背后的价值，它让我们似乎同时置身于两个时空，又或是一个故事的终结引发了另一个故事的开始。黑泽明电影中的不少人物，以及所有的主角，都活在不同世界的交汇处。有时，他们调查着某桩案件，却在揭露真相的过程中发现自己正在瓦砾或丛林中蹒跚前行。有时，他们则徘徊游移在未知的灰色地带。但无论如何，他们终将抵达光明与黑暗的界碑，在那个顿时黑白分明、二元对立的世界里，他们有机会选择自己的立场。就像《罗生门》的尾声，樵夫便身处这样一个临界点，并做出了自己戏剧化的选择。

对照来看，我们可以想想小津安二郎电影中的人物，他们在导演为其创造的空间里是多么的怡然自得。而我们其实也并非一直贴近地板坐着，小津电影里无事发生亦不过是种假象，与之相反，观众一直紧随着剧中人物的运动和动作，从一个场景到另一个场景，从一个任务到另一个任务。只不过当我们开始移动，刚意识到自己不在楼上，谈话间，便已到了楼下的客厅（尽管没有任何明显上下

《野良犬》中的黑市场景

THE OTHER AKUTAGAWA

楼梯的转场来标明这种运动），而这让我们感到放松又安全。在小津的安排下，我们跟随角色进出的每间屋子，可以说都有着明确的空间维度和井然有序的调性。

然而，在黑泽明的电影中，银幕世界却无法给我们带来如此的协调性和情绪上的安抚感。让我们回想《野良犬》中的一个场景：年轻的警探穿着军装，在黑市里一言不发地搜寻了十一分钟，只是为了找寻他被盗的配枪，此处的画面运动就像是一段战后东京黑市生活的纪录片。最终他累了，睡了过去，然后他被眼前的场景惊醒，那场景就像是费里尼导演用直升机空运投递过来的——一座平静的、中央矗立着一尊巴黎女神像的喷泉池（这类装饰雕塑，可以在默片时代东京专放外国片的影剧院的正厅里看到）。警探会在这儿发现一条线索，以便继续寻找他被盗的枪。但作为观众的我们却倍感困惑，因为我们不大能理解这种自然主义的、纪录片式的镜头，或这类警匪片式的套路，怎么能简洁有效地服务于寓言式的故事。而《野良犬》和黑泽明的其他电影中这种独特的困惑感，似乎正是其深层戏剧展开的先决条件。

换言之，在黑泽明的电影里，影像的现实主义和人世的现实（human reality）之间存在着一番较量，甚至是一场战争。这种战斗在黑泽明那里从未间断，并超越了表面的情节冲突，比如《生之欲》里的官僚心计，《七武士》里从地平线上杀近的敌人，或《蜘蛛巢城》里的将军，他不仅要迎战敌人的肉身，还要面对他们的鬼魂，甚至是和大自然对抗：袭入寝宫的鸟群、在迷雾中到达城堡必经的森林。这是一场场贴身肉搏，是黑泽明和他用于表达自己思想的媒介之间的一种内在的较量。

这和芥川为了突破纯文学而对自己发起却又输给自己的较量极为相似，因为黑泽明电影最核心的冲突正源于他试图讲述一个鲜活又真实的故事，而不仅是凭借固定的程式或影像的技巧来以假乱真。相较于黑泽明电影中扩展性的平原或城市景观，其密闭式的场景更具深意：墙壁、人群、围栏或气氛压抑的树丛，它们迫使角色身陷其中，经历矛盾和冲突，直至某件事真相大白，某个人突出重围。

黑泽明没有捷径可寻，他既不会听从制片人和评论家众说纷纭的意见，也不会按照政治上左派或右派的意愿站队。相反，他选择回过头去，直面那些在废墟和失落中留下的伤口。但和那些消费所谓"失落"的日本传统的人不同，黑泽明重返那个富有挑战性、介入性和实验性的1920年代，并从当时的文化生活现场里打捞出了一样现代媒介——活动写真。

因此对黑泽明而言，默片不只是历史的注脚，不只是音像档案馆里留待人们冷静分析的某种艺术形式或风格。相反，默片是他的试金石——甚至可以说是一双看不见的手，指引他穿越两度遭遇毁灭的城市，带他回家。

THE OTHER AKUTAGAWA

就这样，黑泽明重新发现了芥川龙之介。尽管这位作家在个人的写作和生活的较量中败下阵来，却给黑泽明留下了电影《罗生门》的故事架构和创作灵感。黑泽明同样找回了消逝的辩士，那曾为银幕带来过生命的声音。他深陷战后日本的死寂之中，寻觅着这片废墟的出路，这就仿佛是他第二次"征服恐惧的远征"。但他唤回的芥川和丙午将帮助他，让他无惧于那个年代的恐怖和挑战。

THE OTHER AKUTAGAWA

电影《姿三四郎》中，桧垣源之助出场的场景

11
慢动作
SLOW MOTION

"假如……"——黑泽明曾以这样的口吻在自传的一篇文章里回忆起了过去的日子,以及他在1936年"偶然"开启的电影生涯。他想到自己的亡兄。假如丙午仍活着的话,他会在电影的世界里做些什么呢?哥哥去世时还很年轻,自学能力很强,并对电影知识了如指掌,"只要他想干,在这个领域一定会成名"。但电影制作是高度协作性的艺术,而他哥哥就像是一匹孤傲的狼,无法在他身旁做伴。对于这一点,黑泽明比谁都清楚。

黑泽明认为哥哥丙午的自杀,和他报考精英中学东京府立一中的落榜有着直接关联。正是这最初的"打击"才引发了此后一系列的悲剧,让丙午最终走进了伊豆那间旅馆的厢房,再也没有回来(尽管黑泽明一度觉得哥哥丙午想要主导自己的命运,因为他在考试前后一直都表现得满不在乎,没有半点受到"打击"的迹象)。

还是在这篇文章里,黑泽明提到了他和著名辩士德川梦声的一次谈话,而谈话的内容让我们感到在他们俩兄弟间有着宿命般的关联:

后来我进了电影界,担任《作文课堂》(山本嘉次郎导演)的第一副导时,主演此片的德川梦声仔细地看了看我,说:"你和你哥哥的模样完全一样。不过,你哥哥是底片,你是正片。"

我把德川的话理解为,正是有你的哥哥,所以才有你这样的弟弟。可是后来据他所说,他那话的意思是,哥哥容貌和我一样,但脸上有股阴郁之气,性格上也是如此,我呢,不论表情和性格,都是明朗的、阳性的。

植草圭之助也说我的性格与向日葵相似,有向光性。所以,我以为德川的话是对的。但我认为正是有我哥哥这样的底片,正是有他的栽培,才有了我这样的正片。

黑泽明的自传在这种文学性的笔调中转入了成年时期。他在文章里标记下了重要的时间:"哥哥去世那年我二十三岁。踏进电影界那年我二十六岁。这三年间,我家没有什么值得一提的事。"而他的另一位哥哥,自从黑泽明记事起就不知所踪,竟也在丙午去世后一年病故了。这让黑泽明成了家中唯一的儿子,他意识到自己"不该成天无所事事地待下去"。对他来说,坚持成为一位画家并不现实,因为他完全没有自己的风格,他只是模仿别人,让自己的画作看起来"像"是梵高、塞尚和郁特里罗罢了,而每当他看过这些大师的作品,总会觉得"用我自己的眼睛看不见任何东西"。为了赚钱,他开始接一些商业性的项目:给棒球杂志画漫画、给食谱绘制如何切萝卜的步骤图,等等。

黑泽明为这种漂浮不定、无所事事的状态感到焦虑和羞耻,他希望自己"能让父母放下心来"。但一想到丙午的意外去世,他便更加心烦意乱,"像无头苍蝇,到处乱撞"。就在这"危险的拐角处"，他特别提到了父亲的劝诫，父亲让他耐心等待，不要着急，船到桥头自然直。

接着，1935年的一天，黑泽明看到了一条广告，P.C.L电影公司正在招聘导演助理。招聘要求包括写一篇论文，题目是《日本电影的根本缺陷是什么？》。黑泽明对此感到疑惑，在他看来，如果日本电影的那些缺陷确实是"根本性"的话，也就没有必要予以纠正了，黑泽明以此为开头写起了这篇文章。同时他也坚信，自己的文章多少能显示出他对电影的熟稔，毕竟"由于哥哥的影响，我认为欧美电影可玩味、耐咀嚼，而对于日本影片……我感到很多不足之处"。

然而，黑泽明从未说明在他参加笔试和面试的时候，自己有没有提到过哥哥丙午的名字，当面试官询问起他的家庭情况时，他感到那就像是一场"审讯"（照理说，哥哥的名字肯定绕不过去，毕竟丙午是一位有名的辩士，还曾因制片厂推行有声片而带头领导过抗议罢工）。或许正因如此，在经过了几轮面试，最终收到了P.C.L电影公司的录用通知时，黑泽明仍感到迷惑不解却又如释重负，他在自传中写道："我好不容易爬上了山顶。山顶的前面，就是极目千里的广阔天地和一条笔直的大道。"

我们可以认为这说明黑泽明最终找到了自己的使命吗？又或者，我们也会联想起《野良犬》里，两位警探站在电车上一路追捕

SLOW MOTION

罪犯的那个场景。年长的警探对他焦躁不安的同事说道："'疯狗'只往前冲不后退。"

颇有意味的是，黑泽明将他初入电影界的那段时光看作是他重新回归了"平静的生活"，仿佛再次置身于成长的温室。在那段日子里，他与1930年代中期的"暴风骤雨"以及日本战时的紧张局势相隔绝。他在自传里滔滔不绝地讲述着P.C.L电影公司如何充满生机、锐意进取——这里没有一点"旧习气"——对于成濑巳喜男导演的《愿妻如蔷薇》和山本嘉次郎的《我是猫》等作品，他则评价说：这些"作品也和以往的日本电影不同，如果以俳句的季节题作来比喻，那么，这些作品都有春天里的'嫩叶'、'风光'、'熏风'等情趣。"当然他也意识到，就在P.C.L公司拍摄着诸如"描写主人公在日比谷公园……悠悠漫步"这类电影的同时，日本正在大步走向黑暗，此时的日本不但退出了国际联盟，还缔结了《日德防共协定》，并在亚洲大陆播下了冒险主义的种子。1936年2月26日，年轻好战的皇道派军官对较为温和的掌权的统制派进行了疯狂暗杀，黑泽明注意到，就在"二二六事件"发生后不久，他开始成为P.C.L制片厂的重点栽培对象，并有可能在将来走上领导或导演之位。他被交由山本嘉次郎导演调教，担任他的副导，而黑泽明也像"战士"一般听从着山本"司令官"的指挥，对黑泽明来说，山本导演便成了他人生中的最后一位"老师"。

在自传接下来的好几章里，黑泽明平实地记录了自己学徒生涯的点点滴滴，以及他和同行共事时受到的责难与教导。他对山本导演一直崇敬有加，而山本导演也对黑泽明的写作天赋极为赏识，可谓是一位耐心而谦和的老师。1974年山本导演的逝世令黑泽明悲恸不已，对他而言，山本导演就像是出现在中景镜头里的人物，不太容易被察觉，但电影中的父母便往往出现在那个位置上。山本导演似乎格外擅长控制自己的情绪，并能在极简陋的场景中发掘戏剧性。对于演员的迟到，他从不发火。被副导演拍坏的镜头，他竟也剪辑到了电影的上映版本当中，他这么做仅仅是为了让年轻人能"积累经验"。除此之外，山本导演还善于谈天说地，精通美食，而"在（喝酒）这方面我也学到了很多知识"。

"如果想当导演，就得先学着写剧本"，这应该是山本导演给黑泽明上的最初也是最重要的一课。山本导演强调，只有更好地读出了小说的含义，才能写出更好的剧本，黑泽明便在阅读时试着"认真地思索作者想说什么，他是怎样说的"。山本导演也教授着黑泽明剪辑的诀窍，他认为剪辑的过程"也是给拍摄的胶片注入生命的工作"，并且秉持着这样一种基本的信念："没有用的时间就该删去。"

最后，让黑泽明尤为感激的是，山本导演教会了他如何在剪辑影片时处理声音。可以说，很少有导演仔细思考过黑泽明所主张的"电影是影像和声音的乘法"。然而，不只是出于技术性的原因，声音和音响同样令黑泽明沉迷不已。

SLOW MOTION

单看其自传中关于学徒生涯的记叙，读者恐怕会嫌那些文章过于琐碎而冗长，但如果考虑到黑泽明的学徒期正好与日本推进全面战争的时间点相吻合，那么这部自传也就透露出了某种戏剧性的意味。黑泽明回忆到，在山本导演的剧组里，尽管"从来没有时间好好地睡觉"，但他却感到"每天都心情舒畅，而且充实"。山本导演曾为泷泽英辅执导的《忠臣藏》（《四十七士》，1939）负责影片的第二部分，黑泽明也以助理身份参与其中，为了给一场重头戏制造"雪景"，黑泽明曾四处奔走，希望能弄到足够的盐来造景。电影《忠臣藏》讲述的是忠臣的浪人们为过世主公自我献身的故事，然而对于这部电影的故事，以及这部电影在战时所引起的反响，黑泽明却在自传中只字未提。

P.C.L 在后来发展成了东宝电影公司——日本最著名的电影制片公司之一，黑泽明则是该公司最著名的导演。而在 1930 年代末，黑泽明虽有着一份时髦体面的工作，但每个月领到的薪水也只够勉强度日。黑泽明从未念过大学，他受过的正规教育也远不如同在东宝做副导的其他同事，那些人大都毕业于名牌大学。更让他沮丧的是，如果电影之路走不通，他将没有任何退路。据同事们说，不管是在片厂还是在家里，黑泽明每天都穿同一件衣服。他一有空就到玉井街去喝酒，而从不去新宿的酒馆，尽管新宿更近但消费水平也更高。不论是在东京还是在外地，在结束了一天二十个小时的工作之后，黑泽明总要写上一页剧本才肯休息。他声称，只要这么不间断地写上一年的话，就能写出一部长片的剧本了。

◆

各大电影制片厂在战时都面临着严苛的审查,黑泽明的整个学徒生涯,自然也受制于这银幕之外的游戏规则。1940年代初,黑泽明开始构思并筹备起自己的导演处女作,而在当时的政策高压下,他显得比其他很多人,包括他的老师山本导演,都更隐忍克制。他发表过一些顺应战时官方修辞的言论,并在1937年的"七·七事变"后表态道:"这将令日本浴火重生。"当时在日本涌动着创造国民映画(kokumin eiga),即"日本人民电影"的呼声,黑泽明也加入了这股大潮。当局希望"日本人民电影"能够展现某种内在"美"和所谓的"大和魂"(Japanese heart),以此召唤人们为国献身。黑泽明则认为,除了要服务于"民众的利益",我们的电影还应该和美国电影抗衡,因为"那才是我们的战场"。他曾信心满满地说道:"美国电影胜在技术,我们也能以技术迎头赶上。"他还告慰人们,不要因为美国电影里的乐观主义而气馁,并说他们"不过是喜欢乐天派和小聪明",相反,日本电影则更加青睐"沉郁的悲剧之美"。黑泽明在后来似乎意识到,这些说辞——更不要提那些依照程式而拍摄的宣传影片,完全脱离了现实,简直就像是"痴人说梦"一般。

我们或许会为黑泽明的这些言论而讶异,众所周知,黑泽明曾是一位无产阶级画家,并对美国导演D.W. 格里菲斯和约翰·福特推崇备至,视他们为自己的灯塔。但我们同样不能忽视,当黑泽明身处那样一个由日本帝国主义战争所导致的内外交困的局面中时，他不过是一名仍在学徒期的青年导演。战时的当局政府操控并夸大着有关日本超凡实力的舆论，对此，包括黑泽明在内的不少文艺界青年也只能鹦鹉学舌。但他还是承认，"卡普拉[1]比我强"，尽管单就电影来说，"我们都是一流的"。

由于当时偏激的审查环境，黑泽明和其他有抱负或有名望的导演一样，这一时期在创作上并无太多进展。他在战时参与的电影，其角色和情节无一例外都是健康、昂扬的，彼得·高曾将这些作品统归为"招魂"电影（"spiritist" films），认为它们是帝国银幕上最具吸引力的一类影像。

但即便如此，黑泽明仍试图保持道德的底线和艺术的良知。为了能让自己的作品通过审查，他必须依据审查官"特许"的内容和他们对"纯洁"英雄的想象，进行特定的创作。可以说，黑泽明找到了某种应对的办法，让他在照本宣科，附和政治宣传的同时，暗示出自己的怨言和愤怒。事实上，自从进入电影业，他就无意于用线性的方式和直接的摄影机运动来讲述故事，又或者说，他电影里的声音和静默也有如"相乘效应"一样，会产生出新的意义，进而

---

[1] 弗兰克·卡普拉（Frank Capra，1897—1991），被称为"好莱坞最伟大的意大利人"，是"美国梦"的杰出代表。卡普拉一生共拍摄了五十三部电影，六次获得奥斯卡最佳导演奖提名，获奖三次。代表作有《一夜风流》《史密斯先生到华盛顿》等。

让我们对银幕上的所见之物心存疑虑，并对接下来的发展充满期待。

黑泽明希望攀越电影艺术的高山，但直到1942年，他仍在"山麓"，这让他焦躁不安，试图奋力一搏。在他看来，"既有能战胜环境和处境、性格纯朴、有弹性的人，也有因为性格刚强狷介而败于环境和处境、终于消亡的人"，这是他从生活和艺术中得来的感悟，并一直以此警醒自己。对他而言，哥哥丙午便属于后一种人。他自己则因着强烈的生存本能，活到了八十八岁的年纪，这大概正说明了黑泽明韧性十足，不会轻易被形势与命运击倒。

当他注意到著名小说家富田常雄的一部侠义小说即将出版时，他预感这部小说将会畅销，并恳求东宝公司能去买下该作品的电影版权。这部以明治时期为背景的小说名为《姿三四郎》，主人公姿三四郎是以剑客宫本武藏为雏形，宫本武藏的名字因为吉川英治在1931年发表的同名传奇小说而家喻户晓，那套小说更是战争年代最畅销的读物。

得益于黑泽明在电影《马》（1940）中的出色表现，他最终得到了富田常雄小说的改编权。在拍摄这部电影时，黑泽明曾以山田嘉次郎第一副导演的身份，执导了该片在东北地区取景的绝大多数戏份，他拍下的那些镜头甚至比山田老师拍的更扣人心弦。黑泽明写剧本的速度之快，质量之高，在同行当中一直有口皆碑。到1942年夏天，当杜立特发动的东京空袭将日本人对空中防线的信心彻底摧毁,当中途岛战役令日本海军一蹶不振时,黑泽明已经改编好剧本,正式开拍起自己的电影处女作。

和《罗生门》一样,《姿三四郎》是一部时代剧。在影片完成后的审查会上,古板的审查官曾指认这部影片在模仿"英美"的罗曼蒂克情调,这让黑泽明大为光火。好在同为审查组成员的小津安二郎十分认可黑泽明的导演天赋,这才最终让影片顺利通过了检查。虽然《姿三四郎》的故事并不像《罗生门》那样发生在"遥远"的过去,但它仍算得上是一部时代剧(Jidai geki)。《姿三四郎》的背景是日本的明治时期(1868—1912),如果说在西方的武力扩张之下日本被迫打开国门,标志了这一时期的开启,那么在经历了"明治维新"之后,在这段历史行将结束的时候,日本已经不再畏惧西方,它渴望加入到西方世界的秩序当中,甚至是与之一较高下。

借助从欧洲、俄国、美国那里学到或"拿来"的各种知识和技术,日本在明治时期经历了迅速的制度变革和技术发展。大规模的人口迁徙也在这一时期发生,人们从农村涌入东京、横滨这样的大城市——《姿三四郎》的故事便发生在横滨——而这些城市的港口、水路和新兴工业也构成了日本崛起过程中不可或缺的因素。在电影《姿三四郎》所拍摄的1880年代,日本对外扩张的野心不断膨胀,出于发展经济的需要,它首先"开发"了人口稀少的北海道,接着又在1890年代发动了两次对外战争,并藉此获取不义之财、侵占市场和资源。

如果说 1853 年海军准将马休·佩里黑船的靠岸，曾给尚处在封建制度中的日本带来极度的恐慌，那么现在，这种恐惧早就被它抛诸脑后了。不过是一代人的工夫，日本就复制了西方模式，摇身变成一个引人注目的现代民族国家，日本的迅速崛起和外交方针驱使它不断征服新的市场和殖民地，其路径可谓是重蹈西方覆辙。约翰道尔曾用"突然的崛起"来描述这一势头猛进的时代历程，它构成了跨越百年史诗的首部曲。今天当我们回望这一历程，或许可以称它为现代日本的兴衰史（战后日本的历史也同样如此，经过一段高速上升期后，日本在 20 世纪 90 年代进入了低迷的经济衰退期）。黑泽明在战后拍摄的那些黑白电影，便从不同角度为我们追踪并讲述着这段曲折起伏的历史。

然而，明治时期的文艺作品却是另外一番景象。那个时代的文艺经常表现的，毋宁说是漫长变迁期里的某个异常的"凝固的瞬间"，处在新的国际秩序下的日本如何犹豫且暧昧地从亚洲中心主义转向欧洲中心主义。

那一时期的小说家，特别是夏目漱石，非常擅长描写社会中的各种纷繁现状。黑泽明曾认真读过夏目漱石的作品，还考虑将他的小说《三四郎》搬上银幕，这个三四郎并非那位柔道天才，而是一个来自乡下有点书呆子气的年轻学生，大城市的浮华生活让他头晕目眩。通过这样一类旅居异乡、自我放逐的主人公形象，夏目漱石

SLOW MOTION

和明治时期其他的一些作家，开始将创作的主题从公领域移向了私领域，并探索角色的内心世界。值得一提的是，从19世纪末20世纪初开始，直到20世纪20年代，日本最优秀的小说皆深入地开掘了人物的自我意识。有研究认为，这得益于欧洲小说的译介，日本小说里的这些新型角色和欧洲现代文学里"局外人"的形象极为接近。而俄国文学在其中更是起到了尤为重要的作用。

我们注意到黑泽明电影处女作中不同寻常的节奏处理，这部电影几乎是由一连串的室内戏所构成，只有发生在寺庙、神社及火车上的少数片段，以运动的方式连接了前后两个不同场景。考虑到战时日本对文化人的压制，包括黑泽明自己在内，大家都面临着严苛的审查，几乎没有任何言论自由，或许正是出于这样的原因和对这一情势的预判，他才对电影做了如此的处理。尽管如此，这部影片仍唤起了我们对于日本明治时期文化氛围的记忆。

《姿三四郎》最明显的主题是展现柔道的新旧之争，彰显柔道英雄身上的时代精神。或许我们会由此认为，小说中的那些"内心冥想"段落将被贴身搏斗的场景所取代。然而，电影中并没有太多动作戏。即便是决斗的场景，我们在大段的镜头中看到的也只是比武者紧拽着对方的衣服相互僵持，这让他们仿佛是校园舞会上的尴尬情侣，而不像柔道高手，接下来的一组缓慢的横摇镜头中，我们看到观众们在边上坐成一排，等待着决斗者亮出他们的绝招。

KUROSAWA'S RASHAMON

黑泽明自己似乎也是这排观众中的一员，紧张的战时局势令他动弹不得，任何富有意味的举动或对当局的反抗都是徒劳。他在后来表示，当时的审查制度变幻莫测、骇人听闻，就连美国占领军的作为都远不能及，那种状况下，可供选择的创作主题极其有限：要么是颂扬日本精神或武士道的历史题材（如《姿三四郎》，以及反响稍弱的《姿三四郎续》），要么是提倡奉献、牺牲小我的爱国题材（如《最美》，1944）。而这些电影里的画面运动，无论是由摄影机主导还是受角色驱动，往往显得迟缓且僵硬。可以说，是审查制度为柔道武馆和工厂车间竖起了铜墙铁壁，切断了所有通路，使其成为几近封闭的空间。同样的，我们的英雄姿三四郎，尽管年轻气盛、力大无穷,却常以慢动作示人,给人一种木讷呆板的印象,就好像他对自己充满了怀疑,对那可望而不可及的目标踟蹰难行。

然而,电影《姿三四郎》中也有一些摆脱了审查控制、颇为灵动的片段。例如对那只木屐的表现,姿三四郎为新拜的师傅拉黄包车时,把自己的木屐扔在了路上。当这对师徒从镜头的一侧出画,这只木屐则演绎出了另外一段情节(或许还会让人联想起导演自己在关东大地震时穿过的那只木屐?)。通过一组流畅的叠画镜头,我们发现自己可以跟随这只木屐在横滨的大街小巷中穿行,体验时间的流逝。同时,这组镜头中的每一个画面,都可以看成是对木屐使用价值的一次"解放"。由此,影片里的这只木屐不仅构成了四季更迭的信号,更被想象力赋予了生命:它既是小狗的玩具,也是栅栏上的装饰品,还是春潮里顺流而下的小船。

除此之外,还有一男一女代表的两股力量常以画面或声音的形式打断叙事进程,使影片的英雄主题变得不那么明朗清晰,(值得一提的是,电影《罗生门》最初曾取名为《男和女》)。这个男人看起来是个反派,在他身上似乎有着黑泽明哥哥的影子。而女人则是一个受难者,她经历过死亡,就像黑泽明电影中的其他女性角色一样,在绝境中惊声呼喊着。那惊叫声也许会让黑泽明联想起自己的母亲,当她听到儿子丙午自杀的消息时曾在心里哭得声嘶力竭。或是想起丙午的合法妻子,在面对丈夫去世和自己独活的处境时只能以哀号疏解悲伤,或是那个巴克斯咖啡馆的头牌女侍应生中村洋子,是如何在痛苦和悔恨中流泪数日,直到她失去意识并在几天后撒手人寰。

至于《姿三四郎》中的反派角色,桧垣源之助(月行龙之介饰)在整部影片中的行动都显得悄然无声而令人毛骨悚然。他一出场,就像是从无声片里走出来的坏蛋,如潜藏在草丛里的毒蛇一般逼近姿三四郎心仪的女孩。他一副西洋公子哥的装扮,圆顶帽、八字胡、白手套,手里握着烟盒。我们注意到,这身行头也常出现在那些专门讲解外国影片的辩士身上,而黑泽明的哥哥正是这样一位辩士。

桧垣源之助和姿三四郎的决斗将在室外举行,但他们的另一场对手戏则被安排在了室内。姿三四郎拜访女孩的父亲,三人正在一起用餐,桧垣源之助突然不请自来。伴随着门外呼啸的风声,我们看到桧垣源之助自己开门走进了屋子。他向姿三四郎发出了最后的挑战,并将决斗地点定在了右京原。决斗当天,原本平静的草原上瞬间风起云涌,似乎再次构成了桧垣源之助可怕威胁的写照。

后来,黑泽明将桧垣源之助称为自己的墨菲斯托菲利斯(德国传说中的恶魔,浮士德曾将灵魂出卖给他),并认为他是这部电影里最有趣的角色。考虑到有他出场的每个场景都是高度戏剧化的,那些场景在视觉上往往会表现出他和影子的关联,听觉上则会以呼啸的风声作为衬托,正是桧垣源之助这一角色让黑泽明跳脱出战时"招魂"电影的惯常路数。而导演的焦点也不再是讲述一个淳朴青

年昂扬奋斗的故事，或是塑造一个技艺高超、为国效忠的英雄。黑泽明将桧垣源之助塑造得怪诞不羁，不管其可能会产生什么样的道德影响，他都试图通过这个形象表达自己对恶魔的理解。

黑泽明当然明白，如影子一般的幽灵角色并不只在电影里出现，他可能是你的亲近之人，可能是让你恐惧或依赖的对象，一如你的兄弟。

终于，我们在影片里听到了一声惊叫，就像是辩士从幕后发出来的那样。在警视厅主持的一场武术大会上，我们的英雄姿三四郎向对手使出全力，对手随即被掷出场外，撞倒在墙下，受到了致命的一击。这一连串的动作听起来极富戏剧性，为比赛分出了胜负。但事实上，这组镜头却缺乏动感也不够紧凑。我们看到，画面中的两人先是小心翼翼地试探着对手，紧拽着对方的衣服扭结在一起，直到那突然的一击。然而，还没等对手的身体完全落地，打斗的画面便被切断，接下来则是一个缓慢的摇拍镜头，镜头里的现场观众正齐刷刷地朝对手望去。有一扇障子窗户从墙上撞落，像是一片飘落的树叶，盖在了被击倒的对手身上。在这个以慢动作呈现的镜头之后，银幕陷入了长时间的停顿，画面中的每一个人，包括姿三四郎，全都屏住呼吸，一动不动。

就在这时，从一个不起眼的角落里，我们听到了女人的惊叫声。摄影机终于重新运动了起来，我们看到窗外人群中站着一个女人，她注视着比武场上发生的一切，同时，摄影机镜头以三个越来越大的景别朝这个女人的脸推进（这组镜头让人联想起《罗生门》的开场）。这是一张年轻女人的脸，充满着悲伤和愤怒。而那声让"停顿"画面恢复运动的惊叫，正是她为被击败的父亲发出的呼喊。

就这样，借由无生命的木屐以及影子般的人物角色，黑泽明向我们证明了，即便最早的战时电影充满了各种虚假而乏味的程式和限制，他仍可以在某些场景里面有所发挥。就像是他让那个年轻女人在画外发出尖叫，巧妙地让摄影机从原本的动作场景里抽离，转而对准一扇打开的窗户。而那组朝向女人逼近的特写镜头，则令女

SLOW MOTION

人的怒喊成了此时唯一值得聆听的声音。

那种无声片所特有的戏剧而夸张的插入手法，被黑泽明用到了这部战时电影当中，令电影迸发出非凡的活力。那个年轻女人，站在比武场外，对我们目睹的那场比武投以悲愤的呼喊，为凝固停顿的画面注入了生命。在这个意义上，甚至可以认为这个女人所扮演的正是曾经辩士的角色，当文化人全都沉默之时，是她发出了自己的声音。

黑泽明在战时拍摄的这些电影，在想象力和电影技巧上，固然不能和他的战后作品相提并论。但从他的早期作品中，我们可以发现某些一以贯之的东西：打破电影的陈规和观众的预期，或者说故意冒犯观众被动而舒适的观影经验。黑泽明的战后作品回应着他的早年经历，他从生活和艺术中汲取的养分，那时候，日本尚未走向战争，哥哥丙午还在他的身旁。

SLOW MOTION

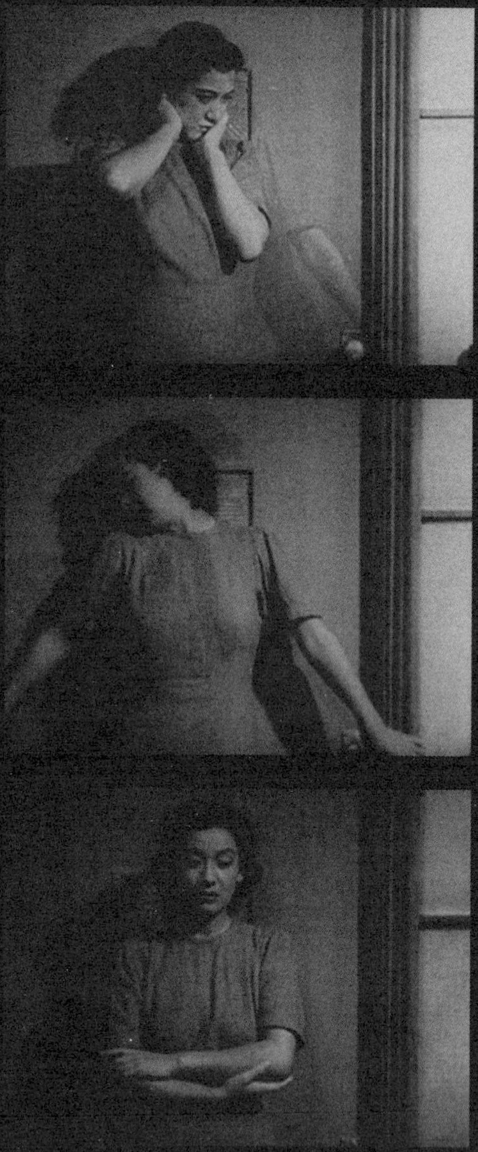

12
审判
THE TRIAL

战争结束之后，美国占领军宣扬着自由和民主，但黑泽明仍感到处处受限。日本的战败，不止是军事上的失利或经济上的损失，而是无条件的投降。整个国家受到重创。两座城市被原子弹瞬间夷为平地。事实上，让日本民众陷入恐慌的不光是那两颗已经投下的原子弹，他们更害怕会有新的核战爆发，这也是黑泽明一再担忧的事情，1954年本多猪四郎拍摄了邪典影片《哥斯拉》，银幕上的那个怪兽形象可以说正是对这一情绪的表达。黑泽明为此创作了电影《活人的记录》（1956），塑造了一个李尔王式的父亲形象，每当他听到头顶传来爆破声，都会吓得跪倒在地，以为又发生了核弹袭击。他对家人宣布，自己决意卖掉工厂，举家迁往巴西避难。家人听说之后惊讶万分，并立刻将他告上了民事法院，希望法律能制止这位"精神错乱"的老人，维护他们的家产。

在前一版剧本中，电影里的避难地原本选的是东北地区，也就是黑泽明祖辈的故乡，2011年，那里一度是海啸和福岛核电站泄露事故的重灾区。不知是出于什么缘由，黑泽明最终将避难地改为了南美洲的巴西，现在看来可算是有后见之明。而在他的晚期作品《梦》（1990）里，有一个故事叫做《红色富士山》，仿佛也神奇地预言了福岛的灾难，那个故事讲的是富士山附近的一处核电站突然熔毁，由此产生的射线和火光将这座标志性的景观映成一片猩红。这种红色所呈现出的震惊感，会让我们想到他幼年时的一段记忆，他家里养的一条白狗曾在铁轨上被电车轧成鲜血淋淋的两段。

1945年秋天，黑泽明搬离了空袭最严重的地区，住到了世田谷西郊的祖师谷，新的住处离东宝制片厂不远。这时候，他早已不是那个在地震后的废墟里游走的十三岁少年。他所承受的也不再是一场自然灾难，而是日本天皇发动帝国主义战争的可怕后果，这场战争对全人类来说都是一场噩梦。黑泽明不过是历史舞台上的一个演员：

战争期间，我并没有抵抗军国主义。很遗憾，不能不老实说，我没有积极抵抗的勇气，只有适当的迎合或者逃避。这是可耻的，然而它是不能不老老实实承认的事实。所以，我没有大言不惭地批判战争时期诸种事实的资格。

但他仍检视着日本战后满目疮痍的文化状况，包括日本电影受到的冲击，这种创伤并不仅仅来自炮火。回顾此前十余年的历史，黑泽明曾在1945年写道："电影失去了青春活力，失去了崇高志向。"尽管不断有电影被拍摄出来，但那些作品看上去就像是迟暮的老人，他们"喋喋不休、空洞麻木、心灵闭塞，"他继续补说道，"如果有人觉得这些电影意味着成熟，我们宁愿拿这种'成熟'去喂狗。"和他日后自传里对学徒生涯的那种婉转反思相比，他在此时写下的这些话可谓是相当的粗暴直接。他在自传中语气更加缓和，却对现代日本的普遍状况进行了更深刻的批判，他认为："战后日本的潮流是把自由主义和民主主义囫囵吞枣似的吞了下去，以为只要这样就可以了。"

黑泽明认为1933年是关键性的一年，在这一年，日本很明显地陷入激进的民族主义氛围当中，一大批传播马克思主义和基督教思想的反抗分子被迫"认罪"，日本从此走上了民粹主义之路（当然，这本身就是一种意识形态）。因为黑泽明在1936年加入了P.C.L电影公司，他曾用"失落的十年"（lost decade）这样极为含蓄的说法批评了该公司那时候制作的所有电影，包括他以副导身份参与拍摄的多部影片以及他独立执导的四部作品。

电影《罗生门》和《生之欲》一再使用了错综复杂的闪回结构，这构成了黑泽明在废墟中完成重建的首要因素；换言之，他要返回那一复杂现场，重新询问历史。

在黑泽明看来，战后迎来了相对宽松的形势，尽管这不过是一场缓期徒刑罢了。对于能够脱离日本民事和军事审查机构的监察，黑泽明似乎仍然心存感激，他认为战时的种种行为比美国占领军的审查要恶劣得多。美国最高指挥官规定了一系列"敏感话题"（forbidden topics），和东宝公司的其他人一样，此时黑泽明也必须在这些新的银幕禁令下工作。媒体被通报有三十一类主题需要做"删除或压制"处理，其中包括：对审查制度的议论、对封建思想的颂扬、亲善（盟军人员和日本女性的性交往）、黑市活动、饥荒，以及各种所谓的"不实言论"。当美国审查官对呈交上去的剧本提出各种意见（《泥醉天使》的剧本便收到了大量修改意见），黑泽明往往费心修改调整，想方设法使其通过审查。而《罗生门》便最终借着时代剧的外衣，讽喻了各种无耻的"不实言论"。

黑泽明持续关注着战争给当下造成的各种后果，这让他创作了一批反映当代生活的影片，不少评论家也认为，（在《罗生门》赢得威尼斯大奖之前）黑泽明和意大利导演一样，致力于坚持新现实主义影像。黑泽明从未背叛对文学的热情，一直将文学作为自己的灵感源泉，但同时，他也会脚踏实地地用现实感去寻求平衡。"你应该用脚去写你的剧本"，这是黑泽明为编剧新人们总结的又一个忠告。

饥荒——美国审查官规定的禁谈话题之一——构成了黑泽明在战后拍摄的第一部电影《我对青春无悔》的重要背景，这部影片为我们讲述了女主角奉献自己重新打理荒废田地的故事。而一碗米，在《七武士》中更被赋予了崇高的位置，是它促使武士加入了村民们对抗土匪的战斗。战后的东京传染病肆意蔓延，这也是《泥醉天使》关注的主题，以瘟疫横行的城市作为核心场景，这部电影塑造了一位因肺结核而生命垂危的无赖角色。类似地，《生之欲》则以另一处污水池为舞台，为我们演绎了一首关于重建与新生的安魂曲。黑泽明同样关注着战后的"失踪"人群，包括那些被遣送回国，在身体上留下残疾或在精神上留下创伤。无法回归日常生活的人。《野良犬》里的罪犯便是他们中的一员。

《泥醉天使》中的重要场景

对于这些主题，无论黑泽明如何运用修辞或象征手法进行处理，电影必然会涉及战后的可见现实和相关影响。而在《罗生门》中，他将更明确地探讨由这场灾难所引发的道德后果。1948年底，黑泽明和他的编剧搭档桥本忍谈起了芥川龙之介的两篇小说，希望能拍成电影，也即后来的《罗生门》，那时候东京审判刚刚结束。而这场审判几乎从一开始就备受争议，这主要是和麦克阿瑟提出日本天皇可免于审判的决定有关。作家野间宏曾对黑泽明的电影《野良犬》作过一番精确的评论，电影中，那个因战争而心理受创的军人偷了一把枪，开始逍遥法外，寻欢作乐，对此，作家发出了这样的疑问："谁是这野狗的主人，如果不是天皇的话？"

然而，除了那些身居高位的人附和这种属于"胜利者的正义"的论调，那些底层百姓似乎也同样因此得到了赦免，或许他们没有穿过军装，但对于这场战争却同样负有责任。黑泽明早年最崇敬的影人之一、剧作家兼导演伊丹万作就曾对谁在战争期间操纵了电影人和广大民众，发表过颇为犀利的评论：

若让你找出那些不断压迫我们、使我们遭受最大苦难的人，你的眼前会浮现出谁的脸孔？他们近在咫尺，很容易就能想到——是那些本地商人、城郊的农民、区政府办公室或邮政局里的小职员。换句话说，正是我们身边的人。

伊丹万作对战争时期社会场景的这般描画，似乎击中了黑泽明的要害，让人想到他曾在自己的文章和电影里对政府作出的默许与迎合。尽管黑泽明后来认为这是出于"错误的意识形态"，但他那时的言行确实顺应了战时官方的论调和主张。就像他在自传中坦言的那样，他没有参与战争，在制作政治宣传片上也远没有他的许多同行那样热情投入，但这并不能让他免遭非议。

与此同时，日本战后批判思潮中的另一股力量对"错误的意识形态"予以更激烈的讨伐，其中以小说家、批评家坂口安吾为代表。坂口安吾似乎打算让战后日本脆弱不堪的文化继续堕入尘埃。他认为,日本的文化和语言在战争中已经崩溃,此时需要的是彻底的"堕落",而非各种各样虚伪的道德和理想。在他看来,战时盛行的"绝对道德主义"从最根本的角度来说是变态的,它宣扬的不过是战场上的武士道精神以及让寡妇恪守贞节。他提醒那些将国家奉为神明的信徒:天皇制(天皇崇拜)、儒家、列宁主义、佛教,等等,甚至是在战后废墟中迅速兴起的各种新的宗教,简直让这一时期变成了"众神群星闪耀的时刻"。

坂口安吾写道,没有人是理想主义者,恰恰相反,人人生而粗俗卑鄙。大家不过是摆弄着道德的姿态,变换着宗教或政治的外衣罢了。他认为,与其努力提升审美和道德,不如干脆堕落到底。他对黑市商贩的脏乱格外感兴趣,并一度宣称,闇屋(yamiya,黑市交易)是人类历史的起点。有人对操控黑市的黑帮分子感到恐惧,坂口安吾则反驳道,战争期间的日本领导人才是一群无耻混蛋,他们人面兽心,用效忠国家的高尚说辞颠倒黑白,蛊惑大家去战场送死。"我们必须脱下虚伪的国家外衣,"他总结道,"赤条条地上街去。"

怀有这种情绪的并非坂口安吾一人。太宰治或许是日本战后最著名的忏悔作家,他也同样抱着"出离善恶"、活在当下的心态,即便从战争中幸存下来,他却依然像是活在死刑的审判之中。事实上,在太宰治和情人一同自杀之前,他就有过好几次自杀未遂的经历(自杀,再一次让我们想到黑泽明的哥哥丙午)。而田村泰次郎,一个有着商业直觉的小众艺术家，曾写过一本叫做《肉体之门》的小说（导演铃木清顺曾将其改编成同名电影并于1964年上映）。田村泰次郎直截了当地用"肉体"（nikutai）一词，宣泄着他对战时日本国体（kokutai）的愤懑不满。可以想见，在这部作品中理想总是被欲望摧垮。他描写的那些站街女，并不渴望过上更好的日子，她们只是为了能活下去，或是为了满足她们对性与痛的本能需求而已。她们利用男人，也常常被男人残忍地利用。然而，正因为她们没有羞耻也没有伪装地活着，田村泰次郎笔下的那些妓女在某种意义上，比那些屈服于自己命运的尽职母亲和顺从寡妇活得更有人样。

回想《生之欲》中那个命不久矣的科长，当他试图在酒吧、夜总会和脱衣舞俱乐部里找点乐子时，他就像是田村泰次郎或太宰治的门徒。最后，他和一对浓妆艳抹的陪酒女挤进了出租车后座，这一整晚肉欲香艳的行程都是由一位颓废作家安排的，而那位作家简直像是酗酒、嗑药、好色的太宰治本人（太宰治自称墨菲斯托菲利斯）。可以说，《泥醉天使》里的夜总会和卧室，《野良犬》里的舞厅，以及《天国与地狱》里的"毒品巷"，进一步的佐证了肉体/粉色浪潮对战后日本艺术的影响。

黑泽明感受并回应着这一影响，同时他也被另外的力量所牵引。他确实显示出了某种"堕落"的意愿，但堕落绝不是他的终极目的。被炮弹轰炸过的城市里，放眼望去都是被烧焦的废墟和残缺的尸体，他为我们呈现了这可见的黑暗表象。但他也注视着存在于历史中却根源于人心的更深层的黑暗。那是《罗生门》里樵夫在电影开场处看到的黑暗,也是《生之欲》里将死的老人在自己内心里看到的、比癌症更可怕的黑暗。

借由电影里的颓废者形象,黑泽明展现出了所谓的理想的恐怖一面,这所谓的理想助长了日本对帝国主义的渴望,也推动其发动了灾难性的战争。但他同时也感到,日本战后对肉体的过分沉迷,以及占领军所鼓吹的美国民主,事实上仍是死路一条。黑泽明认为,美国所赋予的这种自由理想,被制片厂理解为可以挥舞起右翼的大旗,可以在银幕上更放肆地表现肉欲,这对日本电影来说,俨然是场"灾难"了。

"我们必须对抗这种绝望的肉体故事,"黑泽明曾写道,"因为没有希望的话,人们是无法被治愈的。"很显然,真正的病症没有因为战败而根除,也不会因为挥舞民主的大旗就自动痊愈。黑泽明反对堕入"坂口安吾或田村泰次郎式的肉体主义角色"之中,因为"精神有更高的追求"。在抵制脱衣舞潮流时,他指出了另一项文化任务:让银幕上的角色"脱下面具",剥除一层层的谎言,以陀思妥耶夫斯基的方式对人的自我进行彻底审问。换句话说,在黑泽明看来,战后日本人除了接受美国占领军的种种要求和裁决之外,还应该自我审判,毕竟每个人都对此负有责任,他自己也不例外。

◆

黑泽明战后执导的首部作品不是电影，而是为剧场写的一出独幕剧《饶舌》（*Shaberu*，1945）。这出戏以一位鱼贩为主人公，他在战争中坚决地拥护军事独裁者东条英机，在家里也有如暴君一般。日本投降以后，他遭到了家人的反抗和报复。他的家人如今得到了解放，全都把压抑已久的怨气宣泄在这个无赖身上，他的妻子带头辱骂起来："你就是个荒唐又不称职的丈夫……你就是个没有胆量割开别人肚子的战犯。"妻子希望和他一刀两断，却又无处可去，因为她深知那个自由世界早已消失。《饶舌》这一剧名，意思是琐碎、日常的闲聊。结合当时美军占领期的背景，在某种程度上也有"言论自由"的意味。黑泽明则强调，如果不能将言语和重建的行为联系起来，仅仅空谈"言论自由"同样也是一种荒谬之举。

黑泽明深刻地意识到，戏剧往往比电影更容易直接地呈现人物冲突。而为了拍摄自己战后的首部电影，他请来了久板荣二郎助阵，身为著名新剧作家的久板荣二郎为黑泽明写了第一稿剧本。《我对青春无悔》可以说是一部复苏之作，并激起了一系列的回响。这部电影不是以文学小说为基础，而是以两个重要历史事件和两个历史人物为原型：1933年，泷川幸辰教授因文部省不满他在学校传播"苏联"思想及其法律言论，被京都帝国大学停职；1944年，尾崎秀实作为理查德·佐尔格谍报组织的成员被秘密绞死，尾崎秀实曾是极富影响力的特派记者和中日问题专家，在他暴露之前，还曾以顾问的身份辅佐过近卫文麿首相。

"让我们拍部电影吧,"黑泽明在创作《我对青春无悔》时曾写道,"以此展现我们电影人在这些年中失去的一切……我们仍要努力工作下去,仿佛我们对自己的青春无怨无悔。"这里的"仿佛"极为关键。因为这部影片所回溯和重访的年代,无一不充满着深刻的背叛和逃避,除了悔恨别无其他。黑泽明将他创作的焦点放在了人物塑造上,就像他在《生之欲》中为我们呈现的那位垂死的科长渡边一样,在这部电影里,原节子饰演的八木原幸枝几乎占据了影片的每一格画面,而黑泽明也将第一次在他的电影里为我们呈现一位英雄式的人物。

英雄的神话早已破灭,当然,它本身就是战争的牺牲品。但黑泽明仍在寻觅英雄的影踪。这就像是他需要找到柱子,才能重新支撑起那惨遭摧毁的不朽建筑,他对《罗生门》里大门的重建便是如此。坂口安吾等人认为,有必要将英雄和纪念碑一起抛弃,因为在战争当中,正是这种理想化的美学驱使,才导致了民众的牺牲,人们是在这种迷思中走向了民族的祭坛。而就在这神话与历史的分岔路口,黑泽明决定选择自己的道路和方向,为了鼓舞人们在战后废墟中生活下去的勇气,他没有断然拒绝正剧形式或英雄角色,因为他深知,这些对于激起和维系人们的希望是多么重要。为此,黑泽明敢于挑战史诗般的鸿篇巨制,同时让他的作品转而去表现那些不像英雄的英雄,这些角色和他们的导演共享着最基本的武器,那便

THE TRIAL

是深刻的自我质疑的能力。

尽管《我对青春无悔》中的八木原幸枝将成为黑泽明的英雄模板，但她在影片中并没有表现出明显的英雄气概，也不比黑泽明其他作品里的主人公更出众。相反，和其他那些角色一样，她看上去也像是不起眼的担当配角的特定角色。回想黑泽明电影里的那些角色：被宠坏的年轻女孩、身患肺结核的无赖、嗜酒的医生、受到惊吓的樵夫、命不久矣的老人、无聊的办公室女职员、被逼上绝路的农民、年迈的浪人、算不上武士的武士、油滑的制鞋厂长，等等。他们的共同之处在于，他们都拥有反思自己生活处境的能力，同时他们行动着、反抗着、试图摆脱环境和命运带给他们的境遇。而在某些关键时刻，他们却又没办法理解或阐明自己所坚信的东西——黑泽明的主角往往不善言辞，说不清楚她在想些什么或是他想要些什么。然而，他们每个人都有着行动和坚持的意志。他们毫不动摇充满韧性地干着手上的事情，直到改变最终发生，这同时也就将改变命运的艰辛戏剧化了。

概括而言，黑泽明的英雄都是陀思妥耶夫斯基式的皈依者，他们并不信奉任何正统的教派。不妨说，他们的行动是基于信念，是堕落和自我拷问激发了这一信念，让他们在看似黑暗而无序、不公又荒谬的世界中坚信着，生活是有意义的。黑泽明的电影中让我们印象深刻的便是这样一些角色：在他们的生命发生转折以后，他们会甘于牺牲，不再是为着自己而工作，而是为了他人，甚至是萍水相逢的人们而努力。

可以认为，黑泽明在《我对青春无悔》中确立的时间线索，正好吻合于他所指称的日本那段"失落的十年"的历史。为此，他似乎还特意借用了早期无声片中的惯用手法，在电影里插入了明确的时间标记和剧中字幕。

黑泽明战后制作的这第一部电影，剧中字幕所标记出的第一个时间点，便将我们带回到1933年。这显然不是一种巧合。因为我们会想到，1933年在日本发生的那些影响深远的公共事件：对知识分子展开剿捕、审讯和逼供；伟大的马克思主义作家小林多喜二在狱中被棍棒打死；与此同时，战争贩子加速侵略中国大陆的步伐。不仅如此，1933年对黑泽明来说还有着更为私人化的意义。这一年，他在东京的一个站台上，最后一次见到了尚在人世的哥哥。到这年7月中旬的时候，他将在一家乡下旅馆的房间里面对哥哥的尸体。

从1933年继续往前追溯，到发生关东大地震的1923年，也是黑泽明叙述中的关键时间节点。黑泽明同样将不断重访这段时期，因为是它们构成了"失落十年"的前史。整个1920年代，算上1923年灾难性的大地震，无论其潜藏着什么样的不确定因素，这一时期都席卷着先锋文化和激进政治的风暴，知识分子们则以此积极探寻重塑日本的文化与社会的模式和框架。因此，在1945年春夏，当东京再一次被夷为平地，整个国家屈辱地接受了无条件投

THE TRIAL

降的事实——那是彻底的失败，其帝国野心也随之受挫——黑泽明将重返这段早前的历史，在那时候，他的城市也遭到过毁灭，却仍积蓄着重建的能量。

回想起来，1920年代的日本虽然动荡不安，却闪烁着文化的光辉，知识分子和艺术家的各种锐意实验层出不穷。在社会被恐怖笼罩，在邪恶的民族主义走向黑暗之前，那是最后一个相对自由又饱含希望的时刻。对黑泽明的哥哥来说同样如此，尽管他短暂的一生都是在虚无主义和极端压抑的情绪中度过的，但在那个包容、激荡、充满未知的社会文化环境中，他依然能够好好地活着，并有所作为。黑泽明在晚年曾经说起，他之前创作每部电影时，首先想到的就是默片，他不仅是在致敬默片这种艺术形式，同时也是在致敬那个时代——默片时代就像一处宝藏，其中深藏着实验性、紧迫感、团结一心以及真正的希望。

◆

尽管《我对青春无悔》的创作灵感来自于黑泽明将一再重返的更具实验色彩的1920年代，其影片风格也可以看成是对无声片遗产的继承，但正如这部电影第一处剧中字幕所指示的——1933年——当影片开始，剧中人便已置身于这个愈发黑暗的历史时刻。该片的开场片段像是被阳光浸染过一般，摄影机从侧面掠过一条闪闪发光的河流；接着是一组横摇镜头，带着我们穿过树林、越过枝叶来到山顶，这也是电影里第一处跟随人物运动的"高速摄影镜头"，为我们展现着这群京都帝国大学的大学生们郊游的喜悦。这群人中的唯一一位女生是显而易见的主角，她的父亲正是那位深受爱戴、富有政治勇气的法学教授。学生们在山顶上继续嬉笑着，直到八木原幸枝被枪声吸引，独自走到山崖边，她的视线开始"下沉"。

摄影机追踪着八木原幸枝的目光，这是黑泽明电影生涯中第一个陡然下沉的镜头。我们首先在一个特写中看到了八木原幸枝的脸，她所看到的景象让她的脸上充满惊恐，接着摄影机沿着她的身体滑落到脚踝直到她脚下的草丛当中。直到那时镜头才停顿下来，我们在静止画面中看到了一个穿着军装正在参加演习的男孩，他被练习弹击中，吓得瑟瑟发抖，在地上蜷作一团。

《我对青春无悔》的多线叙事带来了影片风格的多样性。模式化的现实主义被抛弃，取而代之的是某种戏剧化的手法，例如对学校暴乱的表现。为了拍摄示威学生和骑警之间的对峙，黑泽明借鉴了爱森斯坦的全景式辩证剪辑法，爱森斯坦曾以这一手法创作过电影《罢工》，以及《战舰波将金号》中著名的敖德萨阶梯的段落。影片后半段，当八木原幸枝的爱人被杀害后，她将爱人的骨灰带回他的家乡安葬，在一组不易察觉的推拉镜头中，八木原幸枝的身形在画面中的比例逐渐变化着，这一手法让人自然想起杜辅仁科导演的《大地》。

THE TRIAL

可以认为，这是一部情节剧，全片带着默片时代的痕迹，尤其是来自俄国文学和电影的启发。当我们在电影里第一次看到八木原幸枝时，她不过是个轻浮的女学生，在"温室"中长大，对外面的世界毫不关心，甚至取笑激进分子的示威计划和秘密反抗。然而随着情节的发展，她的父亲被学校停职了，她曾经嘲弄过的野毛，一位真正的学生激进分子，如今去了东京，成了一名中日关系智库机构的领头人。八木原幸枝也成长了，或许仍旧莽撞冲动，但和过去已经判若两人，她开始反思自己并承担起了责任。她决定追随野毛而去，即使充满了危险。那个时代的爱情，注定如此。

野毛将在一家咖啡馆被捕，或许那个场景就像是黑泽明当年自己执行"地下"任务时一样。而在开庭受审之前，野毛就已经死在了牢房里（不禁让人联想起小林多喜二、大杉荣等人所遭遇的政治暗杀）。八木原幸枝也被拘禁，在一场审讯中，虐待狂般的审讯官暗示出她的爱人已遭处决。她被带回地下牢房时，黑泽明特意将八木原幸枝安排在画框中间一截楼梯的顶端。此时，她的脸上充满了恐惧和疲惫。黑泽明则以快速剪辑的镜头，捕捉着他的这位女主角失去知觉、摇晃着跌下楼梯的瞬间。

纵使她如此绝望，八木原幸枝仍将振作起来。是她的父亲将她从监狱保释出来，但在此之后，却是她自己打开了一扇扇紧锁的铁门走了出去，甚至不惜抛下她的家人。野毛的信念此时也已成为了她自己的信念，她为此下定决心要带野毛的骨灰回到他的家乡，回到他的农民父母身边，即使野毛的父母因为儿子的间谍的罪名感到羞耻。

在影片的中段，八木原幸枝感到青春转瞬即逝，而自己却在虚度光阴，她急切地想要做点什么，因此准备离家去往东京，就在这时，父亲给了她一番忠告。实际上，父亲说出的那番话，就好像是他刚刚读完《罪与罚》一样，在那部小说的结尾，接受判决流亡西伯利亚的拉斯柯尔尼科夫想到了索尼娅曾对他说起拉撒路的复活。陀思妥耶夫斯基写下的那些句子，不过是变换了一下人称代词，如今八木原幸枝的父亲几乎是一字一句地说给了女儿："他甚至不知道，新生活并不是轻易能够取得的，他还必须为它付出高昂的代价，将来他也得付出巨大的努力来换取这种新的生活。"

◆

很多批评家指出，原节子在《我对青春无悔》里的表演不够完美，或认为她太歇斯底里了。显然，对不少人来说，默片风格的情节剧过于夸张浓烈。而更引人非议的还有八木原幸枝这个角色的英雄气质，因为她并没有选择牺牲。黑泽明很快对此做出了反驳。他曾写道，我们太习惯在女性角色和"自我牺牲"之间画上等号，"但事实是这些人自己甘愿屈从于男性主导罢了"。因此，他以日本人民"失去自由"的1933年为背景，描绘了一些不那么温顺恭谦的女性形象。他也呼吁日本能创作另外一类电影，"不止是表现孤苦无依的女性，

THE TRIAL

而是去刻画她们在世界中本来的样子",也只有在这样的电影中,"女性才能建立起自己的主体性。"他明白这需要进行深刻的变革,其前提条件无异于"寻找一种新的道德准则"。面对自己常常被问起的一个问题,他曾直言道:"我在处理女性角色上遇到过困难吗?如果说有的话,那是因为我不会将她们塑造成甜心或受害者,而这些正是日本电影里司空见惯的女性形象。"

类似的非议和责难在20世纪早期便已有之,新剧女演员松井须磨子就曾遭到过人们的指责,她曾有力地塑造了易卜生话剧《玩偶之家》里的娜拉一角,是她开启了女演员登台演出的先河(在日本传统戏剧中,女性角色是由男人扮演的,这一成规在黑泽明出生后不久发生了改变)。原节子的"夸张表演",让她和日本第一位女演员松井须磨子之间产生了某种奇特的联系,而她们两人又都和黑泽明电影《生之欲》中的主角——那位时日不多却得到了重生的老人有着交集。

《生之欲》中有这样两处场景,第一处是在一个夜总会里,主人公含着眼泪直视镜头,第二处是影片快结束的时候,在一个缓慢推近的镜头中,我们看到他坐在雪夜的秋千上,脸上流露着满足的神情,在这两处场景中,主人公哼唱着同一首"大正歌谣"。那首歌的名字叫做《凤尾船之歌》,是创作于1915年的流行歌曲,芥川龙之介的小说《罗生门》也是在那一年发表的。事实上,这首歌是为屠格涅夫的戏剧《前夜》创作的,这出戏由岛村抱月执导,并由松井须磨子担任女主角，也正是她在戏中演唱了这首歌。岛村抱月是松井须磨子的恋人。岛村抱月死于一场流感，那场流感同样带走了黑泽明最亲近的小姐姐，而就在岛村抱月病逝后不久，三十三岁的松井须磨子也殉情自杀了。松井须磨子出生于乡下，成长经历十分坎坷，她的这些背景常常流露在舞台之上，即使她正演着一位挪威的家庭主妇，跳着塔兰泰拉舞曲。可以说，若以传统日本的方式去衡量松井须磨子的话，她并不贤淑，但她却配得上日本现代第一位女演员的称号。

对于原节子在《我对青春无悔》里遭到的非议，黑泽明曾回应并反问道："为什么女人不能展现真正的自己，而一定要'像'别人所期望的角色呢？"实际上，《生之欲》里用到的那首《凤尾船之歌》，在日本战后漫长的萧瑟期里有着一种特别的紧迫意味，那首歌最直接的含义便是召唤青春的人们——生命多短促，少女快谈恋爱吧，趁红唇还没褪色前，趁热情还没变冷前，谁都不知明天事。《我对青春无悔》里的女主角则第一次为我们在银幕上演绎出了歌词中的字句，在她更热烈地拥抱生活之前，她有勇气回望自己曾经虚度又充满遗憾的过去。

◆

尽管问谍野毛在开庭之前就遭杀害，但《我对青春无悔》依然是对审判的承诺。在经历了轮番的残酷审讯之后，八木原幸枝终将获得自由。黑泽明战后拍摄的那些黑白影片，无论是时代剧还是当代题材，在对待审判的态度上表现得非常一致，不管那些角色是因着服从抑或反对国家的理由，不管他们是独自行凶抑或看上去如此，也不管他们是否服从于某个团体抑或是腐败的白领阶层（《懒汉睡夫》便是最明显的例子），他们都将接受审判。他们中的有些人被判有罪，就像《野良犬》里那个盗枪杀人的混蛋，又或者是《天国与地狱》里遭到谋杀指控的绑匪。但是，真的能够光凭我们自以为看到的事实去给这些人定罪吗？除了这些角色自己，那些追捕他们的人，甚至是剧中某些看似无关的人，或许都同样负有责任。

《罗生门》同样是一个犯罪故事。我们将看到对罪犯的指控、调查以及目击证人的呈堂证供。但那些线索根本不起作用，证人们也总是互相矛盾，唯一能够确认的不过是森林里的尸体。另外，女人遭到了侵犯也是不争的事实（产生争议的是，土匪开始动粗之后，她的反应到底如何）。衙门上有四个主要证人。而我们将五次重返犯罪现场。其中，樵夫带我们经历了两次。

和典型的犯罪故事不同，《罗生门》没有为我们揭晓"罪犯的身份"。因此，我们最好把《罗生门》看成是一个大型犯罪现场的探案实录。其中同样存在着这样一种可能，罪犯不止一个人，又或者罪犯根本不在我们所看到的那群人当中，罪犯很可能隐藏得更深。

黑泽明常常将影片引向犯罪故事，《野良犬》和《天国与地狱》

的警察探案过程可以说是最明显的例证。这两部电影中的警探分别在东京和横滨追捕着行踪不定、个性古怪的罪犯，而我们则能从中感受到强烈的黑色电影，及其前身欧洲表现主义电影的气息：例如，朱尔斯·达辛的《不夜城》、G.W. 帕布斯特的《悲情花街》、约瑟夫·冯·斯坦伯格的《地下世界》、弗里兹·朗的《马布斯博士》（其中那个装着金融文件的公文包被扔出疾驰火车窗外的情节，便和《天国与地狱》中的某个场景非常相似）。

黑泽明曾熟读陀思妥耶夫斯基的作品，其中那些与犯罪或恐怖有关的小说可以看出陀思妥耶夫斯基曾受到过"僧侣"刘易斯[1]的哥特风格影响，而除了从陀思妥耶夫斯基那里学到的之外，黑泽明还是流行侦探小说的忠实读者，乔治西默农、达希尔哈米特、艾德麦克班恩等人的作品都在他的视野之内。他认为，侦探小说里的人物塑造、情节驱动以及简练的对白、场景描写，对有抱负的编剧来说，是最好的入门读物。

关东大地震一年后，日本出版了明智小五郎侦探系列的第一部小说，作者是芥川龙之介的同代人江户川乱步，我们从小说中可以很明显地看出作者的现代主义倾向及其作品的寓言化风格。这个系

---

1 此处是指马修 .G. 刘易斯（M.G.Lewis, 1775—1818），他的代表作为小说《僧侣》（*The Monk*），讲述了小说主角 Ambrosio 如何从一位品行高尚的圣人快速堕落成一个令人发指的罪犯的过程。

列的第一部小说名为《D 坡杀人事件》。书中的侦探和夏洛克·福尔摩斯颇为相似,自从 1890 年代柯南·道尔的小说在日本翻译出版以来,福尔摩斯的形象就广受追捧。就日本现代文学而论,如果说高雅文学以其精巧的自我探索故事构成了其表面的话,那么在此之下则涌动着一股虽有艺术感却无现实性的写作潮流:此类通俗小说往往讲述着贪婪或不幸的危险爱情故事,例如尾崎红叶的《金色夜叉》、有岛武郎的《某个女人》,等等。犯罪小说便是从属于这一支流。

在小说《D 坡杀人事件》中,侦探明智小五郎听取了不同目击者关于罪犯的证词,但他们的说法却彼此矛盾——而这也正是黑泽明在《罗生门》中呈现的难题。为了查明真相,明智小五郎翻阅了雨果·闵斯特伯格写的《心理学与犯罪》(1908),并向大家说起了书中的一个例子,闵斯特伯格曾安排一名凶手在众目睽睽下现身,在场的目击者则全是像他一样的"理性的专家"。凶手在人群中留下了一顶帽子作为线索。随后,当目击者被问到凶手有什么特征或被要求描述他们看到的线索时,却只有十分之一的人能准确地复述出来(回想一下,在电影《罗生门》里,樵夫发现的第一个让他驻足的线索,便是一顶女人的帽子)。

说完闵斯特伯格的案例,侦探明智小五郎总结道,不光是目击者不可靠,他们的证词也同样如此,因为记忆会产生干扰。明智小五郎从闵斯特伯格那儿了解到,每一位目击者的记忆都受制于强烈的个人感受和联想。因此，调查者不能仅看到案件的表面，指望以那些显而易见的"事实"就能达成一致得出结论。他需要在别处继续寻找，更深入地挖掘，设法"进入人心的最深处，进入人的灵魂当中"。

讽刺的是，明治中期的小说改革派们曾经推动了以个人思想和内心感受为基础的现代写实主义潮流，出于某些别的原因，他们早就倡导过这种方法，但他们的不少作品却试图以这种方法来躲避现世、远离纷争，将自己封闭在内在性的"阁楼"之内。对黑泽明来说，似乎是因为电影的中介以及对文学的广泛兴趣，加上从D.W.格里菲斯、弗里兹·朗和其他无声片大师那里学到的东西，才让他开始追求更为情节剧风格的表达。在这方面，陀思妥耶夫斯基也是一个类似的例子，他的写作之路是从在小报上连载犯罪故事（《穷人》）开始的，但他剖析着罪人的心灵和思想，从而将其升华为罪人的道德剧场，这些故事不只是以室内为舞台，更在十字街头和地下室里上演，其中的善与恶以及在善恶之间的阴影地带存在的某物，则是借由寓言化的冲突得到了展现。

前卫作曲家武满彻曾与黑泽明两度合作（《电车狂》《乱》），对于黑泽明的早期黑白片，他有着相当精准的评价。武满彻指出，这些作品"着迷于犯罪，总是让人联想起弗里兹·朗的《M就是凶手》"。他认为，黑泽明的犯罪题材充满着"日本电影中罕见的魅力"，同时他也好奇于黑泽明早期作品中的那些角色，觉得"他们

生活在多个世界之中"。武满彻或许首先想起的就是《罗生门》里的那个巫女（miko），这个角色来自于能剧传统，通过唱诵和舞蹈的仪式，她能像幽灵那样穿越不同的时空。

巫女可以看成是多才多艺的表演者，她的声音最富特色。众所周知，她在《罗生门》里便幻化出了那个死去的男人的声音。米歇尔·琼则注意到，那些死者在电影中发声说话，似乎表明他们很乐意进入灵魂世界，在那里，他们能够对人类的世界了如指掌、无所不知。《罗生门》里的巫女确实将让死者还魂，再现他的死亡，并说出武士将死之时的内心独白。

这里需要指出的是，在黑泽明执导的《野良犬》和《天国与地狱》两部影片里，声音同样扮演着关键性的角色，而以声音演绎罪犯的手法，让我们在黑泽明和他的辩士哥哥之间感到了某种关联。《野良犬》里，罪犯直到影片结尾处才终于亮相，但他的声音早就出现过。警官们来到他的住处搜查线索，发现了一张字条，上面写着他曾虐杀一只猫的经过以及他从战场回来后内心饱受的折磨。当警探们拿起字条仔细端详，话外音为我们念出了字条上的内容，而我们也认出那正是嫌犯的声音。

在影片结尾的那个追捕场面中，罪犯将被年轻的警官制服，事实上，这两个角色都有着同样的参战经历，当俩人经历了一番搏斗，气喘吁吁地躺倒在草地上时，他们的衣着样貌更是让人难以分清。这场最后的对决发生在城郊，离火车站台不远，但看起来竟像是在一处森林或野地里，又或者是让人想到他俩曾经鏖战过的战场。四周的草丛里有昆虫飞舞，远处则传来了学生们齐声欢唱的歌声。就在这时，罪犯发出了令人震惊的痛苦的呼号声——那声音远远超出了这场戏的需要。

我们在银幕上看到，一个罪犯在这部黑色电影的结尾处终于被抓获。但结尾处的那声呼号也为我们指认出了另外一个法外之徒，那或许正是黑泽明本人，他用这样的呼喊声标记了自己作为现实主义电影传统僭越者的身份。黑泽明多次向我们证明，他愿意用画面和声音——甚至是不合理的声音来进行实验性的表达，来抵达他的经历告诉他为真的东西，比如说，一个兄长，不论在其生前还是身后，都有可能是一个彻头彻尾的陌生人，一个谜团般的存在。

类似的，在充斥着画面歧义性的《天国与地狱》中，电影的戏剧行为并非开始于我们看到的任何画面，而是由一声从画面外传来的声音开启的。制鞋厂长和他的妻子以及随后介入案件的警官紧握着电话听筒，就像抓住救命稻草似的生怕漏掉一个字，而电话那头的声音则充满了鄙夷和嘲讽，明显能够听出绑匪是受过良好教育的人（他是一个住在贫民区的医生，在某种程度上类似丙午曾执意选

择居住的神乐坂的破旧公寓）。正是绑匪最初的这个电话，以及他在电话里索要的赎金，令我们穿越这整座城市。又或者说，绑匪以他的声音掌控着叙事进程，直到电影的最后一幕。

影片最后，我们透过探监室的玻璃看到如今已被抓获并指认有罪的绑匪，他身心疲惫，在行刑前要求见一个人——不是牧师，而是那个住在山顶别墅的人，那个让绑匪妒恨想要让他也尝尝自己生活的滋味的人。在他们对话的时候，我们同时看到了他们两个人，探监室的玻璃虽然将他俩隔开，但他们的形象却因为玻璃的反射重叠在一起，构成了一种视觉上的关联。这个场景就像《野良犬》的最后，警官和罪犯互为镜像，输的一方则在断头台的屠刀落下之前发出了最后的呼号。而此时，玻璃上的金属卷帘缓缓降下，遮挡住我们的视线。玻璃变成一片漆黑，我们仅能看到窗户中间的那个传声孔，从那里传来了绑匪最后的绝望哀号。

  这就是黑泽明追查罪行、潜入罪犯内心的方法，他以此突破了类型叙事的陈规，从不试图去明确回答"发生了什么"。毫无疑问，黑泽明的电影故事往往讲述着过去的罪行以及是谁犯了这些罪行，而他最持之以恒的实验性在于探索这类故事的叙事边界，就如同他曲折缠绕的记忆，其公共性与私人化的部分注定彼此交织。

◆

  犯罪、审讯，有时是真实的审判事件，构成了黑泽明战后作品的显著特征。在这方面，《七武士》无疑走得最远，它将犯罪上升到了战争的维度。《生之欲》最为深入，它让角色在内心中反省自己何以变成了一具行尸走肉。而《罗生门》则让我们置身"公堂"，这个寓言式的、非现实的空间为我们设下陷阱，引诱我们尽可能地推测谁应该被审判，他的罪行究竟是什么。

KUROSAWA'S RASHAMON

和当时的许多人一样，黑泽明深知无论公开审判历时多长（东京审判持续的时间几乎是纽伦堡审判的三倍），仍将遗漏不少未被调查的细节和未被提及的当事人。而我们也注意到，除了"著名的土匪"多襄丸之外，《罗生门》中的其他角色都没有自己的名字。但他们每一个人终将承认自己犯过这样或那样的罪行。对于将成为公堂审判基础的罪行，我们从没有亲眼目睹，不过是通过记忆和口述让情景一次次再现。

或许仅仅因为多襄丸是有"名字"的，并且他的前科广为人知，我们才从一开始便认定他就是凶手。《罗生门》似乎有意设置迷途将我们引向这个单一的罪犯，并为我们营造出了一种说不清的诡异快感。而电影里的一系列供词，如同《波莱罗舞曲》的旋律一般，不断重复，让人沉迷。我们也正是在这样的旋律中回到森林，开始是以"无辜者"的身份，就像樵夫在林间走着，直到他被一具死尸绊倒。由此，黑泽明带我们离开大门，进入到那个乍看起来令人目眩神迷的空间——这片森林可以说是黑泽明拍摄并剪辑过的所有场景中最为华美迷人的一个——而这正是案发的现场。

创作《罗生门》时，黑泽明已经准备要拍一场审判，并且这场审判和人们在战后美军占领期间见到的真实审判完全不同。而《罗生门》的公堂上自始至终都没出现过法官形象，这引发了大量争议。有人认为这种"缺席的在场"应被解读为一种象征，黑泽明则认为

THE TRIAL

这是某些批评家最典型的曲解。无形的法官真能象征美国占领军吗？要知道黑泽明战后拍摄的那些早期电影，都必须经过他们的审查。尽管到1950年来自美国的审查力度已经大幅减弱，审查官的位置仍由美国人占据，他们不仅对电影业而且对整个日本仍实施着名义上的监管。因此，在美国占领期结束之前，《罗生门》的剧本、拍摄乃至国内上映都需要接受同样的审查流程，即使这部电影在海外赢得了大奖。此外，美国当局也一直是象征性姿态允诺平等，以至于东京审判的氛围可以看作是"一场美国出品的大型演出秀"。

事实上，法官的缺席从一开始就被那位嫌犯的在场所抵消了。和陀思妥耶夫斯基在《罪与罚》里的做法相似，黑泽明在电影里很快就为我们指明了嫌疑人。臭名昭著的土匪多襄丸作为当事人第一个接受这位我们听不见也看不到的法官的"问话"。土匪和拉斯柯尔尼科夫一样，似乎渴望坦白和被捕，就好像他确实罪有应得。不仅如此，他陈述经过的样子像是"演戏"一般——踢打、抓挠、怒容满面、嘶声作怪——仿佛他正在一场精心编排的闹剧中，扮演着莎士比亚式的小丑角色。值得注意的是，黑泽明从没使用任何反打镜头，我们也就无从得知法官做出了什么样的反应。这位法官就像麦克阿瑟将军，或詹姆斯·乔伊斯口中的对世俗之事无动于衷而在一旁修剪指甲的上帝，同时也有点像是我们自己，观众——一位不在银幕上出现却评判着银幕上的一切的在场者。

出于这种设置，我们甚至不太相信此时正在进行着一场审判，起码不是我们眼前的这场。一个"有名字的"土匪扮演着反叛角色，他乍看上去就像是在试镜演出（黑泽明曾指出，皮兰德娄的《六个寻找剧作家的角色》为《罗生门》的实验性带来过最初的灵感）。而影片中所有的证词都显得有些过火且富"戏剧性"，它们让这个衙门的庭院根本不像是一个法庭，不妨说是一处室外的能剧舞台。坐在那里的，与其说是著名土匪多襄丸，倒不如说是著名演员三船敏郎，他带着妆、穿着戏服，像一个常见的反派那样被捆绑着，为我们装模作样地朗读着"多襄丸"的剧本。

但也许，我们每个人都是这场审判中的演员，包括战后的第一批日本观众，威尼斯影展上的意大利人，乃至于今天世界各地通过数字媒介观看到这部作品的任何人。我们这些匿名的观众，出演着那个看不见也听到的审判者/法官的角色。我们彼此疏离，不知道对方的姓名，坐在黑暗之中，不过是人群中的一员。或许我们还蔑视并评判着罪犯以及那些目击者，即使他们能够免于惩罚，也将难逃审讯。

在黑泽明的侦查过程中，证词往往会让角色受到质疑或发生逆转。尽管多襄丸粗俗、狂躁，却也有诙谐讨喜、富有诗意的一面——例如他会不由自主地抬头望向天上的云朵。而当那个女人开始作证时，她带着哭腔，令人同情，最后却受到刺激，展现出一种颇具诱惑力的柔弱姿态，俨然无声片时期自信而高贵的东方艺伎。这场审判中的戏剧游戏让我们好奇，这些人究竟是谁，到底什么才是他们

THE TRIAL

真正的角色。不管他们说自己在森林里遭遇过什么，对我们的判断和目击而言，统统变成了考验。

他们正在接受审讯，我们同样如此。我们一面听着衙门上互相矛盾的证词，一面观察着他们在森林里的所作所为。但我们到底听到了什么？我们又究竟看到了什么？我们听到的不过是他们说自己在这场罪行中做了什么。我们能够仅凭借"这些"就心安理得地做出判断吗？毕竟，我们面对《罗生门》的第一反应通常是充满顾虑地摇头总结："一切都是相对的。我们永远无法得知真相。"或者，我们会嘲讽道，"每个人都是伪君子。"又或者，我们也有可能开玩笑、故作学究地推论，死尸和婴儿都是虚构。

诸如此类的论调和说法，模糊了《罗生门》给人们带来的冲击力。每给出一种看似稳妥的观点，我们都在试图降低内心面对的忧虑和风险。每当遭遇困境，我们不愿面对震惊或表现出愤慨，相反，我们寻求着或者满意于哪怕是一个"相对"安全的位置。

如此一来，我们也就回避了黑泽明的这部代表作所呈现的更为直接的挑战，因为，《罗生门》表达了黑泽明从半个世纪的经历里学到的东西，以及他所建构的艺术原则，即无论我们周遭的世界多么支离破碎，我们仍旧渴望能从那些我们珍视的生活和艺术中发现真与善。但我们却畏手畏脚、怯懦不堪、向往捷径。我们仅仅屈从于对"究竟发生了什么"的怀疑，直到我们发现这种怀疑已经泛滥成灾，而我们却丧失了道德的判断，对什么都不抱希望，其"并发症"式的后果是，在"复杂性"的幌子下，关于我们眼前的城市和国家里发生的事件，各种胡乱的"真相"报道层出不穷，更不要提那些爆发着战争或灾难的遥远地区。

因为这是更容易的活法。它让我们在沉默和逃避中依旧能够生活下去。

我们都在接受审判。这是历史主义和存在主义的危机。而黑泽明深知，战后日本便处在一个陀思妥耶夫斯基式的时代。

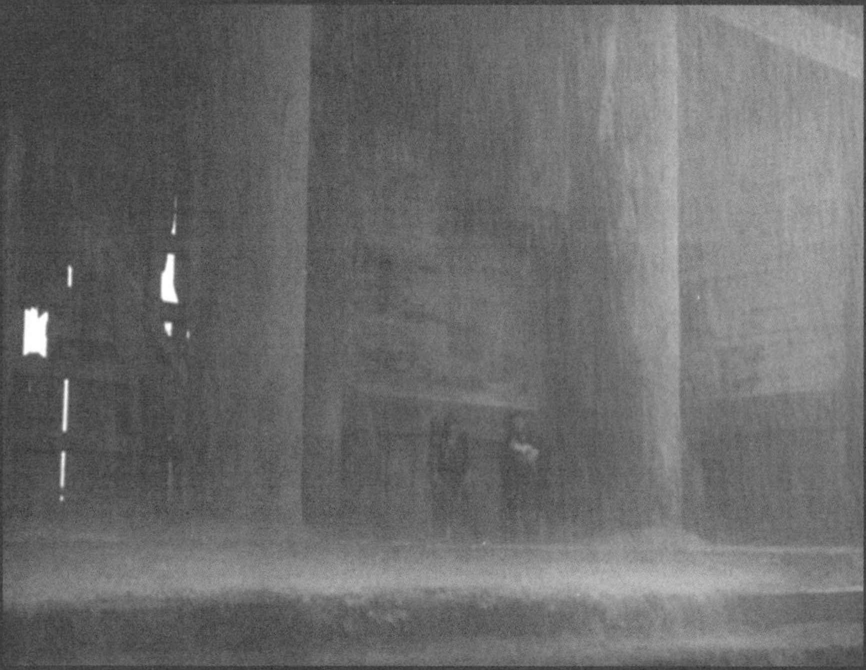

13

安魂曲/重生

REQUIEM/REBIRTH

1950年7月1日，黑泽明和作曲家早坂文雄碰面讨论《罗生门》的音乐。他们聊起早坂文雄对拉威尔《波莱罗舞曲》的处理，以及用能剧风格的"幽灵音乐"为僧人作配乐（在早坂文雄的一篇自述中，他说那音乐仿佛"穿过了烟与雾，而非真实世界"）。就在第二天，剧组在奈良城外的森林里听到一则消息，说京都附近的鹿苑寺——即金阁寺——被一场大火烧毁。报道称，这幢中世纪佛教建筑的纵火者是一位疯狂的年轻僧侣。附近的小山上，火焰熏黑了庙宇的镀金木头，而年轻的僧侣则企图自杀，这些细节后来被三岛由纪夫写进了自己的小说，这部小说与金阁寺同名，讲述了精神与道德的边界如何被无法抵挡的美所消弭，这也是三岛由纪夫最伟大的作品之一。

在战争中幸存下来的鹿苑寺，如今却被焚为焦炭。同时，大映片厂里那座形似残骸的罗生门，仿佛构成了对这则轰动新闻的某种怪诞象征，折射着世间易逝的美和人们的疯狂。

除早坂文雄之外，黑泽明还和其他许多电影人有着密切的合作，特别是像桥本忍这样的编剧，他们曾一起完成了《罗生门》的剧本，而小国英雄在后来也加入了《生之欲》和《七武士》的编剧团队。黑泽明必然知道自己的固执很可能对剧本造成负面的影响，但他愈发强烈地感觉到，自己想要拍摄的电影不能被归纳为某种单一的类型，也无法遵循单一的叙事路线。相反，他的主要作品在剧本上都显示出一种动态，因为他往往和至少 位，常常是两位，有时甚至是三位编剧共同创作。

REQUIEM/REBIRTH

在《七武士》之前，他就开始使用多台摄像机从不同的角度同时捕捉动作。黑泽明对他称为"电影的旗帜"的剧本进行多视角的解读，并用他最喜欢的方式来保证情景的再现。这需要他连续数周将自己和同事们关在房间里，通常是在炎热春季的某家小旅馆里，一场戏一场戏地拟稿、讨论，他们根据白天或夜晚的不同来选择啤酒、清酒或威士忌作为调剂，直到没有人提出异议，这个剧本才能敲定。

但他和早坂文雄的关系显得尤为紧密，后者参与了黑泽明从《泥醉天使》到《活人的记录》之间的全部电影。事实上，黑泽明信赖早坂文雄，并依赖其实现所谓声画的"相乘效应"（这早先是由黑泽明的老师山本嘉次郎所发现的，也必须感谢他的哥哥丙午，那位为无声片增添音效的声音表演者）。而将在五年后夺去早坂文雄生命的肺结核病毒，于1950年就已在日本中部的酷暑里初露端倪，此时，他们正在一片柳杉密林中拍摄，并遇上了当地本不应出现的蚂蟥潮。

早坂文雄在音乐界颇受尊敬，他的过往弟子中就有武满彻和佐藤胜。病倒之后，早坂文雄把自己为《七武士》所作的令人难忘的音乐总谱交给他们，托付他们改编。后来又将自己为《活人的记录》做的工作交托给他们，即使他已尽其所能完成了其中一小部分音乐，但当他去世时，这部电影仍在拍摄中。我们注意到，在这部电影中

早坂文雄和黑泽明

有一些特别长的无声间隔，仿佛在表达着对他的追思。黑泽明后来主持了早坂文雄的葬礼，据说那天之后，他把自己关在家中二楼的房间里，拉上窗帘，沉浸在悲痛之中长达两周。

除了与黑泽明共同合作这部电影外，早坂文雄与《罗生门》以及芥川龙之介还有着更深厚的联系。他曾提携过的另一位年轻音乐家名叫芥川也寸志，也就是芥川龙之介的儿子（他的另一个儿子芥川比吕志则是一位知名电影演员，曾在黑泽明的第一部彩色电影《电车狂》中扮演了一个幽灵般不言不语的角色）。当芥川也寸志得知自己的父亲是早坂文雄最喜欢的作家时，他送给老师一幅由芥川龙之介亲手所画的河童素描，这是根据作家著名的卡夫卡式寓言(《河童》，1927)所创作的。他还让早坂文雄知道，芥川龙之介最钟爱的作曲家是莫里斯·拉威尔。

在《罗生门》开场，当我们首次跟随樵夫进入森林，配乐正是早坂文雄以切分节奏演奏的《波莱罗舞曲》。这音乐如浪潮般涌动，直到樵夫撞见散落四处的线索。在那一刻，一切都变慢了，樵夫开始搜寻四周，如同一位警惕的清道夫。紧接着，我们捕捉到了这个樵夫脸上的震惊和恐惧，在他发现死尸（我们仅能看到高举的双臂和僵硬的张开的手指）的那一刻，黑泽明冷酷地定住了他的动作。回想黑泽明对于类似事件的描述，还有另一处"静止"的场景。那要追溯到1933年的夏天。当看到兄长在温泉旅馆中早已僵硬的身体，黑泽明在自传里这样描述着自己的反应："站在那房门口看到死去的哥哥时，我一动也不能动了。"

而在芥川龙之介1915年的小说《罗生门》中，我们读到了芥川对叙事者即小偷内心活动的评述："家仆在这条思路上不知道徘徊了多少次才触着了问题的最终解决办法。"无疑，这句话显露出了芥川讲述故事的习惯，且与黑泽明回转反复的叙事风格有着强烈的共鸣。自从1933年黑泽明走进那个死亡场景，那个他称之为"不愿意写的"故事，那个在他的自传里也从未直视的场面，黑泽明一直保存着一份鲜活的记忆，或许就和他在默片时代的影剧院里留下的那些令他"战栗"的回忆并排摆放着。早坂文雄的配乐充满了"幽灵般的"音符和复调式的间隔，能够帮助黑泽明去恢复默片这个过时的媒介，也更有利于讲述其他有关失去、过往和当下的故事。

◆

如何让死者再次说话？这是一个贯穿了黑泽明故事始终的主题。并使我们联想到《卡里加利博士的小屋》《诺斯费拉图》和《厄舍古厦的倒塌》里的幽灵，他们曾因为丙午的配音而在东京的影剧院里发声，黑泽明战后的大部分作品便都有涉及鬼魂的特点。即使是表现"现代生活"的影片，也往往被闪回、内心独白以及梦境般的、复调般的蒙太奇片段所撕裂。当我们面对硬划、多重叠化、表现主义式的特写和声画的错位和对立时，黑泽明的视听风格会让人保持警惕。看着银幕上的世界，黑泽明似乎想说，那些熟悉的细节令人置身于某种真实的、"日常"的生活之中。但再看一遍，我们会发现那不过是个虚假而片面的世界，一个我们与缺席的在场者还有幽灵共享的世界，他们属于另外的时代，牢牢攥着过去，也不愿让我们回到现实。

黑泽明和他哥哥共同生活的那段日子，被丙午生命经历的起伏所笼罩，在黑泽明战后的黑白电影中，我们则能捕捉到这种跌宕的戏剧弧光。对黑泽明而言，回过头去直面深层的个人记忆尤为迫切。但每当他回首往昔，其自身的渴求总会让他遇见其他人——那些和他一起经历了地震和战争的幸存者，以及他们的集体诉求。黑泽明

REQUIEM/REBIRTH

的电影极少与乡愁有关,也不会囿于写实的家庭戏码(正如文德斯所说,他的电影不讲家庭,不是"家庭剧"风格)。相反,那些人物起初的生活总是充满了变数和迷障,他们会经历黑泽明的主人公所必经的堕落,最终来到泥泞却宽广的外部世界,再也回不去童年的"温室"。

黑泽明巧妙地运用反讽和情节剧来记录他的痴迷与不安。而这些影片所展现出的合力却时常让人无法承受,因为黑泽明知道这并非单纯的小说或电影,其故事里的每个角色也并非是无辜者或在最终能够被拯救。在他曲折起伏的情节中,叙事常常会发生突然的、悲剧性的转折,而我们则在那一刻感受到了爱与失去,并意识到,这就是鲜活的人生。

在《野良犬》和《天国与地狱》等作品中,富有魅力的恶棍在影片的尾声都发出了饱受煎熬的哀号,这是对他哥哥在生命最后时刻的声音及其生活阴暗面的艺术表达。电影里充满恐惧的号叫声,留存了黑泽明对丙午最后呐喊的想象。我们还记得曾经报道了"两次汤岛自杀"的当地报纸,其中提到旅店老板无意间听到了男人和女人极度痛苦的声音,于是报警求助,那痛苦的悲鸣便是由于他们和着老鼠药咽下了很多镇定剂。黑泽明则在自传中隐瞒了死亡事件的许多相关细节,包括那个与哥哥相约自杀的女人,以及她的姓名。

此外,自传还误导性地写到了"沾满血迹的床单",就好像他的兄长曾用刀或利刃之类的东西自杀,让他的死亡变得像武士或浪人自刎那样更为高贵。另一方面,黑泽明肯定知道使用药物对当时的丙午来说已是寻常之事了。用安眠药结束生命在年轻人和自杀者之间曾形成过一股热潮。1932至1933年间,有一长串的殉情者名单,那正是日本自杀的高峰期(在经济持续低迷和即将发生大规模战争的必然趋势中),Karumochin便是其时颇为流行的药物。当时的影院引座员甚至有另外一个职责,就是巡视过道。这是为了能够及时发现并阻止可疑的情人们在黑暗的电影院里服用这种药物。要知道,电影院可是极受青睐的服药地点,因为它比在廉价小旅馆租房还要便宜,更不用说在伊豆的温泉旅馆订房间了。

假如黑泽明决定直接拍摄他哥哥的生死悲剧,他甚至很有可能会失去对叙事的掌控,就像是他将陀思妥耶夫斯基的《白痴》直接搬进自己的电影那样。然而,他的所有电影都是为了纪念或艺术地表现他自己的生活困境(在他的自传和其他自述中,我们便常能读到有关"精神衰弱"[1],即精神崩溃的轶事),他在自身以外的泥泞世界中稳住脚跟,并以坚定的道德伦理——如果不是政治意识的话——艰难前行。他从个人的历史中提取电影素材,却将它们剪辑进那个时代更为宏大的历史当中。不论黑泽明的电影对他自己意味着何种宣泄,他总是从一开始就试图迫使观众遭遇苦难,并让我们感到"战栗"。为了那些在战后岁月里比他更加绝望的人,他不会

---

1 此处的原文是Shinkeisuijaku。

允许自己陷入个人的狭隘之见,抑或是被绝望击垮。因此,他的故事弧光总是交织着消极与积极,黑暗与光明。而在中间的阴影地带,我们发现自己正与黑泽明一起,活在废墟当中,一面为逝者哀悼,一面警醒地期盼着,准备迎接那新生活到来前的微小征兆。

◆

经过了《罗生门》开场时的倾盆大雨,穿过了破损的大门,我们即将步入衙门的庭院那错觉般的光亮之中,并在那里一次次地被带回到森林深处,被树荫环绕的罪案现场。有四名目击者见证了武士的死亡。其中两人证实了他是被土匪多襄丸用一把长剑杀死的;一个人也证明他确实是被刺死的,却是由他的妻子用匕首所杀;而另一个则说他是拿匕首自杀的。如此,我们在某种意义上仍被矛盾和怀疑笼罩着。正如黑泽明曾说过的,一旦步入这片森林,你的心就会迷失方向。

黑泽明没有采用历史现实主义,而是通过默片式的寓言和荒诞剧的风格来建构他的《罗生门》。这样一来,他就可以聚焦于单纯的、让人困扰的事实,而不至于让它看起来和自己的生活过于相关。黑泽明熟知芥川龙之介小说里那种略带讽刺意味的"距离感",并将这一手法用到了自己的电影里。例如,当土匪和樵夫在叙述武士如何被多襄丸用长剑杀死时,黑泽明便用打斗场面来呈现,让人联想起杂耍或无声闹剧中的某些刺激场景(一如他所熟知的"大胖"阿巴克尔，巴斯特·基顿和哈罗德·劳埃德)。而这种做法则缓和了语气，并确实削弱了刀剑及男子气概的神秘感。

在女人的证词中，当她用匕首刺向武士时，她的情绪发生了决定性的近乎黑暗的转变。力场（Force field）也从她的施虐者——土匪和她的丈夫——转换到了她的身上，她不再是受害者，而是复仇天使。实施了强奸的土匪已然逃离现场。但这个女人即将再次被她那更在乎名誉的、那个说宁愿选择"马"而不是这个"堕落"女人的丈夫凌辱。

起初，这个女人在抵抗土匪时表现出了某种直接和强硬的态度（按土匪的说法，直到阳光令她"眩晕"，她则渴望地"顺从"了他的侵犯，一如摄影机暗示的那样）。而在这里，《波莱罗舞曲》的重复结合着缓慢的摇镜头，配以打在她面部和上半身的光，让她确实有种英雄般的姿态。同时她的举止却极具诱惑和催眠的意味。她稳稳握住手里的刀，刀柄略低于她的下颚，刀刃向外，指向她的丈夫，她永远无法原谅丈夫对她残酷的拒绝。

这将我们引向了另外一个犯罪故事，而芥川龙之介则以此结束了关于森林里"发生了什么"的讲述。因为在这里，被反复"谋杀"的武士转变成了自杀。这是一个高度程式化和戏剧化的段落，似乎变成了即兴的能剧表演。我们知道，能剧经常演绎死者，但由于死者仍是以人的形象假定性地出现，他们在一开始并不容易被察觉。

我们仅能从其背景故事中得知他们是暴毙而亡或死于相思，悔恨不已。他们被尘世驱逐，焦灼的内心令他们无法安息，他们因身为鬼魂而被责难，期盼着可以超生，却只能在时间中虚度徘徊，亡魂的故事就这么周而复始地被诉说、被聆听。这种仪式通常是由云游的僧侣安排，他们唱诵祈祷以使游魂得到安宁。

在战后，黑泽明自然不是唯一用电影讲述异常的死亡并谱写安魂曲的导演。我们稍加回顾便会发现，因为《罗生门》的问世以及小津安二郎、沟口健二所拍摄的那些出色作品，战后这段时期也往往被人描述成日本电影的黄金时代。而不管这些大师的电影风格或创作意图如何迥异，他们都不约而同地在其杰作里设置了悼念的场景：在小津的《东京物语》中，家人们因为母亲的过世而重新团圆；在沟口的《雨月物语》里，刚刚沦为孤儿的孩子为母亲的坟头祭上了米饭；在黑泽明的《生之欲》里，老科长去世时影片还有三分之一的情节没有展开，是各位见证者对他的追悼一直持续到了电影的尾声。

不计其数的生命在战争里失踪并被20世纪所吞噬，在那个普通百姓对于死亡仍有着切身记忆的时代里，这些日本导演为个体的死亡赋予了极为特殊、往往是精神性的意涵。

无论黑泽明实验性的、现代主义的手法如何，他都没有回避庄严、宏大的形式。他试图将《罗生门》建构成一部雄伟的史诗，让那些布景、原始的森林以及三船敏郎、森雅之和京町子等明星的影响力来成就这部电影的辉煌。而惊人的明暗对比、宫川一夫的摄影以及早坂文雄感情充沛的动人配乐，则更让我们体会到整部电影对于形式之美的注重。

然而这部电影断断续续、反复转换的叙事在情绪的波动、语气的变化和分裂的讲述中，带来了一些更为混沌、随机的或无法解释的东西（比如，这个穿着整套和服的女人是怎么逃脱了那个一身短打的强盗的追赶，并且还不止逃脱一次，而是两次）。黑泽明是《三毛钱歌剧》的崇拜者，曾想以此创作一部"音乐片"向库尔特·魏尔和贝托尔特·布莱希特致敬。他在《罗生门》中用到的手法让人联想起布莱希特的"间离效果"——一种严肃与戏谑的混合——进一步证明了黑泽明对实验艺术或宣传艺术的长久迷恋，他第一次接触这些艺术形式还是在1920年代末的东京，他的青年时代。

但和先锋派相比，黑泽明在关键之处还是更依赖于情节剧。他是一位感性主义者和道德主义者，他意识到艺术必须和善恶相关，却又不像是宗教那样决断和僵化。因此在《罗生门》的某些地方，我们期待他以情节剧为主调来讲述故事，在那里，他可以不再使用《波莱罗舞曲》，而是换上其他的小调和弦来演奏出某种忧郁。

在死者的故事里，黑泽明通过灵媒的讲述确实做到了这一点。这里，死亡的一幕是以庄重的仪式处理的。整场戏都聚焦于自杀的过程，使得这个男人和《罗生门》里的其他角色区隔开来。然而这个无名的个体的死亡，却构成了关于大地震和战争中无数匿名受难者的寓言。同样地，森林里这个有关冲突与自欺的"犯罪"故事也在提醒我们，战时日本的文化和政治景象中充斥了背叛和谎言，对此，黑泽明承认自己也难辞其咎。

如我们所记得的那样，1923年大地震后，当黑泽明穿过被摧毁的城市，烙印在他眼帘的是被烧焦的"难以计数的尸体"。然而，他生命中最难以磨灭的死亡记忆，则是发生在1933年的7月：他的哥哥在远离东京的"郊野"自杀了。在《罗生门》里，确实有一个故事需要我们格外注意。这也是唯一有关死亡的独角戏，而在讲述关于森林里"发生了什么"的其他各种版本中，总是离不开三位主角——土匪、武士、妻子——共同或者至少包含其中二人的合作表演。这是由死去的男人自己讲述的故事，樵夫、僧人和那愤世嫉俗的流浪汉在大门下听着，就仿佛在听一个久远的鬼故事。

为了讲述这个鬼故事，也就是死者的故事，黑泽明采用了一种让人联想到能剧演出的音乐风格和舞台技艺。如前所述，能剧的表演有着严格的程式，近乎于一种驱邪的仪式，曾被用来慰藉那些阳寿未尽却又无辜受死的战士或情人的阴魂。黑泽明在这一段里引入了一个新的角色，一位巫女或者说一位萨满教僧人（在其1956年改编自《麦克白》的电影《蜘蛛巢城》里，森林里的预言场景中也有一位类似的角色）。在她恍恍惚惚的诵读中，这位巫女同时身处两个世界。她的肉身在衙门前的尘土中一边舞蹈一边做着"证词",而武士则在她的声音里还魂,也正是她投向银幕的声音让我们看到了森林里的场景。

换言之,巫女的表演就像是一位电影解说员——一名辩士——她站在这段森林"演出"的一侧,用她的声音向我们传递着这些无声画面中或显或隐的含义。她将为那些独自迷失在森林里的人提供一方空地和一副声音(就如丙午那样的辩士,在他们演绎角色时,他们的声音可以跨越性别的光谱,不仅能够"成为"鲁道夫·瓦伦蒂诺或约翰·巴里摩尔,还可以"成为"丽莲·吉许或者玛琳·黛德丽)。

我们观察到,在黑泽明的黑白电影中,空地构成了反复出现的必要场景:例如《我对青春无悔》中荒废的农田、《泥醉天使》和《生之欲》中的城市污水池、《野良犬》和《活人的记录》中空旷的城市广场,以及《七武士》里的那一片空地——在电影开场时曾经尘土漫天,尔后变得泥泞一片,并成为了最终的战场——这或许是电影史上此类场景中最为经典的一例。

黑泽明的电影场景总是充满混沌的细节,因此这些空地的存在便尤为引人注目。我们注意到,在我们和我们试图审视的可见对象之间,人的视线往往会被自然或社会空间中的种种元素所遮挡:森林中的枝叶、堆满书籍和货物的商店、商场的广告牌和橱窗,还有背街上拥挤的人流、黑市里的夜总会和小酒吧。

REQUIEM/REBIRTH

对于陷入琐碎生活的我们来说，这种混沌不清似乎为我们提供了一种真实、一种遁词。我们不太清楚应该去向哪里，应该做些什么。我们迷失在森林里，找不到出口，亦寻不见方向。但当空地出现时，我们便被置于了一种严肃的、存在主义的对峙之中，试图与一股提升自我的力量对抗或妥协。是这股力量决定了我们自身，因为它要求我们正视通常被这个世界或我们自己隐藏起来的部分，甚至是我们内心深处的敌人。

然而，在黑泽明的其他电影中，没有一处空地能比森林里由武士和巫女之声所标界出的空间更为开放。在这里，氛围发生了变化。如前所述，其他主角都随着《波莱罗舞曲》一同消失了。我们只看到跪坐在地的武士哭泣着，假如没有巫女的声音，没人会听他述说，我们也不会。在布满砂石的衙门庭院中，巫女仿佛受到了别人的操控般拼命舞蹈着，她将那个独守在森林空地里的男人带到我们面前，为我们呈现出他最后的声音和动作。

这当然是一个死亡的场景，但和其他人讲述的场景截然不同。这里没有刀剑，亦没有凶手。相反，只有一个被绝望笼罩的孤独的男人，而我们则成了他人生最后时刻的见证者。他将了结自己的生命，抛弃自己的家庭和亲人。然而，在黑泽明导演的这一场戏的时间里，我们察觉到了这个男人将亲手葬送自己的生命，我们竟变成了他的同伴、他的至亲。我们陪伴了他的最后一程。我们被那无法

REQUIEM/REBIRTH

言说的镜头之美牵引着,来到一片净土,并将死者从遗忘之地解脱出来。

然而黑泽明却徘徊着,他没有忘记那位如亲眼目睹一般向我们讲述这场默剧的巫女。她必然是这个男人所有的同伴里最为亲密的一个,毕竟是她体验并传达了武士最后的所思所感。我们于是可以想象,她扮演了双重的角色:她不仅用辩士一样的声音扮演了武士,同时,她还是曾经死在了某个自杀者身旁的另一个女人的魂灵。当我们看到武士将匕首插进自己的胸膛并"倒落"在森林里,摄影机将画面切回了衙门,与此同时,巫女的身体正因着自己的死亡而变得扭曲、崩溃。

在黑泽明的自传中,他未能告诉我们伊豆的那间旅馆里真正发生的事实。对于和哥哥一同自杀的女人,他也未置一词。而原本在芥川小说中不过是一个叙事声音的巫女角色,黑泽明却在此赋予了她一个血肉之躯。

由此,巫女除了是一副声音,还是一个长眠在男人身旁的女人。他们仿佛殉情(Shinju)一般,共赴黄泉。不管黑泽明以怎样的方式缅怀他哥哥,缅怀在地震或战争中集体死去的人们,或许他也同样缅怀那个被哥哥带走了生命的女人。

♦

REQUIEM/REBIRTH

黑泽明最伟大的三部电影——《罗生门》、《生之欲》和《七武士》——似乎都是在无处可逃的黑暗中结束，这些电影中的很多主角也难逃一死，就像《生之欲》里的渡边科长，《七武士》里的菊千代。除了这样的死亡，黑泽明战后的黑白电影还常将角色们逼入绝境：要么让他们感染绝症，要么让他们被社会或心理的高墙围困。而在这些角色将死又或是第一次成为英雄之前，他们总是一次又一次地挣扎，希冀能够找到一个渺茫的、哪怕是不可能的生机。他们打开紧锁的心门，从内心的黑暗中走向突然而至的晨光。

　　《罗生门》中的"安魂曲"，流转在死者的叙述中，或许能将这部电影引向一个恰当的结局；就好像芥川在那篇森林犯罪故事里所安排的一样，以最后的证人作结。但黑泽明执意继续推进。他让樵夫说出自己的证词，结果却证实了樵夫自己的罪行（其拙劣的证词和所有证据都表明他就是偷匕首的人）。由此，我们的樵夫，我们深信不疑的故事主讲人，竟在衙门作证时撒了谎。这将我们重新带回《罗生门》的开头，并让我们自问，他是否一直都在说谎？

　　原来樵夫也是罪犯中的一员，尽管从他在大门里开口说的第一句话来看，我们都会认为他是软弱无力的人。他被不可名状的恐惧裹挟着，只能说他无法理解这个世界，就好像这个世界没有他的位置。但在影片的结尾，无论他曾感受过怎样的恐惧，无论他对那些出于自尊而做出的撒谎之举是怎样的愤世嫉俗，这位樵夫此刻正直面自己的罪行和谎言。某种程度上，他意识到了个人的罪恶言行，并展现出了进一步自我转变的可能。我们也的确看到他开始蜕变，就像拉撒路，又或者说像黑泽明模式中那些并不完美的主人公一样。

最后，我们在大门下面某个之前未曾注意的角落里听到了一阵哭声，樵夫大步走过去。那是一个弃婴的啼哭，一如格里菲斯在巴黎圣母院的阶梯上所遗弃的婴孩，抑或是卓别林在门廊上留下的孤儿。这是一个惊人的声音，是这个剧情转折点里最富戏剧性的时刻。

黑泽明知道这个场景是又一次"飞跃"。而对那些指责他电影中的阴暗和怀疑论背弃了信仰的人，他则做出了尖锐的回应。他认为，任何真正的怀疑论"都愿意相信人类的善良美好"。另外，考虑到战后日本蔓延着普遍的荒凉和绝望，黑泽明曾简明地说道："要么相信人，要么去死。"只有文人想要黑暗的结局。普通人需要的是光亮。

在那个孩子发出哭声以前，从《罗生门》的第一个镜头开始，黑暗与阴影的世界就在银幕上隐约可见。即便我们进入森林时是白天，遮蔽物却很密集，这让我们感觉被关进了暗室，就仿佛影迷在一个阳光明媚的早晨走入了昏暗的剧场。

但即便是在这些阴影笼罩的段落里，《罗生门》也被光线照耀着，斧刃、树叶、溪流都反射出了光亮。黑泽明为我们呈现出边界分明的几何构图——圆形、三角形、方形——它们彼此独立却又相互关联,就好像它们融合在一幅著名的禅画中。这些图形让我们安心,即便是在一个遭到毁灭的世界里,我们依然可以看到这些基本的形状。这是黑泽明最伟大的天赋,他让我们感到这些形式不是空洞或偶然的,因为正是这些形状标示了我们终于重拾那充满耻辱、迷失和破碎的生活。

黑泽明同摄影师一起越过大门的残骸,穿过深林里盘根错节的枝叶,看到了不同寻常的直线与曲线,并以此抵抗着种种无序:门柱矗立,树木笔直,门前的台阶水平错落,头顶的云朵叠成弧形,太阳透过树冠照出圆润的光晕,肢体的动作或破碎的木片则构成了三角。

在这个意义上,《罗生门》结尾处突然出现的弃婴自有其正当性,同时也显现出了一种惊人的对照意味。这个孩子对卑鄙欺诈之人毫无防备,却被一股力量抱在了怀里,这力量在废墟中挺身而出,对抗着无处不在的道德的崩坏。影片的尾声,樵夫似乎突然在自己的内心深处发现了一种不可能的善意,就像是陀思妥耶夫斯基式的皈依。他的所作所为有如寓言,既符合佛教思想,和儒家理念也不相悖。他以恻隐之心拯救了无辜之人,孟子便曾以此定义人性。孟子主张,即便是在一个堕落的世界中,只要我们是人,便应拯救孩子于危亡,不仅是我们自己的孩子,而是任何一个孩子。

在一段让人印象深刻的叠化镜头里,他们背靠大门的后壁站着,我们看到樵夫在僧人旁边,而僧人怀抱着婴孩。他们似乎在无声的绝望中等待着什么,犹如贝克特的戏剧里被囚困的角色那样。最后,大雨终于停歇。樵夫再无故事可讲,他只有一件事要做。他将对婴孩伸出双手,但在僧人看来,他是要加害孩子,樵夫将为此打破沉默、平息僧人的怀疑。而在《罗生门》最后的台词中,樵夫向僧人袒露了自己的另外一个身份,他住在大门和森林之外,他是六个孩子的父亲。因此,他说道,第七个孩子也不会让他多负担些什么。

他本可以也在这里说谎。但黑泽明的《罗生门》却给了我们一个心愿，一个希望，去信任他。

◆

从1940年代中期到1960年代中期，黑泽明将黑白的画面和几何式构图投射到银幕之上，这些影像是对其个人及家庭生活乃至于战后日本那黑暗破碎的年代的高度戏剧化的表达。黑泽明和他的团队为我们带来了一部又一部印刻着恐惧和绝望的杰作，而我们也一次又一次地目睹了某位意想不到的英雄从黑暗中诞生。樵夫怀抱中的婴孩亦可视为一个重生的预兆，甚至可以说，这就是黑泽明亡兄的重生。这个孩子同样也证明了黑泽明决意直面这破碎的世界，并为重拾失落的希望、重建文化的自信所付出的努力。

因此，《罗生门》的结尾再次回到了大门，黑泽明也正是以它为起点构思了整部影片。我们还记得最初的一组画面，是大雨和废墟中隐约可见的两个身影。而在《罗生门》的尾声，镜头重新聚焦到这二人身上。只不过和影片开场时的滂沱雨景不同，此刻樵夫身后是明亮的阳光，他怀抱着婴孩，拾阶而下，走向远处，留下了身后的废墟。

我们在此见证了一个曾经软弱而又消沉的男人不再倚墙而立。他在行动，仿佛是受到某种感召，或是听到某个声音的召唤，他被赋予救赎自己和拯救这个孤儿的使命。而当我们仔细看他，可以看

REQUIEM/REBIRTH

见他浑身充满力量,披着阳光在泥泞中大步走着。摄影机以樵夫的速度倒退跟拍,并在他的脸上捕捉到了我们前所未见的喜悦。然后摄影机停了下来,镜头仍聚焦在我们的英雄身上,直到他怀抱着婴孩的手臂撞向镜头——撞向我们所有人——就好像他在继续向前,朝家的方向。

大事年表

平安时代（794—1185）

966，973	清少纳言（《枕草子》，1002）和紫式部（《源氏物语》，1010）出生，她们同是宫廷女官，亦是文学上的竞争对手（黑泽明以这二人自喻他和儿时的好友）。
1019	安倍贞任出生（著名武将，黑泽明认定的先祖，于1062年去世）。
1120	《今昔物语》问世。这套民间传说和佛教警世故事是平安时代后期广为流传的口头文学，其现存的第一个书面版本可追溯至十二世纪早期（芥川龙之介常以其中故事作为自己历史小说的框架，例如《罗生门》）。
1180—1185	源平合战。标志着平安时代"黄金年代"的结束和京都的毁灭（电影《罗生门》的背景设定即为这一时期；黑泽明最钟爱的经典《平家物语》讲述的便是这段历史）。 源义经（1159—1189），源平合战中的源氏名将。他的哥哥源赖朝最终与他反目。

镰仓时代（1185—1333）

1212	《方丈记》（鸭长明，1155—1216）问世。这套警世寓言记叙了由地震、火灾、战争、人欲所带来的人间苦难和世事无常。

室町时代（1336—1573）

1363—1443	世阿弥，《风姿化传》的作者，《风姿花传》是一本有关能剧的理论"指南"，黑泽明曾在战争期间读过此书；世阿弥

TIMELINE

所著《韩夫人》则是黑泽明哥哥的最爱。世阿弥及其父亲观阿弥是能乐的集大成者。能乐是以宫廷音乐和古典诗歌为基础，融合古老的丰收仪式、中世纪杂技和默剧于一体的艺术形式。

安土桃山时代（1573—1603）

1500 年代末	电影《七武士》的背景年代。这是一个激烈动荡的时期，昭示着封建割据的结束和"早期现代"生活方式的开启。1600 年关原合战后，日本国统一效忠于胜利的德川幕府。而"战败方"的土地上则涌现出越来越多的浪人——无主的武士——他们流落到了城镇乡间寻求生计和活路。

江户（德川）时代（1603—1867）

1644—1694	松尾芭蕉，俳句家，纪行书《奥之细道》（1694）的作者。
1653—1725	近松左卫门，是当时伟大的剧作家，以创作净琉璃和歌舞伎剧本见长；其代表作《曾根崎情死》（1703）、《天网岛情死》（1720），皆成为后来新剧的故事原型。
1670—1703	堀部安兵卫，由孤儿成长为武士的传奇人物。堀部安兵卫的母亲死于难产，浪人父亲在其十三岁那年去世；因为武艺过人，他后来被赤穗城主收养。由于参与赤穗义士事件，堀部安兵卫在为赤穗城主复仇后被判处切腹之刑——这一事件及结局随后被演绎为"四十七士"的传奇故事。（黑泽明曾将他的哥哥比作堀部安兵卫。）
1748	净琉璃与歌舞伎版本的《忠臣藏》首演，"四十七士"的传奇被搬上舞台。
1761—1816	山东京传，出生于江户东部（现为东京）的深川，典当行老板之子；擅长写作以风月之地为背景的通俗、情色小说。
1776—1822	式亭三马，江户时代的另外一位滑稽、情色小说家，代表作有《浮世澡堂》（1809—1813）。
1840	《劝进帐》，广受欢迎的"现代"歌舞伎戏剧；其中的一个主

	角据说是以黑泽明的祖先、关卡守将富樫为原型。
1853	在美国海军准将马修·佩里（1794—1858）的指挥下，"黑船"强行驶入日本水域；预示着德川幕府的瓦解和锁国政策的结束。

明治时代（1868—1912）

1868	尊皇派在与德川派进行了最后的争斗后，宣布"王政复古"并重组新的政府，"明治"（意喻"开明之治"）成为官方年号。 明治政府改称江户城为东京城。
1869	位于京都和日本桥之间的丸善书店开张。一代代"文学青年"将在这里寻觅到（主要是）西方文学的最新译本。
1869—1882	"北海道开拓使"，明治政府支持的计划，以便更好地开发广阔北方领土的资源。
1875	札幌农学校创立（有岛武郎——森雅之的父亲——曾在此学习并任教）。
1888	《幽会》，屠格涅夫随笔集《猎人笔记》中的一篇，由小说家二叶亭四迷从俄文翻译后发表并广受好评。
1892—1893	《罪与罚》，陀思妥耶夫斯基的代表作，其中部分章节从英文版翻译后分期发表。（译自俄文的全本要到1914—1915年间才陆续出版。）
1894—1895	中日战争，以日本胜利而告终；签订《马关条约》，清朝政府割让辽东半岛、台湾等部分地区给日本。
1895—1896	《青梅竹马》以连载形式发表，作者是当时著名的女作家樋口一叶（1872—1896）。
1898	沟口健二出生，沟口为著名导演，几乎是黑泽明的同时代人（去世于1956年）。
1899	川端康成出生，他是日本首位诺贝尔文学奖（1968）得主（去

TIMELINE

世于 1972 年）。

山野一郎出生，他是日本著名电影解说员／辩士，黑泽明哥哥的导师（于 1958 年去世）。

| 1901 | 《玩偶之家》的日译全本出版，《玩偶之家》是易卜生（1828—1906）的代表作。 |

散文集《武藏野》由国木田独步（作家，1871—1908）写作出版。

| 1903 | 小津安二郎出生，小津是著名导演，其电影尤以家庭剧而为人称道；战时的审查制度中，他曾为黑泽明的导演处女作争取到了"通行证"（于 1963 年去世）。 |

| 1903 | 托尔斯泰（1828—1910）的小说《伊凡·伊里奇之死》的首个日译本出版（该小说后来成为了黑泽明电影《生之欲》[1952] 的故事框架）。 |

| 1904—1905 | 日俄战争。《朴茨茅斯和约》要求俄国做出有限让步，（在经济形势持续低迷和市民要求政治参与的背景下）引发日比谷烧打事件。 |

| 1906 | **黑泽丙午出生于东京**。 |

| 1908 | 雨果·闵斯特伯格（1863—1916）出版了他的《心理学与犯罪》。 |

| 1909 | 屠格涅夫的小说《父与子》的日译全本出版。 |

| 1910 | **黑泽明出生于东京（他是家里七个兄在世的弟姐妹中，年纪最小的）**。 |

文学和文化杂志《白桦》创刊。日本吞并朝鲜半岛。

幸德秋水（出生于 1871 年）领导的无政府主义者在"大逆叛国事件"中被捕。

植草圭之助（去世于 1993 年）出生，他是黑泽明的儿时好友（并与黑泽明共同编剧了《美好星期天》及《泥醉天使》）。

高尔基（1868—1936）的戏剧《低下层》的首个日译本出版。

1911　　演员森雅之出生于北海道札幌，他的本名是有岛行光，是作家有岛武郎的长子。

无政府主义者幸德秋水被判处死刑。

松井须磨子（1886—1919）在《玩偶之家》中出演娜拉一角，她首次登台便引起轰动。

果戈里（1809—1852）的《钦差大臣》的首个日译全本出版。

维克托兰·雅塞（1862—1913）导演的法国犯罪电影《怪盗吉格玛》上映。"新剧"运动的领导者小山内薰（1881—1928），将契科夫的喜剧《求婚》译成日文。战争结束后不久，黑泽明便执导了这部舞台剧。

大正时代（1912—1926）

1912　　《怪盗吉格玛》风靡日本；文务省和内务省官员警告称，观看并认同这套法国犯罪系列剧会产生恶劣影响。

1913　　托尔斯泰的小说《安娜·卡列尼娜》由英文翻译的日语版出版。

1914　　早坂文雄（于 1955 年去世）出生，早坂文雄是作曲家，也是黑泽明的好友，曾为黑泽明的许多杰作配乐，其中就包括《罗生门》。

1915　　**芥川龙之介发表短篇小说《罗生门》。**

松井须磨子出演屠格涅夫的作品《前夜》（这部小说曾被改编为日本舞台剧），并演唱了同年创作的流行歌谣《凤尾船之歌》。黑泽明将让《生之欲》（1952）中垂死的主人公渡边两次唱起这首歌谣，这也是黑泽明最为感人的一部电影作品。

普罗斯佩·梅里美（1803—1870）的小说《卡门》的日译全本出版（芥川龙之介在写作小说《偷盗》[1917] 时参考借鉴了《卡门》的故事）。

TIMELINE

1917	谷崎润一郎（1886—1965）发表《活动写真的现在与未来》一文（谷崎润一郎是著名小说家、早期电影迷、剧作家）。
1917—1918	陀思妥耶夫斯基的小说《卡拉马佐夫兄弟》连载发行，其日译全本随后由米川正夫从俄文译出。
1919	D.W. 格里菲斯的电影《残花泪》上映。

有岛武郎的小说《某个女人》出版。

黑泽明开始自己的无声片观影阶段（至 1929 年为止）。

陀思妥耶夫斯基的小说《白痴》的日译全本出版。

黑泽明的"小姐姐"百代因流感而去世，时年 16 岁。 |
| 1920 | 三船敏郎出生于中国青岛。 |
| 1920—1924 | 马克思的《资本论》的日译十卷本出版，翻译工作历时四年。 |
| 1921 | 查理·卓别林的电影《寻子遇仙记》上映，影片讲述了一位孤儿被"收养"的故事。

路易吉皮兰德娄（1867—1936）的戏剧《六个寻找剧作家的角色》首演。黑泽明称，这部"先锋派"戏剧影响了电影《罗生门》。

D.W. 格里菲斯的电影《暴风雨中的孤儿》上映，这部情节剧讲述了孤儿姐妹在巴黎圣母院前重逢的故事。

无产阶级杂志《播种人》创刊。

电影《卡里加利博士的小屋》在东京首映，并由著名辩士德川梦声担纲解说。该片系德国导演罗伯特·维内在 1919 年摄制完成的。

大杉荣翻译出版了彼得·克鲁泡特金（1842—1921）的《我的自传》，克鲁泡特金是俄国世袭亲王之子，后来转变为一名无政府主义者。 |

志贺直哉开始创作小说《暗夜行路》，这部长篇小说的写作历时十六年，于 1937 年最终完成。

1922　　芥川龙之介的小说《竹林中》发表。

日本共产党成立。

F.W. 茂瑙导演的《诺斯费拉图》上映。

米哈伊尔·阿尔志跋绥夫的小说《绝境》的日译两卷本出版。黑泽丙午称之为"世界最高水平的文学"。

1923　　七月，有岛武郎和情人波多野秋子双双殉情（作家有岛武郎是演员森雅之的父亲，森雅之曾在《罗生门》里饰演武士一角）。

八月，《白桦》杂志停刊。

九月一日，关东大地震；东京和横滨地区屋舍损毁严重，伤亡者不计其数。

大杉荣（作家、无政府主义者，生于 1885 年）和他的爱人/同志伊藤野枝（作家、女权主义者，生于 1895 年）在宪兵总部被毒打致死。

1924　　先锋派杂志《MAVO》创刊。

1925　　日本首次进行无线电广播。

颁布《治安维持法》，政府加强了对所谓颠覆性的社会活动的监管权力。

黑泽丙午在神乐坂的牛込馆开始了他作为辩士的职业生涯。

谢盖尔·爱森斯坦（苏联电影导演，1898—1948）执导的《战舰波将金号》上映。

G.W. 帕布斯特（奥地利电影导演，1885—1967）执导的《悲情花街》上映。

TIMELINE

| 1926 | 衣笠贞之助（1896—1982）执导的实验性无声片《疯狂的一页》上映。 |

昭和时代（1926—1989）

1927	芥川龙之介（服用过量安眠药）去世；遗作《齿轮》及《一个傻瓜的一生》发表。
	黑泽明从京华中学毕业。
	新潮社编辑出版的三十八卷本的《世界文学全集》第一卷印行（最后一卷于1931年出版）。
1928	三·一五事件（围捕共产党人及其他可疑颠覆分子）。
	在无产阶级美术展上，黑泽明受邀展出了自己的"静物"作品。
	莫里斯·拉威尔（1875—1937）的《波莱罗舞曲》首演。
1929	P.C.L.（Photo Chemical Laboratories，照相化学研究所）创立，专攻有声电影技术。
	第二届无产者美术同盟画展在上野举行（由"全日本无产者艺术联盟"[简称Nappu]主办）。黑泽明展出了他的劳工画作。
1930	约瑟夫·冯·斯登堡执导的电影《摩洛哥》上映。有声片开始在日本流行，预示了无声片和辩士行业的终结。
	苏联导演亚历山大·杜辅仁科执导的电影《大地》上映。
1931	吉川英治的小说《宫本武藏》出版，这部小说以现代视角书写了一段浪人的英雄传奇。
	九·一八事变。日军操纵炸毁南满铁路路轨，并以此为借口，展开了日本对中国大陆的侵掠扩张。
1932	东宝电影制片厂成立（黑泽明在此度过了学徒期，并制作了大量影片）。

1933	日本退出国际联盟。
	无产阶级作家小林多喜二在狱中被军警迫害致死。
	大批反对政府的激进分子在集会中被逮捕,并被迫"坦白"他们的意识形态罪行。
	7月10日,须田贞明(黑泽丙午)和美智子在伊豆温泉旅馆服用过量镇定剂双双身亡。
1934	有组织的专业棒球运动在东京出现,职业棒球联赛将于1936年起步。
1937	七七事变(卢沟桥事变)。加速了中日"全面战争"的爆发。
	现代戏剧团体"文学座"成立,森雅之为初创者之一。
	山中贞雄执导的庶民时代剧《人情纸风船》上映。山中贞雄出生于1909年,后应征入伍,1938年因感染痢疾在中国去世。
	伪满洲国映画协会(满映)成立,由日本宪兵队长甘粕正彦(1945年去世)领导。
1940	"大东亚共荣圈"主张被委婉提出。
	德意日签署三国同盟条约。
1941	12月7日(日本当地时间12月8日),日本袭击马来半岛,并偷袭夏威夷瓦胡岛的珍珠港。
1942	富田常雄发表小说《姿三四郎》(东宝电影制片厂获得其电影版权)。
	黑泽明的导演处女作开拍。
	杜立特空袭东京,中途岛战役(均标志了对日作战的军事转折)。
1944	黑泽明导演的电影《最美》上映,这是一部描绘女性的战时电

TIMELINE

影（该片女主角矢口阳子后来嫁给了黑泽明）。

1945　东京大轰炸（从三月持续到八月中旬）。

广岛原子弹爆炸（8月6日）。

长崎原子弹爆炸（8月9日）。

天皇宣读并广播《终战诏书》（8月15日）。

日本无条件投降，美国占领日本（自1945年9月2日至1952年4月28日）。

1946　黑泽明导演的电影《我对青春无悔》上映，该片的联合编剧是无产阶级剧作家久板荣二郎。

东京审判从是年4月29日开庭到1948年11月12日宣判终结，持续两年半之久。

1948　作家太宰治与爱人一同自尽。

1950　一名疯狂的僧侣纵火烧毁金阁寺。

电影《罗生门》在是年夏天开拍，并于秋天上映，该片由大映电影制片厂出品。

1951　**《罗生门》荣获威尼斯国际电影节金狮奖。**

1952　《罗生门》获得奥斯卡金像奖最佳外语片奖。

1953　NHK（日本放送协会）综合频道开播，标志着日本电视时代的开始。

1962　安部公房的小说《砂丘之女》出版（英译本于1964年发行）。

1964　东京奥运会（促使日本在战后废墟中全面重建）。

1978　植草圭之助出版"私小说"《虽然已是黎明——青春时代的黑泽明》。

1982	黑泽明发表自传，或曰个人编年纪事（其首个英译本名为《类似自传》，奥蒂·波克译，克诺夫出版社）。
	志村乔（生于1905年）去世。在黑泽明三部最伟大的电影作品里，他均饰演了关键性的主角：《罗生门》中的樵夫，《生之欲》中重获新生的科长，以及《七武士》中守卫村庄的武士（浪人）的首领。
	黑泽明自传日本版《蛤蟆的油》由岩波书店出版。
1985	2月1日，矢口阳子去世。矢口阳子，1921年出生于上海，曾是演员，与黑泽明结婚后育有二子。

平成时代（1989—2019）

1997	12月24日，三船敏郎去世，终年77岁。
1998	**9月6日，黑泽明去世，终年88岁。**

黑泽明作品年表

以下是黑泽明执导的三十部电影作品的年表,每部影片均标明了是黑白或彩色。同时,我还按照惯例将其分为两类:时代剧(历史片)或当代剧。

《姿三四郎》,1943,黑白,时代剧

《最美》,1944,黑白,当代剧

《姿三四郎续》,1945,黑白,时代剧

《胆大包天的人们》,1945,黑白,当代剧

《我对青春无悔》,1946,黑白,当代剧

《美好星期天》,1947,黑白,当代剧

《泥醉天使》,1948,黑白,当代剧

《静夜之决斗》,1949,黑白,当代剧

《野良犬》,1949,黑白,当代剧

《丑闻》,1950,黑白,当代剧

《罗生门》,1950,黑白,时代剧

《白痴》,1950,黑白,当代剧

《生之欲》,1952,黑白,当代剧

《七武士》,1954,黑白,时代剧

《活人的记录》,1955,黑白,当代剧

《蜘蛛巢城》,1957,黑白,时代剧

《低下层》,1957,黑白,时代剧

《暗堡里的三恶人》，1958，黑白，时代剧

《懒汉睡夫》，1960，黑白，当代剧

《用心棒》，1961，黑白，时代剧

《椿三十郎》，1962，黑白，时代剧

《天国与地狱》，1963，黑白，当代剧

《红胡子》，1965，黑白，时代剧

《电车狂》，1970，彩色，当代剧

《德尔苏·乌扎拉》，1975，彩色，时代剧

《影子武士》，1980，彩色，时代剧

《乱》，1985，彩色，时代剧

《梦》，1990，彩色，当代剧

《八月狂想曲》，1990，彩色，当代剧

《袅袅夕阳情》，1993，当代剧

延展阅读

我们中的一些人，曾在东京的大银幕上、在费城的艺术剧院里、在安阿伯午夜的多功能厅内，观看过黑泽明的电影。但凡有机会，我们都希望能以这样的方式再度重温那些经典影片。而现在，我们可以在稍小的屏幕上看到黑泽明，幸运的话，其作品更将以流媒体的形式被我们捧在手中。不管是以哪种媒介形式，假如我的这本书能触动谁去初看或再看黑泽明的影片——特别是其早期的黑白作品——那么我的部分初衷也就达成了。为此，我们都要感谢 CC 公司（The Criterion Collection）及其制作精良的黑泽明影集，这套影集收录了黑泽明毕生创作的三十部作品中的二十五部。

这本书毕竟不是一部电影史，亦不是完全意义上的传记，因此我既没有写尽黑泽明所有的电影，也没有记录其完整的一生。在这些方面，已有许多出色的研究。而在我动笔之前，由讲谈社出版，并由前不久刚过世的浜野保树（Hamano Yasuki）先生编辑的四卷本的《黑泽明大系》（*Kurosawa Akira Taikei*），自然是必不可少的资料。本书有关黑泽明的大部分引文皆出于此（其他则是出自于黑泽明的自传）。给我提供帮助的还有位于京桥的日本国家电影中心、早稻田大学的演剧博物馆（Empaku Library）以及哥伦比亚大学图书馆的牧野电影收藏档案（Makino Collection）。

显然，黑泽明的自传《蛤蟆的油》对本书至关重要。奥蒂·波克（Audie Bock）的译本——《类似自传》（*Something Like an Autobiography*）——则为英语读者打开了探索黑泽明的大门，和本书不同，读者能从《类似自传》中体会到黑泽明是如何在作家与导演的身份间切换，如何在艺术与生活的边界上游走。而除了我对芥川龙之介中篇小说《偷盗》（*Chuto*）的翻译处理，本书有关芥川作品的其他引用均借用了杰·鲁宾（Jay Rubin）的译文。

多年以来，我一直致力于日本现代文学、电影及文化批评的教学，还主持过黑泽明研讨班，这其中的不少读物已经成为了核心文本。而下面这些书目则构成了我对黑泽明研究的基础，让我探寻他在 20 世纪早期日本文化历史中的位置，或者确切地说，让我在这个日益变动不居却又彼此联结的世界中，探索黑泽明的意义。

英文文献

Akutagawa, Ryunosuke. *Rashomon and 17 Other Stories*. Tr. Jay Rubin, introduction by Haruki Murakami, Penguin Classics, 2006.

Andriopoulos, Stefan. *Possessed: Hypnotic Crimes, Corporate Fiction, and the Invention of Cinema*. University of Chicago Press, 2008.

Bachelard, Gaston. *The Poetics of Space*. Beacon Press, 1994.

Bernardi, Joanne. *Writing in Light: The Silent Scenario and the Japanese Pure Film Movement*. Wayne State University Press, 2001.

Burch, Noel. *To the Distant Observer: Form and Meaning in the Japanese Cinema*. University of California Press, 1979.

Chion, Michel. *The Voice in Cinema*. Columbia University Press, 1999.

Chow, Rey. *Primitive Passions*. Columbia University Press, 1995.

Clancey, Gregory. *Earthquake Nation: the Cultural Politics of Japanese Seismicity*. University of California Press, 2005.

Cole, Lewis. Rethink—*Reimagine: A Real Life Sketch of Composition*. Mediterranean Film Institute, 2004.

Danto, Arthur. *The Abuse of Beauty: Aesthetics and the Concept of Art*. Open Court, 2003. de Bolla, Peter. Art Matters. Harvard, 2001.

Deleuze, Gilles. *Cinema I: The Movement—Image*. University of Minnesota Press, 1986.

Dower, John. *Embracing Defeat: Japan in the Wake of World War II*. W. W. Norton & Company, 2000.

Galbraith, Stuart. *The Emperor and the Wolf*. Faber and Faber, 2001.

Gerow, Aaron. *Visions of Japanese Modernity: Articulations of Cinema, Nation, and Spectatorship, 1895-1925*. University of California Press, 2010.

Gunning, Tom. *The Films of Fritz Lang: Allegories of Vision and Modernity*. British Film Institute, 2000.

High, Peter H. *The Imperial Screen: Japanese Film Culture in the Fifteen Years' War, 1931-1945*. University of Wisconsin Press, 2003.

Huyssen, Andreas. *Twilight Memories: Marking Time in a Culture of Amnesia* (Routledge, 1995)

Ito, Ken. *An Age of Melodrama: Family, Gender, and Social Hierararchy in the Turn—of—the— Century Japanese Novel*. Stanford University Press, 2009.

Ivy, Marilyn. *Discourses of the Vanishing: Modernity, Phantasm, Japan*. University of Chicago Press, 1995.

Karatani, Kojin. *History and Repetition*. Columbia University Press, 2011.

Kurosawa Akira. *Something Like an Autobiography*. Tr. Audie Bock, Vintage, 1983.

Lamarre, Thomas. *Shadows on the Screen : Tanizaki Jun ichiro on Cinema and "Oriental" Aesthetics*. Center for Japanese Studies, University of Michigan Press, 2005.

Levy, Indra. *Sirens of the Western Shore: Westernesque Women and Translation in Modern Japanese Literature*. Columbia University Press, 2010.

Lippit, Akira Mizuta. *Atomic Light: Shadow Optics*. University of Minnesota Press, 2005.

Lippit, Seiji. *Topographies of Japanese Modernism*. Columbia University Press, 2002.

Maeda, Ai. *Text and the City: Essays on Japanese Modernity*. Duke University Press, 2004.

Mitry, Jean. *The Aesthetics and Psychology of the Cinema*. Indiana University Press, 2000.

O'Brien, Geoffrey. *The Phantom Empire (Movies in the Mind of the twentieth century)*. W. W. Norton & Co., 1993.

Prince, Stephen. *The Warrior's Camera: The Cinema of Akira Kurosawa*. Princeton University Press, 2001.

Richie, Donald. *The Films of Akira Kurosawa*. University of California Press, 1996.

Rimer, Thomas, ed. *A Hidden Fire: Russia and Japanese Cultural Encounters*. Stanford University Press. 1995.

Ross, Alex. *The Rest Is Noise: Listening to the Twentieth Century*. Picador, 2008. Said, Edward. Culture and Imperialism. Vintage, 1994.

Sas, Miriam. *Fault Lines: Cultural Memory and Japanese Surrealism*. Stanford University Press, 2002.

Saito, Satoru. *Detective Fiction and the Rise of the Japanese Novel*. Harvard University Press, 2012.

Seidensticker, Edward. *Low City, High City: Tokyo from Edo to the Earthquake*. Knopf, 1983.—— *Tokyo Rising: The City Since the Great Earthquake*. Harvard University Press, Reprint Edition, 1991.

Spivak, Gayatri. *An Aesthetic Education in the Era of Globalization*. Harvard University Press, 2012.

Suzuki, Tomi. *Narrating the Self: Fictions of Japanese Modernity*. Stanford University Press, 1991.

Weisenfeld, Gennifer. *Imaging Disaster: Tokyo and the Visual Culture of Japan's Great Earthquake of 1923*. Duke University Press, 2012.

—— *Mavo: Japanese Artists and the Avant—Garde 1905–1931*. University of California Press, 2002.

Williams, Raymond. *The Country and The City*. Oxford University Press, 1975.

Yoshimoto, Mitsuhiro. *Kurosawa: Film Studies and Japanese Cinema*. Duke University Press, 2000.

Young, Louise. *Japan's Total Empire: Manchuria and the Culture of Wartime Imperialism*. University of California Press, 1999.

日文文献

Akutagawa Ryunosuke Zenshu. 24 volumes, Iwanami Shoten, 1995–1998.

Hamano Yasuki, ed. *Kurosawa Akira Taikei*. 4 volumes, Kodansha, 2009.

Iijima Tadashi. *Nihon eigashi*. 2 volumes, Hakusuisha, 2005.

Iwamoto Kenji, ed. *Kurosawa Akira o meguru juninin no Kyoshikyoku*. Waseda Daigaku Shuppanbu, 2004.

———, ed. *Nihon eiga to modanizumu*. Riburopoto, 1991.

Iwasaki Akira. *Eigashi*. Tokyo Keizai Shinposha, 1961.

Karatani Kojin. *Imi to iu yamai*. Kodansha, 1989.

Kashiwase Hirotaka, Kato Shin. *Kurosawa Akira no seishin byori*. Seiwa Shoten, 2010.

Kinugasa Teinosuke. *Waga eiga no seishun*. Chuo Koronsha, 1977.

Kurosawa Akira Zenshu. 7 volumes, Iwanami Shoten, 1987–2002.

Kurosawa Akira. *Gama no abura*. Iwanami Shoten, 1984.

Makino Mamoru. *"Kinema jumpo" fukkokuban*. Yushodo, 1993–1995.

Misono Kyohei. *Katsuben Jidai*. Iwanami Shoten, 1990.

Musei eiga kanshokai, ed. *Katsudo Benshi*. Matsuda Eigasha, 2001.

Mori Iwao. *Eiga Geijutsu*. Shunjusha, 1930.

Nishiguchi Tsutomu. *Kurosawa Akira: Tsuito Tokushu*. Kawade Shobo, 1998.

Nishimura Yuichiro. *Kurosawa Akira to Hayasaka Fumio: Kaze no yo ni samurai *wa*. Chikuma Shobo, 2005.

Sakaguchi Ango. *Darakuron*. Nihon Tosho Senta, 1990.

Sato Tadao. *Kurosawa Akira no sekai*. Asahi Shinbunsha, 1986.

―― *Nihon eigashi*. 4 volumes, Iwanami Shoten, 2006–2007.

Toeda Hirokazu. *Oodan suru eiga to bungaku*. Shinwasha, 2011.

―― *Eigakan*. Yumani Shobo, 2006.

Tsuzuki Masaaki. *Kurosawa to Ikiru*. Asahisonorama, 2003.

―― *Kurosawa Akira no Igen*. Jitsugyo no Nihonsha, 2012.

Uekusa Keinosuke. *Keredo Yoake ni: Waga seishun no Kurosawa Akira*. Bungei Shunju, 1978.

Ueno Koshi. *Nikutai no jidai: taikenteki '60—nendai bunkaron*. Gendai Shokan, 1989.

Unno Hiroshi. *Modan Toshi Tokyo*. Chuo Koronsha, 1983.

Yamamoto Kajiro. *Denki, Yamamoto Kajiro, katsud ya jitaden*. Ozorasha, 1998.

Yamano Ichiro. *Ninjo eiga baka*. Nihon Shuhosha, 1960.

Yanagida Izumi. *Meiji shoki honyaku bungaku no kenkyu*. Shunjusha, 1961.

Yomota Inuhiko. *Shichinin no Samurai to Gendai: Kurosawa Akira*. Iwanami Shoten, 2010.

――"Eiga wa Kantoku no mono de aru. So denakerebanaranai," *Kantoku to Haiyu no Bigaku*. Iwanami Shoten, 2010.

Yoshida Chieyo. *Mo Hitotsu no Eigashi*. Jiji Tsushinsha, 1978.

Yoshimi Shun'ya. *Toshi to doramaturugi: Tokyo sakariba no shakaishi*. Kobundo, , 1987.

致谢

我既非科班出身的电影学者,也不是传统意义上的黑泽明(研究)专家。这本书恐怕也不会给任何现有的学科作出太大的贡献。相反,我希望能为那些对我们时代的文化状况有着广泛兴趣的读者们写作。在我看来,黑泽明是过去这一百年间,最具影响力的故事讲述者之一——无论是在文学还是在电影领域。而我也开始相信,在他最伟大的作品里总是有另外一个故事盘桓其中,那是伴随黑泽明成长的家庭片段以及城市景观,而其中有不少都已从他的视线里黯然消逝了。而我的脑海里也不断回响起他哥哥的声音,浮现出他哥哥的身影。

教学假休的一年,我往返于东京和罗马两地,完成了本书许多章节的构思和初稿。早稻田大学的媒体学者十重田裕一(Toeda Hirokazu)和意大利大学的玛蒂尔德·玛斯特朗格罗(Mathilde Mastrangelo)都谦和好客。东京和罗马是两座伟大而动荡的城市,都有着距今年代久远的城市遗迹,而我会找到一个僻静的角落工作,并以茶或咖啡提神。

每次到东京做短期调研,我都受到了早稻田大学演剧博物馆工作人员的热情款待和慷慨帮助。在京桥的日本国家电影中心,入江良郎(Irie Yoshiro)和冈田秀则(Okada Hidenori)(通过后者,槙田寿文 [Makita Toshifumi])均给予了我专业性的指教。武田竜弥（Takeda Tatsuya）和狩俣真奈（Mana Karimata）的辛劳付出，则让我在东京的研究和资料搜集工作收获颇丰。

早在多年以前，朋友和同事们就已听过我的演讲，听我谈起过这本书的构想，又或者是在后来陆续读到了其中某些章节的初稿，他们给予我的积极回应令我吃惊。列举这份感激名单并不困难：Stefan Andriopoulos, Giorgio Biancorosso, Jim Cheng, Jonathan Cole, Marty Gross, Chris Hill, Hikari Hori, Andreas Huyssen, Kataoka Ichiro, Ken Ito, Karatani Kojin, Philip Kitcher, Sumio and Ikuko Kusaka, Indra Levy, Seiji Lippit, Lydia Liu, David Lurie, Edward Mendelson, Mizuta Noriko, Nogami Teruyo, Ohwada Toshiyuki, Kyoko Omori, Richard Pena, Jonathan Reynolds, the late Donald Richie, Bruce Robbins, Sato Tadao, James Schamus, Wei Shang, the brothers James , Michael Shapiro, Tanami Tatsuya, Watanabe Naomi, , Jonathan Zwicker.

非常有幸能在晨光高地与哥伦比亚大学卓越的同事以及巴纳德学院的学生们相处。早在这本书的构思之前，我的学生们就曾在黑泽明研讨班上触动过我，他们的讨论充满智慧与洞见，促使我更好地整理并思考自己对于黑泽明的理解。我相信他们仍会记得那些讨论，并能从这本书中认出他们留下的印记。

让我尤为感激的还有另外三位，如今他们都已过世。曾在哥伦比亚大学教授剧本创作的路易斯·科尔（Lewis Cole），在我刚开始构思一本关于黑泽明的、以黑泽明的哥哥为背景的书稿的时候，他被检查出患有肌萎缩侧索硬化症（ALS）。尽管饱受病痛折磨，路易斯却未被击垮，一直是我的对话者和好友。他是我写作中最首要、也最重要的动力。还有我的多年故友阿瑟·丹托（Arthur Danto），他对现代艺术与生活有着深刻的探究，曾在早前的一次研讨会上对我的发言做过回应，他给了我持续的鼓励。最后，是令人敬仰的老师和陀思妥耶夫斯基专家罗伯特·贝尔纳普（Robert Belknap），他曾邀请我在坦南鲍姆讲坛（the Tannenbaum Lecture）做学术演讲，并对我当晚的发言做了一番极具个人风格、精辟、风趣而又优雅的评议。

四方田犬彦（Yomota Inuhiko）有关电影和现代文化的著作横贯东西，多年以来，一直是我的灵感之源。他同样是一位了不起的行者，去到过许多城市，还曾在神乐坂拥挤的街巷里为我做向导，带我寻访黑泽明哥哥生前最有可能的居所。而在另一次的远足中，我们冒着暴雨爬上陡峭的斜坡，去到了一座鸟瞰横滨的高山上，那儿正是电影《天国与地狱》里现代城堡的所在地（那栋房子早已消失，如今是一所欣欣向荣的中学）。小说家岛田雅彦（Shimada Masahiko）则沉浸在其东京和纽约的生活里，钟情于俄罗斯文学与歌剧，他关心本书的进展，曾提出过许多宝贵建议。

铃木富美（Tomi Suzuki）对于日本现代书信中个人叙事的理

解堪称权威,我由衷感谢她长久的支持和友谊。我曾引荐白根春夫(Haruo Shirane)到哥伦比亚大学任教,如今他已是我们系所的主任,感激他给我时间让我完成这份书稿。乔安妮贝尔纳迪(Joanne Bernardi)和克里姆·亚萨尔(Kerim Yasar)对于早期日本电影中声音的处理均有深入的了解,在我写作的最后阶段,他们审读了书稿并补充了重要材料。

加布里埃尔罗德里格斯(Gabriel Rodriquez)、艾米莉肖(Emily Shaw)和迈克尔·贝拉塔拉(Michael Belantara)在书籍的定位和装帧上出类拔萃,他们给了我及时的帮助。我要感谢查尔斯·布洛克(Charles Brock)为本书英文版设计的封面,以及玛丽亚·费尔南德斯(Charles Brock)所做的内页编排。

迈克尔·卡莱尔(Michael Carlisle)是我的代理人和好友,他一直恪尽职守,并坚信我将写出这本书。我在飞马出版社(Pegasus)的出版人杰西卡·凯斯(Jessica Case),非常敏锐且富创造力,她全力支持着我,并为我打理了诸多流程。罗莉·帕西马蒂斯(Lori Paximadis)则耐心而细致地帮我编辑了手稿。

成书之后,我和家人们一起,在纽约度过了一个漫长的夏天。儿子们都能下厨,我们在布鲁克林的院子里烧烤,每周都在曼哈顿的餐厅里聚餐,在这难得的闲暇里,我们享受着美食和甜蜜的陪伴。

然而，任何美味都比不上我的妻子——米娅（Mia）——的厨艺，任何声音都不如她的声音甜蜜而又具有感染力。她知道我此处笔下的含义，因为她曾不辞辛苦、一字一句地阅读并评价了我的书稿，因为她了解我。我将这本书献给她，感谢她，给我人生的每一天所带来的无穷的快乐。

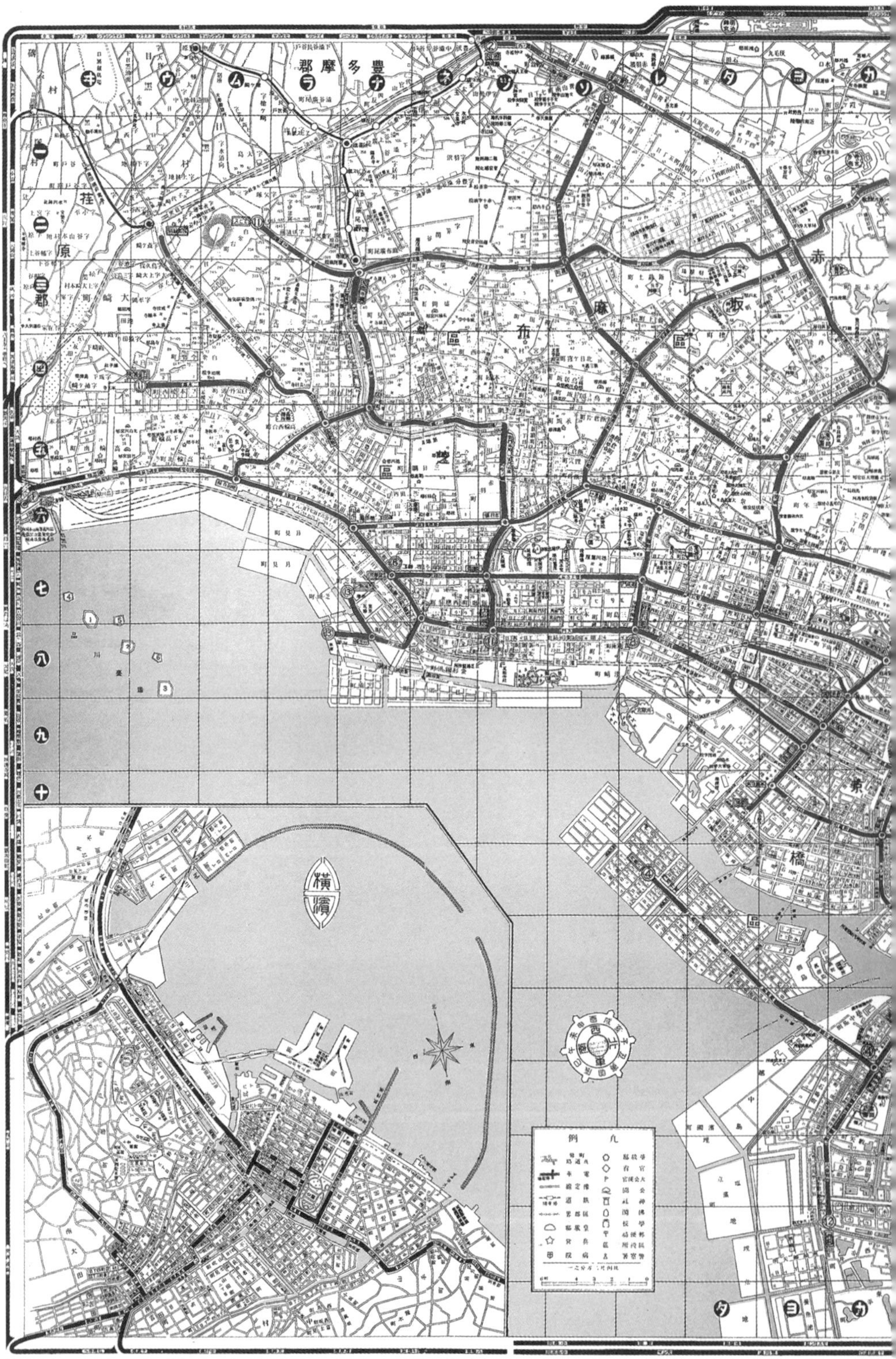
豊多摩郡
荏原郡
麻布區
赤坂區
芝區
京橋區
横濱
凡例